# Dedicatória

Ofereço este livro a

____________________________________

A maior aventura de um ser humano é viajar,
E a maior viagem que alguém pode empreender
É para dentro de si mesmo.
E o modo mais emocionante de realizá-la é ler um livro,
Pois um livro revela que a vida é o maior de todos os livros,
Mas é pouco útil para quem não souber ler nas entrelinhas
E descobrir o que as palavras não disseram.
No fundo, o leitor é o autor da sua história...

____________________________ / /

# O Futuro da Humanidade

AUGUSTO CURY

# O FUTURO DA HUMANIDADE

SEXTANTE

*preparo de originais:* Regina da Veiga Pereira

*revisão:* Ana Julia Cury, Joana Faro,
Sérgio Bellinello e Sheila Til

*imagens de capa:* Lee Avison/ Trevillion Images (floresta) e
Felicia Simion/ Trevillion Images (homem)

*capa:* Raul Fernandes

*projeto gráfico e diagramação:* Valéria Facchini de Mendonça

*impressão e acabamento:* Associação Religiosa Imprensa da Fé

CIP-BRASIL. CATALOGAÇÃO NA PUBLICAÇÃO
SINDICATO NACIONAL DOS EDITORES DE LIVROS, RJ

---

C988f Cury, Augusto Jorge, 1958-
O futuro da humanidade. / Augusto Cury. – Rio de Janeiro: Sextante, 2020.
256 p.; 16 x 23 cm.

ISBN 978-65-5564-080-9

1. Ficção brasileira. I. Título.

20-65762 CDD: 869.3
CDU: 82-3(81)

---


GMT Editores Ltda.
Rua Voluntários da Pátria, 45 – 14º andar – Botafogo
22270-000 – Rio de Janeiro – RJ
Tel.: (21) 2538-4100
E-mail: atendimento@sextante.com.br
www.sextante.com.br

# Agradecimentos

Agradeço a cada um dos pacientes que encontrei ao longo da minha trajetória como psiquiatra e pesquisador da psicologia. Eles me ensinaram a ver com os olhos do coração, a perscrutar um mundo deslumbrante que se esconde nos vales das perdas e nos penhascos das dores emocionais. Eles são pérolas vivas no teatro da existência. Dedico esta ficção a eles e a todos os que foram e são mutilados pela vida. De algum modo eles estão retratados nas linhas deste texto.

# Prefácio

Um médico brilhante e muito crítico ganhou de um colega também médico o livro *O futuro da humanidade*. Começou a lê-lo desconfiado e cético, mas, aos poucos, foi se envolvendo, passou a respirar as palavras e penetrar no drama dos personagens. Enquanto lia, se enxergava nos conflitos, participava de suas angústias e alegrias, chorava e ria com eles. Dias depois, devido a um acidente vascular, sofreu uma hemorragia cerebral e entrou em coma. Voltando à consciência por alguns instantes, citou trechos de *O futuro da humanidade*. E, além disso, embora fosse ateu, falou de Deus de uma forma como nunca fizera antes. E então fechou os olhos para esta vida.

Um dia eu estava percorrendo o vale do rio Douro. Depois de duzentos quilômetros, na belíssima região em que é produzido o vinho do Porto, parei numa cantina à beira da estrada. Após me servir um bacalhau delicioso, o jovem proprietário, que não sabia quem eu era, me revelou que não gostava de ler, mas que recentemente havia lido um livro que o fizera repensar sua história. Era *O futuro da humanidade*.

Fico feliz que alguns membros da comissão técnica da seleção brasileira de futebol, bem como os jogadores, estejam lendo *O futuro da humanidade*. Em minhas conversas com a comissão técnica, comentamos que todos querem o perfume das flores, mas poucos desejam sujar suas mãos para cultivá-las. Todos querem as vitórias, em especial no esporte, mas ninguém é merecedor delas se não tiver disciplina e não souber usar suas derrotas para conquistá-las. Um ser humano revela sua dignidade não quando está no oásis dos aplausos, mas no deserto das vaias. Tenho comentado que algumas celebridades, inclusive no futebol, se entregam à depressão quando saem dos holofotes da mídia e descobrem que nunca foram deuses, mas simples seres humanos que um dia passarão despercebidos.

Essas histórias e tantas outras vivenciadas a partir da leitura deste livro têm me emocionado. Também fui às lágrimas ao escrever seus textos, como se tivesse colocado um pedaço de mim em cada parágrafo, reconstruindo histórias reais de pessoas fascinantes que encontrei ao longo da minha jornada como ser humano e de minha trajetória como estudante de medicina e, mais tarde, como psiquiatra, psicoterapeuta e, em especial, como pesquisador do mais complexo dos mundos: a mente humana.

Falcão, um dos personagens centrais deste romance, demonstra que a mente humana abriga um universo ainda maior e mais complexo que aquele que se restringe ao mundo físico. Falcão é um filósofo inteligentíssimo que desenvolve uma grave psicose. Ao se reorganizar, se torna irreverente e passa a cantar e fazer discursos em lugares impróprios, conversar com as flores e abraçar as árvores. É um ser humano livre, faz o que ama e sabe que há riquezas simples porém insubstituíveis, mais valiosas que montanhas de ouro. Não tem nada, mas tem muito, ao contrário dos que têm muito, mas, no fundo, têm tão pouco.

Em *O futuro da humanidade*, uso a sala de anatomia de uma faculdade de medicina para representar o mundo que estamos construindo. A trama começa com alunos perplexos diante de corpos nus na bancada de mármore. Quem são aquelas pessoas? Que lágrimas choraram? Que aventuras viveram? Qual a história de cada uma delas? Ninguém parece se importar. Mas um aluno, Marco Polo, levanta a mão e faz uma pergunta. Quer saber seus nomes. Segundo o frio professor, aqueles são apenas corpos de mendigos, de pessoas sem história, sem identidade. Mas Marco Polo discorda – e vira alvo de zombaria para o mestre e os colegas. Humilhado, em vez de desistir, resolve, como faria o veneziano que motivara seu nome, se aventurar na fascinante investigação sobre o passado daquelas pessoas. Ajudado por Falcão, encontra personagens incríveis.

Este livro revela que, tal como os cadáveres na sala de anatomia, estamos perdendo nossa humanidade, nos transformando em meros consumidores, simples números de cartão de crédito e de passaporte. Isso é inquietante! A perda de nossa humanidade corrói nossa saúde emocional e intelectual sem que percebamos. Esfacela ainda a arte de pensar e nossa capacidade de perceber a dor dos outros, nos torna seres punitivos e autopunitivos.

Jovens e adultos, intelectuais e estudantes, psicoterapeutas e pacientes têm viajado na trajetória de Falcão e Marco Polo e enxergado a mente humana em outras perspectivas, percebendo que há um tesouro soterrado nos escombros das pessoas que sofrem. Um mendigo e um médico, um psicótico e um psiquiatra, unidos em busca de um mundo melhor, desafiam as convenções sociais e revelam que, se é impossível consertar o passado, podemos pelo menos construir o futuro se formos atores do presente, se formos vendedores de sonhos. Somos parte do problema e da solução. Seremos vítimas do futuro ou protagonistas de nossas histórias. O futuro da humanidade já começou.

AUGUSTO CURY

# Capítulo 1

A ansiedade pulsava no interior de alguns jovens. Um grande sonho encenava-se no teatro de suas emoções. Movidos pela euforia, percorriam como crianças os corredores das salas de aula da Faculdade de Medicina.

Olhos fixos nas paredes, cativados por estranhas e belas imagens que retratavam detalhes do tórax e dos músculos. Imagens de corpos nus dissecados revelavam que por dentro os seres humanos sempre foram mais iguais do que imaginaram. A fotografia de um cérebro, saturado de reentrâncias, como riachos que sulcam a terra, indicava o centro vital de nossa inteligência e de nossas loucuras.

Chegou o grande dia, o mais esperado e o mais temido. Os novos alunos teriam a primeira aula de anatomia. Desvendariam os segredos do objeto mais complexo da ciência: o organismo humano. Aguardavam, impacientes, seus mestres do lado de fora do laboratório, que exalava um ar de enigma.

Não lhes cabia no imaginário o que os esperava. Queriam ser heróis da vida, aliviar a dor e prolongar a existência, mas o currículo insensível da medicina os abalaria, sem nenhum preparo, com a imagem grotesca da morte. O sonho de se tornarem heróis da vida receberia um duro golpe. Iam se deparar com corpos despidos, dispostos sequencialmente como animais.

Enfim chegaram os professores e os técnicos de anatomia. Subtraiu-se a palavra, e um silêncio gélido envolveu o grupo. Os professores entraram na grande sala do laboratório e convidaram os sessenta alunos a acompanhá-los. Caminharam, espremidos, lentamente pela porta dupla, mas estreita.

Como espectadores de um grande show, a tensão expandiu-se e procurou órgãos para se alojar, provocando sintomas psicossomáticos. Uns sentiram palpitação, outros ficaram ofegantes e ainda outros transpiravam.

Ao entrar, um choque emocional ecoou no âmago da jovem plateia. Os alunos viram 12 cadáveres completamente nus, deitados rígidos, com o peito e a face voltados para o teto. Cada um estava estendido sobre uma alva mesa de mármore branco.

O cheiro de formol, usado para conservar os corpos, era quase insuportável. Com olhos estatelados e mentes abismadas, os alunos contemplavam os olhos opacos e inertes dos cadáveres. A maioria de meia-idade. Entre eles o de um velho, cuja pele estava sem brilho, mas seu rosto expressava doçura.

As mesas estavam separadas dois metros e meio umas das outras. Cada grupo de cinco alunos ficaria encarregado de dissecar e estudar um cadáver durante todo o ano. Teriam de rebater a pele, separar os músculos, encontrar o trajeto dos nervos e das artérias. Teriam de abrir o tórax e o abdômen e vasculhar com precisão a cor, o tamanho, a localização e a disposição de cada órgão interno. Os jovens deveriam ser artesãos que penetrariam na mais bela obra de arte.

Mas, no momento, ninguém desejava dissecá-los. Todos estavam sob o impacto que a cena causara. Permeados por conflitos existenciais diante do retrato desnudo da vida humana, os alunos se perguntavam: "Quem somos?", "O que somos?", "Em que nos tornamos diante do caos da morte?", "Qual o sentido da existência humana?". Perguntas simples e intrigantes, mas que sempre perturbaram a humanidade, geraram um drama no palco da inteligência dos jovens espectadores.

O ambiente produziu um abalo emocional repentino e incontrolável. Alguns jovens, em especial algumas alunas mais sensíveis, procuravam sair subitamente da sala. Estavam com os olhos lacrimejando, amedrontadas e apreensivas. Não eram seus parentes nem seus amigos, mas viram naqueles corpos o espelho da existência humana. Vislumbraram que a vida é tão vasta e tão efêmera, tão complexa e tão frágil. Enquanto elas queriam sair da sala, outros colegas desejavam entrar. O tumulto aumentou. Ninguém se entendia.

Contrapondo os conflitos dos alunos estavam os professores e técnicos no fundo da sala. Alguns se entreolhavam e riam diante do desespero da plateia. “São calouros”, pensavam com prepotência. No passado, eles também tiveram suas inquietações, mas ao longo dos anos perderam a sensibilidade, obstruíram a capacidade de perguntar e de procurar respostas. Sufocaram seus conflitos, tornaram-se técnicos na vida.

No currículo dessa famosa faculdade não existiam aulas de filosofia e psicologia que preparassem os alunos para enfrentar o dilema da vida e da morte, o paradoxo entre o desejo de preservar a saúde e a derrota diante do último suspiro.

Os sonhos eram dilacerados, a paixão pela vida, esmagada. O prejuízo no inconsciente dos futuros médicos era intenso. Treinados para serem lógicos e objetivos, não desenvolviam habilidades para lidar com o território da emoção.

Pouco a pouco, os pacientes deixavam sua condição de seres humanos únicos para se tornarem órgãos doentes, que precisavam se submeter aos exames e não ao diálogo. Desse modo, a mais bela e importante das ciências se submetia ao cárcere da economia de mercado. Hipócrates, o pai da medicina, se revolveria em seu túmulo se soubesse disso.

Procurando controlar o impacto inicial, o Dr. George, chefe do departamento de anatomia, pediu silêncio e solicitou que todos retornassem ao laboratório e fizessem um círculo ao redor da sala.

Começou sua aula. Ignorando o caos emocional que os alunos atravessavam, nem sequer pensou na angústia deles. Com voz imponente e gestos eloquentes, aquietou a agitação dos iniciantes. Começou apresentando suas credenciais. Primeiro se especializara em cirurgia gastrintestinal. Depois se tornara um especialista em anatomia. Fizera doutorado em Harvard. Era reconhecido internacionalmente. Tinha mais de cinquenta artigos publicados em revistas científicas. Um cientista notável em sua área.

Escondendo-se atrás do seu currículo, ele apresentou o programa da sua disciplina. Após a introdução, começou sem demora a revelar algumas técnicas de dissecação da pele, músculos, artérias e nervos. Tudo transcorria normalmente como em todos os anos, até que um aluno subitamente levantou a mão. Seu nome era Marco Polo.

O Dr. George não gostava de ser interrompido. Não era um amante dos debates. Cada aluno teria de ruminar as suas dúvidas até o final da aula, para depois perguntar a ele ou aos outros três professores e três técnicos que o auxiliavam. Desprezou o gesto de Marco Polo. Alguns colegas ficaram apreensivos. Para não fazer papel de tolo, o jovem abaixou a mão.

Marco Polo era intrépido e determinado. Não conseguia elaborar o turbilhão de pensamentos que transitavam no anfiteatro da sua mente na sala de anatomia. Mas era um observador e não tinha medo de expressar suas ideias. Embora imaturo, exercitava uma importante característica dos grandes pensadores que brilharam na História: as grandes ideias surgem da observação dos pequenos detalhes.

Cinco minutos depois de ouvir sobre técnicas e peças anatômicas, Marco Polo não suportou o calor da sua ansiedade. Estava transpirando. Novamente estendeu a mão. O professor, irritado com a ousadia, explicou que as dúvidas deveriam ser colocadas sempre no final de cada aula. E disse que abriria uma única exceção. Fez um gesto com as mãos para que Marco Polo falasse, como se lhe prestasse um grandioso favor.

Com uma sinceridade cristalina, Marco Polo perguntou:

– Qual é o nome das pessoas que vamos dissecar?

Dr. George recebeu um golpe com a pergunta. Olhou para os professores que o auxiliavam, meneou a cabeça e balbuciou: "Sempre há algum estúpido na turma." Com a voz impostada, respondeu:

– Esses corpos não têm nome!

Diante da resposta seca, os alunos saíram repentinamente da apreensão para o riso tímido. Constrangido, Marco Polo passou os olhos pelos cadáveres e comentou:

– Como não têm nome? Eles não choraram, não sonharam, não amaram, não tiveram amigos, não construíram uma história?

A plateia ficou muda. O professor mostrou-se indignado. Sentiu-se desafiado. Então debochou do aluno publicamente:

– Olha, rapaz, aqui só há corpos sem vida, sem história, sem nada. Ninguém respira, ninguém fala. E você está aqui para estudar anatomia. Saiba que há muitos médicos medíocres na sociedade porque não se dedicaram a esta matéria. Se não quer ser mais um deles, deixe de filosofar e não interrompa a minha aula.

Os alunos fizeram um burburinho maior, sentindo que Marco Polo levou uma lição que o paralisaria. Diante das risadas mais soltas, o professor sentiu-se vitorioso.

Mas Marco Polo ainda teve fôlego para retrucar:

– Como vamos penetrar no corpo de alguém sem saber nada sobre sua personalidade? Isso é uma invasão!

E, para alfinetar seu professor, resolveu filosofar. Emendou:

– O homem sem história é um livro sem letras.

A plateia ficou surpresa com a dimensão da frase. Interrompendo-o, o Dr. George foi direto e agressivo:

– Vamos parar com essa filosofia barata! Se você quer ser um detetive que investiga a identidade de mortos, escolheu a faculdade errada. Vá fazer carreira policial.

Os colegas dessa vez zombaram de Marco Polo. Alguns emitiram sons como se estivessem numa disputa, num estádio. Marco Polo observou a cena e ficou abalado, não tanto pela agressividade do professor, mas principalmente pela complexidade da mente humana. Há poucos minutos seus colegas estavam numa sala de terror e, agora, no centro de um picadeiro, e ele era o palhaço. Começou a entender que a dor e o riso, a loucura e a sanidade estão muito próximos.

Em seguida, o professor fechou a questão, dizendo:

– Esses cadáveres não têm história. São mendigos, indigentes, sem identidade e sem família. Morrem pelas ruas e nos hospitais e ninguém reclama a existência deles. Não seremos nós que a reclamaremos.

Além de humilhar publicamente seu intrépido aluno, ele o desafiou com sarcasmo. Fitou-o e disse-lhe:

– Se você quiser tentar identificá-los, procure informações na secretaria do departamento. Ah! E se, por acaso, encontrar uma história interessante de um desses indigentes, por favor, traga-nos para que possamos ouvi-la.

Com isso, Marco Polo calou-se.

Um professor auxiliar sussurrou aos ouvidos do chefe:

– Parabéns! Você foi terrível com o garoto.

Um outro lhe expressou:

– Você é um especialista em cortar as asas dos novatos.

O Dr. George sorriu; entretanto, sua emoção não estava uma lagoa plácida, mas um mar atormentado. Nunca um aluno levantara essas questões no laboratório de anatomia.

Marco Polo saiu daquela aula com a impressão de que há um preço a pagar para os que querem pensar. Era mais confortável silenciar-se, seguir o roteiro da grade curricular e ser mais um aluno na multidão. Todavia, o conforto de calar-se geraria uma dívida impagável com sua própria consciência... Tinha de fazer uma escolha.

# Capítulo 2

Marco Polo estava inconformado pela maneira como fora tratado por seu professor. Ele se questionava sobre a pertinência de suas perguntas. "Não podiam ser tolas. Cada ser humano é um mundo", pensava ele. Muitos amam a rotina, outros não vivem sem aventura. O jovem pertencia ao segundo grupo. Detestava o mercado da rotina. A última frase do Dr. George provocara sua inteligência, não saía da sua mente. Tornara-se um desafio obsessivo.

No dia seguinte foi atrás dos papéis que registravam a entrada dos cadáveres. Ficou decepcionado. Não havia registro de nomes, atividades e parentescos. Após folhear diversos documentos, encontrou apenas uma informação vaga, sem detalhes, sobre um dos corpos. A informação foi colhida por uma das assistentes sociais do hospital da faculdade.

Ela relatou que o velho possuía um apelido bizarro: Poeta da Vida. Escrevera no prontuário: "Um mendigo maltrapilho, apelidado de Falcão, que frequenta a praça central da cidade, identificou o corpo. Ele não conseguiu expressar-se. Tudo indica que seja portador de uma grave e incapacitante doença mental. Por isso, não deu detalhes do morto, apenas disse que ele era seu amigo e se chamava Poeta da Vida."

Essas palavras vagas mexeram com o imaginário de Marco Polo. "Quem poderia ser? Por que o indigente morto tinha o apelido estranho de Poeta da Vida?", refletiu. Procurou a assistente social para mais informações.

Marco Polo encontrou-a conversando com uma psicóloga. Ele se identificou e perguntou-lhe como poderia encontrar o tal Falcão descrito em seu relato, pois queria entrevistá-lo. Indagado sobre os motivos do pedido, ele disse, para espanto das duas profissionais, que era para desvendar a história de um dos cadáveres do laboratório de anatomia.

A assistente social, sem meias palavras, o desanimou.

– Eu me lembro desse tal Falcão. Fiquei mais de 15 minutos tentando fazê-lo falar. Mas o coitado era um demente, com a personalidade destruída. Não conseguia manter um diálogo racional. Você perderá seu tempo se conseguir encontrá-lo.

A psicóloga, mostrando um psicologismo autoritário, foi mais longe:

– Esses cadáveres da sala de anatomia, na grande maioria, são portadores de graves doenças mentais. Não têm documentos, cultura e mal sabem conversar. Vivem por instinto à margem da sociedade, saem como animais pelas ruas e estradas.

Marco Polo ficou indignado com a posição fechada delas. Elas conseguiram ser mais contundentes que seu professor de anatomia. Era como se esses cadáveres fossem montagens de peças anatômicas sem direito a uma história única. Inconformado, confrontou-as:

– Não concordo com seus pensamentos. Será que esses mendigos não têm personalidades complexas ou nós é que somos incapazes de entendê-las?

– Você está iniciando seu curso de medicina agora e já quer dar uma de professor? – disse a psicóloga, impaciente com a petulância do estudante.

Marco Polo não quis prolongar a conversa. Despedindo-se, saiu, frustrado.

Após sua saída, a assistente social comentou com a psicóloga:

– Não se preocupe. Essa febre romântica passa nos anos seguintes.

O jovem procurou durante dias seguidos o tal Falcão na praça central. Ela era enorme como o Central Park de Nova York, muitas ruas, bosques, bancos e imensos gramados. Devido à dimensão da praça, bem como ao aumento do número de sem-teto pela crise financeira e ao fato de os mendigos serem nômades, a tarefa de encontrar o tal Falcão era dantesca.

Marco Polo fazia sua investigação por tentativa e erro. Abordava qualquer mendigo que encontrava. Alguns não entendiam o que ele falava, outros fingiam não ouvir e ainda outros davam alguma atenção, mas diziam que não tinham ouvido falar de nenhum Falcão. Um deles saiu dando risadas imitando o voo de uma ave.

Às vezes Marco Polo tinha a impressão de que algumas pessoas conheciam Falcão, mas o diálogo não evoluía. Nunca conseguiu conversar mais do que um minuto com os que lhe deram atenção. Estava começando a se convencer de que os outros estavam certos e ele, errado. Pensava em terminar sua aventura de Indiana Jones sobre os banidos da sociedade. Entretanto, toda vez que passava perto do seu professor sentia-se provocado.

Os colegas o irritavam perguntando: "Cadê a história do mendigo?" Alguns mais engraçados e desrespeitosos apontavam para um cadáver e diziam: "Este foi Júlio César, o imperador de Roma!" Todos riam. Os cadáveres já não causavam espanto na turma. O anormal se tornara normal.

Marco Polo observava todos esses fenômenos. Não os entendia, mas os registrava. Começou a perceber que o ser humano se adapta a tudo, inclusive ao caos. A humilhação colocava combustível no seu desafio. Desistir perturbava-o.

Um mês depois da primeira aula de anatomia, resolveu fazer mais uma tentativa. Novamente entrou na imensa praça, percorreu centenas de metros, conversou com alguns indigentes, mas não obteve a resposta que procurava. Dois deles, sentados no mesmo banco, balbuciaram algumas palavras entre si quando indagados por Marco Polo. Mas silenciaram sobre Falcão.

De repente, cinquenta metros à sua frente, viu mais um mendigo abordando os transeuntes num local movimentado. Tentava conseguir uns trocados para uma possível refeição noturna. Tinha barba longa e branca. Seus cabelos eram revoltos como os de Einstein zombando do mundo, mas parecia que ele zombava era do banho. A pele estava seca, sem brilho, desidratada, roçada pelo tempo. Vestia um casaco preto, remendado com tiras brancas. Cheirava a azedo cítrico.

Aproximou-se dele, deu-lhe o pouco dinheiro que tinha no bolso e perguntou-lhe se conhecia o tal Falcão. O mendigo olhou para ele, pegou o dinheiro e fingiu que não ouvira.

Marco Polo perguntou novamente. Dessa vez, o mendigo pôs o dedo na boca e disse:

– Silêncio! A princesa está chegando.

O jovem olhou de lado, não viu nada. Mas o mendigo continuava atento. Em seguida, levantou-se e começou a perseguir com os olhos uma borboleta, totalmente deslumbrado. Levantou os braços e começou a fazer um movimento imitando seu bailado. Ela voou no alto da copa de uma árvore e retornou pousando suavemente na sua mão.

Marco Polo, admirado, não conseguia dizer se o pouso foi uma coincidência ou uma atração instintiva e inexplicável. O mendigo respirou profundamente e contemplou a borboleta. Parecia livre como ela. Depois a soprou suavemente, dizendo:

– Adeus, princesa! Você encanta este lugar, mas siga o seu caminho e cuidado com os predadores.

Marco Polo ficou intrigado com essas palavras. Perguntou pela terceira vez:

– Você conhece o Falcão?

O mendigo fitou-o e respondeu:

– Há muitos anos me pergunto quem eu sou. Quanto mais me pergunto, menos sei quem sou. O que penso que sou não é o que sou.

Marco Polo ficou confuso. Não entendeu nada, mas ficou extasiado com a possibilidade de aquele homem ser Falcão. Rapidamente se identificou e pediu informações sobre o tal Poeta da Vida. Não percebeu que sua ansiedade bloqueara o andarilho. Para piorar as coisas, acrescentou ingenuamente:

– Quero essas informações, pois o Poeta está na sala de anatomia da minha faculdade de medicina e eu e meus colegas iremos dissecá-lo. Gostaria de conhecer algo sobre sua vida.

O mendigo ficou assombrado com essas informações. Marco Polo percebeu que fora frio e agressivo na conversa. Tentou amenizar rapidamente o que dissera:

– Mesmo depois de morto, o Poeta será útil para a formação de médicos e, consequentemente, para a humanidade.

Com os olhos embebidos em lágrimas, o indigente parecia ter saído do lugar, estava em outro mundo. Como viajante do tempo, olhava vagamente para o infinito. Marco Polo insistiu, perguntando se ele era o Falcão. O mendigo não deu resposta. Levantou-se e partiu em profundo silêncio.

O jovem estudante ficou sentado no banco, paralisado em sua inteligência. Parecia ser ele o miserável. Tinha muito e não tinha nada. Não sabia definir seus sentimentos e sentia-se incapaz de compreender o mundo desses andejos que vagam pela vida sem direção. Voltou no outro dia e não encontrou o mendigo. Ficou abatido.

Três dias depois, encontrou-o novamente. Desta vez foi mais comedido. Sentou-se delicadamente no banco. Ficou um minuto sem conversar. Dava olhadelas para o mendigo, que parecia ignorá-lo.

– Por favor, senhor, diga-me se você é o Falcão.

Depois de outra insistência, o mendigo voltou-se para ele e perguntou:

– Quem é você?

Marco Polo se identificou, disse seu nome, seu endereço, onde estudava e outras informações.

– Não estou perguntando o que você faz, mas quem você é. O que está na sua essência, por trás da sua maquiagem social.

Marco Polo sentiu um nó na garganta. Foi pego de surpresa pelo raciocínio perspicaz do mendigo. "Esse mendigo não é um demente. Ao contrário. No primeiro encontro ele usou a palavra 'predador', agora fala sobre 'maquiagem social'", analisou. Não soube o que responder. Então o mendigo disse:

– Se você é lento para dizer quem é, como ousa perguntar quem eu sou?

O jovem recebeu mais um choque. Por isso, insistiu:

– O senhor conheceu o Poeta. Quem era? Por que tem esse apelido?

– Garotos perfumados, trajando belas roupas, vivendo na superfície da existência. Quem são vocês para estudar o Poeta da Vida? Retalhem seu corpo, mas jamais penetrarão em sua alma.

Tais palavras abalaram Marco Polo. Era um raciocínio brilhante, embora ofensivo. Convenceu-se de que esse mendigo era o Falcão.

Em seguida, fez-se um silêncio gélido. O mendigo levantou os braços, cerrou os olhos e ouviu atentamente a serenidade do farfalhar do vento nas folhas das árvores próximas. Respirou fundo e expressou para si mesmo:

– Que brisa maravilhosa!

Marco Polo, embasbacado, persistiu:

– Fale-me sobre seu amigo!

Falcão não gostou do seu tom de voz.

– Não me dê ordem, garoto! Não me controle! Não estou em seu mundo! Sou livre!

– Desculpe-me pela insistência.

– Só continuo a conversa se você me responder uma pergunta.

– Terei o maior prazer em respondê-la – disse apressadamente, confiando que um mendigo não faria uma pergunta complexa.

– Qual a diferença entre um poeta e um poeta da vida? – indagou, penetrando nos olhos de Marco Polo.

O jovem percebeu que caíra numa armadilha. Subestimara a inteligência do mendigo. Esfregou as mãos no rosto, abaixou a cabeça e, depois de muito pensar, reconheceu:

– Perdoe-me, senhor, mas não sei a resposta.

– Um poeta escreve poesia, um poeta da vida vive a vida como uma poesia. Meu amigo era um Poeta da Vida.

Marco Polo quis ensaiar uma nova pergunta. Cortando-o, Falcão disse:

– Seja honesto. Você não respondeu e a conversa se encerrou.

Marco Polo ficou plantado no banco. Achava-se muito esperto, mas deparara-se com sua estupidez e arrogância. Apesar de decepcionado consigo mesmo, estava eufórico com a inteligência de Falcão.

Falcão levantou-se e, como se nada estivesse acontecendo, começou a caminhar. Abraçou uma árvore. Beijou-a. Agachou-se diante de uma flor, parecia querer penetrar-lhe as entranhas. Dizia algumas palavras inaudíveis, como se estivesse fazendo uma oração ou elogiando a flor.

Marco Polo, teimoso e com a voz embargada, arriscou dizer algo para manter o vínculo:

– Até amanhã!

Falcão se levantou e comentou:

– O tempo não existe, garoto. Amanhã a chama da vida pode ter se apagado!

Em seguida saiu sem se despedir. Enquanto andava, abria os braços e fazia um movimento de dança. Com uma voz vibrante, cantava, olhando para a natureza, *What a Wonderful World*, de Louis Armstrong, com algumas modificações na letra:

*Eu vejo o verde das árvores, rosas vermelhas também*
*Eu as vejo florescerem para a humanidade*
*E eu penso comigo... Que mundo maravilhoso.*
*Eu vejo o azul dos céus e o branco das nuvens.*
*O brilho do dia abençoado, a sagrada noite escura.*
*E eu penso comigo... Que mundo maravilhoso.*

O mundo intelectual de Marco Polo não estava maravilhoso, pois passara por um vendaval. Profundamente intrigado, ele disse consigo mesmo: "Que homem é esse que se esconde na pele de um miserável? Que mendigo é esse que parece ter muito, mas possui tão pouco?"

# Capítulo 3

Ao retornar para a república de estudantes, onde morava, Marco Polo recolheu-se em seu interior. Seu pai, Rodolfo, sempre fora um admirador do italiano Marco Polo, um dos maiores aventureiros da História. O viajante veneziano tinha apenas 17 anos quando, em 1271, partiu da belíssima Veneza para a Ásia com seu pai e seu tio. A incrível odisseia durou 24 anos.

Correram enormes riscos, navegaram por rios e mares, andaram por desertos, escalaram montanhas, pisaram em solos nunca antes tocados por um europeu. A aventura revelou um mundo fascinante, jamais descrito. Sua obra *O livro das maravilhas: A descrição do mundo* influenciou o mapa-múndi traçado em 1450, hoje exposto na Biblioteca Marciana de Veneza.

Rodolfo era um ávido admirador da ousadia de Marco Polo, e por isso deu seu nome ao filho. À medida que ele foi crescendo, relatava com excitação para o pequeno Marco Polo as peripécias do aventureiro italiano. Contava-lhe, com doses de ficção, os sonhos do navegador veneziano, sua coragem imbatível e sua incontrolável motivação de conhecer novos mundos, explorar novas culturas, costumes, culinária. O menino bebia as palavras do pai.

Entre as suas muitíssimas descobertas, Marco Polo trouxe o macarrão inventado pelos chineses para a Itália. Os italianos, com sua habilidade culinária ímpar, o aperfeiçoaram. O senhor Rodolfo, amante de uma boa massa, toda vez que comia um espaguete fazia um brinde a Marco Polo.

Uma frase dita e repetida pelo pai ecoava na mente do pequeno Marco Polo:

– Meu filho, os aventureiros realizam suas conquistas e as demais pessoas os aplaudem. Saia sempre do lugar-comum!

Agora o jovem era um estudante de medicina. Desejava conhecer os mistérios do corpo humano. Entretanto, como a vida tem cruzamentos imprevisíveis, ele se deparou com um desafio muito maior: conhecer o complicado mundo da mente humana.

Não bastasse esse pungente desafio, a personalidade que precisava descobrir era a de um ser humano que vivia na periferia da sociedade e, como tal, era tachado de louco, impenetrável e portador de uma história existencial desprezível.

Teve a impressão de que não conseguiria aprofundar-se no universo de Falcão, pois viviam em ambientes e culturas completamente distintos. "Como fazer isso? Que ferramentas usar? Que atitudes tomar sem caracterizar uma invasão? Certamente o Marco Polo do século XIII também se perturbaria diante dessa aventura!", pensava constantemente.

Precisava ser ousado e criativo para percorrer os solos intangíveis da alma humana e caminhar no indecifrável território da emoção. Após viajar em seus pensamentos e fazer anotações sobre os fatos ocorridos, uma luz brilhou. Teve uma ideia incomum para romper as barreiras e distâncias entre ele e o mendigo pensador: "Preciso tornar-me um deles", imaginou.

No dia seguinte, um sábado ensolarado, entrou no banheiro, passou pasta de alho no rosto, pegou um nabo podre da cozinha e esfregou nos braços e no peito. Pegou gel, misturou com a pasta de alho, esfregou na cabeça e despenteou os cabelos. Ficou parecido com um pequeno monstro ou com alguém que acabou de receber um choque elétrico. Mas valia tudo para tal conquista. Afinal de contas, não aguentava mais ser alvo de chacotas dos colegas.

Em seguida, foi ao quarto, pegou uma camisa de um vermelho vivo, rasgou-a e vestiu-a. Colocou uma calça preta desbotada e manchada que comprara num brechó. Vestiu um casaco preto e remendado, comprado no mesmo lugar. Ao passar pela sala, os colegas levaram um susto. Marco Polo não parecia um mendigo, mas um ET. De tantas gargalhadas, todos se deitaram no chão. Seu dia começara mal. Não dava para explicar nada aos amigos, ninguém entenderia. Saiu de casa saltitando e deixou estáticos seus colegas da república de estudantes.

Cheirava tão mal que ninguém conseguia passar perto dele nas ruas sem abanar o nariz. O excêntrico jovem causava espanto nos adultos, mas divertia as crianças. Nunca tinha chamado tanto a atenção.

Ao se aproximar da praça, as pessoas apontavam-lhe o dedo e debochavam dele. Começou a sentir raiva dos normais. Deu vontade de tirar satisfação. "Ser mendigo deve ser uma vida dura", pensou. Mas sua meta o impelia, era a sua prioridade, e estava convicto de que Falcão se aproximaria dele.

Após meia hora de procura, encontrou Falcão e sentou-se ao seu lado. Fez um grande silêncio, queria impressionar. Falcão se afastou dele. Não suportou o cheiro. Disfarçadamente, deu uma olhadela no estudante, da cabeça aos pés. Afastou-se mais um pouco. Cada um assobiava e olhava para o lado oposto. De repente, os olhares se cruzaram.

Quando Marco Polo pensou que estava causando impacto, Falcão gritou:

– Como você é feio!

Em seguida, desandou a gargalhar. A praça se emudeceu com tanto riso. Marco Polo ficou vermelho, não sabia se ria ou se corria. Preferiu rir. Riu muito. Riu para não chorar. Era a primeira vez que ria das próprias tolices. Era um jovem inteligente e intrépido, mas engessado e sem grande senso de humor. Rir de si mesmo foi um bálsamo. Os passantes se aproximaram. Queriam um pouco da alegria dos dois alienados.

Marco Polo apontou para a plateia e aumentou seu riso. A plateia começou também a rir, ninguém sabia por quê. Riam sem motivo. Uns riam dos outros. Era a terapia do riso, tão ilógica e tão singela.

Momentos depois, o show encerrou-se. Surgiu o silêncio. Com o silêncio, a plateia dispersou-se. Enquanto se afastavam, jogavam moedas. Falcão disse:

– Meu Deus, como os normais estão carentes. Como é fácil diverti-los. Até um palhaço de primeira viagem vira atração.

Marco Polo franziu o rosto e ficou pensando se a carapuça não era para ele. Mas resolveu seguir seu plano. Pegou sua sacola, deu-lhe alguns alimentos bem embalados e uma caixa de bombons. Pensou que depois do circo e dos presentes havia conquistado Falcão. Ledo engano! O mendigo olhou para o jovem e desferiu-lhe um golpe inesquecível:

– O seu alimento sacia minha fome, mas não compra minha liberdade.

– Eu não quero comprar sua liberdade! – reagiu imediatamente.

– Seja honesto! Você deseja que eu fale, que lhe dê informações. Quem vende sua liberdade nunca foi digno dela – expressou Falcão.

Marco Polo coçou sua cabeleira arrepiada e novamente se perguntou: "Quem é essa pessoa tão rápida nas respostas e tão ferina nas ideias?!"

Ele sentiu a pobreza do seu plano para conquistar alguém tão incomum. No fundo, ele estava querendo comprar aquilo que não tem preço. Precisava usar a estratégia da transparência. Reconhecendo seu erro, disse:

– Desculpe-me pelas minhas segundas intenções. Eu realmente quis que meus presentes abrissem as janelas da sua mente.

Mais afetivo diante da humildade de Marco Polo, Falcão adocicou a voz:

– Garoto, o seu nome é o de um desbravador, mas você nunca será como um de nós. Você pode maquiar-se, vestir roupas rasgadas, cheirar mal, mas continuará sendo você mesmo. No seu mundo, vocês creem que a embalagem muda o valor do conteúdo. No meu mundo isso é uma tolice. Você continuará sendo um prisioneiro.

Marco Polo ficou abismado:

– Prisioneiro do quê?

– Do sistema.

– Eu sou livre!

– Você pensa que é livre. Você tem os pés livres para caminhar e a boca livre para falar. Mas você é livre para pensar?

– Creio que sim.

– Então me responda com sinceridade: Você sofre pelo futuro, ou seja, você se atormenta por coisas que não aconteceram?

– Sim – disse, consternado.

– Você tem necessidades que não são necessárias?

– Sim.

– Você sofre quando alguém o critica? É preocupado com a opinião dos outros?

– Sim.

Falcão se calou e Marco Polo ficou pensativo. Lembrou-se do quanto as opiniões do seu professor e de seus colegas de classe o atormentaram. A discriminação que sofreu fora registrada de maneira privilegiada, gerando um conflito. Perdeu o sono algumas vezes. Deixou que o lixo de fora invadisse sua emoção.

Começou a analisar o que estava fazendo naquela praça. Conquistar Falcão era motivado pela dor da discriminação e não pelo que realmente ele representava. Assim, começou a rever seu foco. Com honestidade, admitiu:

– Não sou tão livre como imaginava.

Falcão continuou e pela primeira vez o chamou pelo nome.

– Marco Polo, o mundo em que você vive é um teatro. As pessoas frequentemente representam. Elas se observam o tempo todo, esperando comportamentos previsíveis. Observam seus gestos, suas roupas, suas palavras. A liberdade é uma utopia. A espontaneidade morreu.

Marco Polo jamais pensou que poderia encontrar sabedoria num maltrapilho. Recordou a primeira aula de anatomia, as palavras preconceituosas do seu professor, da psicóloga e da assistente social. Percebeu como somos superficiais ao julgar pessoas diferentes. Compreendeu a própria superficialidade.

Entendeu que muitos indigentes podiam ser doentes mentais sem condições de expressar grandes ideias, mas todos eles tiveram uma grande história. Além disso, começou a descobrir que alguns miseráveis das ruas, como Falcão, e provavelmente alguns doentes mentais, tinham uma sabedoria que intelectuais não alcançaram. Convenceu-se de que cada ser humano é uma caixa de segredos a ser explorada.

Quando os excluímos, é porque não os entendemos. A partir daí, começou a ser fascinado pela mente humana. Despertou-lhe pouco a pouco o desejo de um dia se especializar na mais enigmática e complexa das especialidades médicas: a psiquiatria. As ideias do pensador das ruas o inspiraram.

Após questionar sua própria liberdade, Marco Polo fez alguns minutos de silêncio. Falcão recostara-se folgadamente no banco. Em seguida, o jovem voltou à carga revelando suas inquietações e sua famosa incapacidade de ficar calado. Resolveu provocar Falcão:

– Será que pelo fato de não ter tido sucesso no sistema que condena, você não se alienou dele? Quem me convence de que você não é uma pessoa socialmente frustrada e interiormente presa?

Marco Polo foi perspicaz em seus argumentos, mas, depois de dizer tais palavras, sentiu que corria o risco de destruir seu relacionamento com Falcão. Recordou que criara problemas com o Dr. George pela sua impetuosidade. Por menos, o médico o havia humilhado publicamente.

Quando a relação parecia ter ficado estremecida, surpreendeu-se. O brilho nos olhos e um sorriso entrecortado de Falcão indicavam que ele gostara de ser provocado. Com lucidez, o mendigo deu uma breve resposta, sem grandes detalhes:

– Você tem futuro, garoto! Você pensa. O sistema me feriu drasticamente e me baniu. A dor que vivi poderia me destruir ou me construir. Resolvi deixá-la me construir. Atormentado, saí sem endereço, procurando um endereço dentro de mim mesmo...

Falcão emudeceu. Não deu mais detalhes da sua vida, e Marco Polo não queria invadir a sua intimidade. Havia profundidade e intenso sofrimento nessas breves palavras. Sentiu que era hora de partir. Saiu calado e reflexivo.

O filósofo das ruas estava se tornando mestre de um jovem da elite social. O jovem admirou o mendigo e o mendigo se encantou com o jovem. Começaram a ser amigos. Ambos viviam em mundos distintos, mas foram aproximados pela linguagem universal da sensibilidade e da arte de pensar. Uma fascinante história seria desenhada.

# Capítulo 4

A descoberta do mundo rico e profundo que se escondia atrás dos escombros da miséria de Falcão parecia loucura nas sociedades modernas, que valorizam muitíssimo a tecnologia e pouquíssimo a sabedoria. Esta descoberta deixara Marco Polo atônito.

No encontro seguinte, ainda teve receio de ir com suas vestes normais. Novamente foi trajado de mendigo, mas mais discreto e menos fétido. Os cabelos continuavam em estado de choque. Não levava jeito para ser um andarilho. Bem-humorado, Falcão não o censurou. Marco Polo já não era um invasor de território. O mestre das ruas continuava sua vida sem aparentemente lhe dar muita atenção.

Ele observava os caminhantes e dava risadas. Marco Polo se esforçava para entender, mas não sabia o que estava acontecendo. Falcão se divertia imaginando o que as pessoas estariam pensando naquele exato momento. Minutos depois, permitiu que o jovem entrasse na brincadeira. Queria ensinar-lhe uma lição.

– Está vendo aquele sujeito apressado, apreensivo, de gravata torta? Olhe como ele torce o nariz e faz caretas. Deve estar pensando: "Eu não aguento mais meu chefe! Eu vou pedir demissão e mandá-lo plantar batatas." Coitado! Ele é o melhor plantador de batatas desta cidade. Faz anos que repete a mesma coisa.

Marco Polo abriu um sorriso analítico. Pensou: "Sempre foram os normais que zombaram dos trejeitos dos marginalizados. Eles falam sozinhos, gesticulam, são curiosos. Não imaginava que alguns deles vissem a sociedade organizada como um circo." Falcão chamou a atenção para outra pessoa.

– Está vendo aquela mulher toda embonecada, tentando se equilibrar naqueles saltos enormes? Olhe lá. Como ela anda torta. Quase caiu. Que coisa mais estranha. Nunca ninguém olhou para aqueles saltos, mas ela não desce deles. Deve estar pensando: "Quem será que está me admirando?!"

Em seguida, perguntou ao jovem:

– Quem está admirando aquela mulher?

– Não sei – respondeu Marco Polo.

– Só nós, seu tonto! Ficou mais de uma hora sofrendo diante do espelho para dois tolos a observarem – respondeu, brincando. E completou:

– Se você não brincar com a vida, a vida brigará com você.

Marco Polo entendeu o recado e topou a brincadeira. Em seguida, chamou a atenção para um homem aparentemente muito famoso, devia ser um ator ou cantor. Estava rodeado por seguranças e era perseguido por alguns repórteres tentando entrevistá-lo. Agressivo, desdenhava dos jornalistas.

– Ele deve estar pensando: "Eu sou o herói desta cidade!"

Marco Polo não conseguiu dizer mais nada sobre o homem e percebeu que Falcão não apreciara sua frase.

– Você escolheu o personagem errado. Ele não tem graça nenhuma, vive em torno da fama, pisa nos outros. Morre todos os dias um pouco, mas se acha acima dos mortais. A mídia o produziu e a mídia o detesta.

Marco Polo, incomodado, perguntou-lhe:

– Quem eu deveria escolher?

– Você poderia escolher aquela jornalista tentando entrevistá-lo. Ela está bufando de raiva por dentro! Deve estar pensando: "Não acredito que ganho tão pouco para entrevistar um cara tão vazio."

Marco Polo parou para meditar nessas palavras. Falcão completou:

– Os jornalistas são profissionais interessantes. São como bactérias que criticam o sistema, mas dependem dele para sobreviver.

Enquanto Falcão e Marco Polo se divertiam, algo rompeu abruptamente o momento de descontração. Perto deles, um jovem de 15 anos, usuário de drogas, aproveitou estar no meio da multidão e roubou, pelas costas, a bolsa de uma senhora idosa. Para que ela não o visse, empurrou-a impiedosamente. Ela caiu, feriu os joelhos e os lábios. O infrator correu.

A senhora gritava sem parar: "Minha bolsa! Roubaram minha bolsa!" Na confusão, os passantes não conseguiram identificar o ladrão. Dez metros à frente estavam dois policiais, que ouviram os gritos. Saíram correndo ansiosos para ver se o pegavam.

Ao perceber que estava sendo perseguido, o jovem, amedrontado, atirou a bolsa no colo de Falcão, que se levantou para procurar sua dona. Os policiais, ao passar por ele, viram a bolsa. Deduziram que um mendigo não poderia ser proprietário de tal peça. Agarraram-no.

Marco Polo implorava a atenção dos policiais. Tentava em vão explicar o que eles não queriam entender. Um dos policiais foi até a senhora, que estava a uns trinta metros, e perguntou se a bolsa lhe pertencia. Diante da resposta positiva e vislumbrando joelhos e lábios sangrando, saiu indignado. Uma pequena multidão, sequiosa por vingança, o acompanhava. Daria voz definitiva de prisão ao violento mendigo.

Falcão estava relativamente calmo. Sabia que nenhum argumento seria convincente. O momento era tenso. Mais uma vez seria alvo de policiais que odiavam andarilhos. Alguns gritavam palavras de ordem querendo linchá-lo. A agressividade gerava agressividade, revelando o inextinguível ciclo da violência. As sociedades modernas vivem tempos insanos. A serenidade é um artigo de luxo.

Sob o coro da multidão, os policiais, revoltados, mal recitaram os direitos do cidadão e o algemaram. Que direito tem um maltrapilho? Que advogado terá motivação para defendê-lo? Quem poderia crer na sua inocência? Marco Polo tentava em vão defendê-lo. Estava desesperado diante da injustiça.

De repente, Falcão tentou tirar algo volumoso do bolso. Os policiais pensaram que ele estaria sacando uma arma. Eles o socaram, derrubaram-no e colocaram os joelhos sobre seu pescoço. Mas era um tubo de metal e não uma arma.

Ao ver o amigo caído e ferido, Marco Polo tomou uma atitude inesperada. Aos berros, dizia:

– Fui eu! Fui eu! Fui eu que roubei a bolsa! Ele é inocente!

Os policiais ficaram confusos. A plateia silenciou.

Falcão, perturbado, o desmentiu. Gritou:

– Não! Fui eu. Eu a roubei.

Ninguém entendeu nada. Os policiais estavam atônitos. Nunca tinham presenciado uma reação como essa. Marco Polo foi mais incisivo.

– Pai! Você é um velho. A vida inteira me protegeu. Não tem força nem para andar. Como poderia roubá-la? Eu roubei a bolsa e a depositei em seu colo. Não assuma minha culpa!

Sem se desculpar com Falcão, os policiais simplesmente trocaram as algemas de pulsos. Marco Polo foi conduzido ao carro num cortejo em que a população gritava:

– Ladrão! Ladrão! Matem ele! – alguns gritavam.

Ao se aproximar do carro policial, Falcão pegou o tubo de metal, abriu-o e dele saltou uma rosa de seda vermelha. Ele a entregaria aos policiais como um sinal de paz. Agora, achara alguém mais digno de recebê-la – o jovem amigo. Falcão era amigo das crianças. Ganhara esse presente de um menino que de vez em quando lhe trazia comida na praça.

Os olhos do mendigo penetraram nos do jovem. Seu silêncio gritou em agradecimento, mas estava apreensivo com as consequências da sua atitude.

Marco Polo entrou no carro e partiu. Nunca havia entrado numa delegacia. Não podia alegar inocência, havia assumido o delito. Durante o inquérito, a capacidade de argumentar de Marco Polo se tornou inútil. Todos estavam revoltados com um criminoso que rouba e machuca frágeis idosas.

No interrogatório, o delegado lhe perguntou se alguma vez havia estudado ou trabalhado. Marco Polo o fitou e disse-lhe que era um estudante de medicina. O delegado e o escrivão quase estouraram de tanto rir.

– Era só o que me faltava! Um palhaço na delegacia. Não estou aqui para brincar, garoto – gritou. – O que você faz na vida?

– Eu já lhe disse. Sou estudante de medicina.

– Um mendigo futuro médico? Se com essa cabeleira linda será um médico, então eu sou Marilyn Monroe.

O escrivão morria de rir. Abriu as portas e chamou várias pessoas para entrar na sala. Apresentou-lhes o intelectual mendigo. Todos zombaram, aplaudiram, fizeram algazarra.

Marco Polo começou a entender o peso de ser uma pessoa excluída, os perigos de viver fora do modelo social. Porém já estava ficando calejado. Com sua esquisita cabeleira e seus trajes rasgados, não era possível ser levado a sério.

O delegado sabia que os mendigos, na maioria, eram pacientes psiquiátricos. Pensou que Marco Polo estivesse delirando. Sem respeito, balbuciou para alguns: "Não aguento esses vermes." Em seguida, aproximou-se e gritou:

– Diga-me quem você é, seu crápula! Se você é um futuro doutor, então mostre sua carteira de estudante.

Marco Polo engoliu em seco. Não tinha carteira de identidade e nem de estudante no momento.

– Esqueci em casa.

– Ah, seu espertinho, esqueceu em casa. Muito bem.

O delegado não teve dúvida. Como montara um palco, queria continuar o espetáculo.

– Então me descreva o corpo humano. Dê uma aula sobre o que você tem estudado em classe, seu megalomaníaco.

A plateia foi ao delírio diante da esperteza do delegado.

– Você é uma fera, chefe! – diziam os subordinados, querendo exaltar seu ego. O delegado, por sua vez, acariciou sua cabeça avantajada.

Mas mexeram com um vespeiro. Não sabiam em que armadilha tinham caído. Marco Polo, por ser perseguido nas aulas de anatomia, tinha de ser um excelente estudante para passar nas provas.

Ele fixou seu olhar nos presentes e começou, com a maior segurança, a discorrer sobre os intricados músculos do antebraço. Logo nas primeiras informações, as pessoas ficaram de olhos estatelados.

Depois começou a descrever o trajeto do nervo radial. Em seguida deixou-os pasmos comentando os átrios e os ventrículos do coração.

Relatou o nascimento da artéria aorta, seus ramos e sub-ramos. Apontou também quantos ossos tinha o esqueleto humano.

Após ter conquistado a plateia, resolveu fazer uma sutil chacota com o delegado.

– Pelo crânio enorme que o doutor delegado possui, certamente seu cérebro é privilegiado.

Pegou uma folha de papel que estava sobre a mesa. Dobrou-a e pediu para medir a testa da autoridade. E fez cena.

– É de se supor que o senhor tenha uns noventa bilhões de neurônios.

O delegado, desde a infância, tinha complexo de inferioridade por causa de sua cabeça volumosa. Seu apelido na escola era Cabeção. Seus colegas zombavam dele. À medida que cresceu, tentava compensar sua baixa autoestima sendo agressivo e autoritário. Impunha suas ideias e não as expunha. Mas, diante da descrição supostamente favorável de Marco Polo, sentiu-se um intelectual.

Não sabia que Marco Polo brincara reduzindo o número de seus neurônios. Um cérebro normal tem mais de cem bilhões de neurônios. Bem-humorado, Marco Polo o chamara solenemente diante dos amigos de "grande cérebro".

– Grande cérebro! Nunca ninguém me chamou desse modo.

Satisfeito, passou as mãos novamente na cabeça, pela primeira vez com alívio. Diante do vasto conhecimento de anatomia do jovem e sentindo-se elogiado por suas palavras, mudou seu tom no interrogatório.

"Esse rapaz tem comportamentos estranhos, mas parece uma boa pessoa", novamente analisou consigo mesmo. Além disso, ele realmente poderia ser um estudante de medicina excêntrico e o delegado temeu sofrer um processo por abuso de autoridade.

Perguntou por que Marco Polo estava trajado daquele jeito. Recebeu as explicações. Diante da história indigesta e não sabendo como proceder, deixou o rapaz numa sala especial até esclarecer os fatos.

Uma hora depois apareceu uma testemunha para depor espontaneamente. Era um balconista que trabalhava numa loja nas vizinhanças. No momento em que transitava pela praça, viu o menor infrator jogando a bolsa em cima do velho mendigo.

Comentou ainda que esse mendigo frequentava a praça havia algum tempo e era conhecido dos passantes por sua inteligência e bizarrice. Contou como Marco Polo protegera o velho. E, antes que o delegado o inquirisse, disse que não tomara nenhuma atitude na hora porque o ambiente estava conturbado. Teve medo de esclarecer os fatos na praça. Mas, comovido com a atitude do jovem, veio depor a seu favor.

O delegado esfregava as mãos na nuca. Piscava os olhos e respirava fundo. Tentava descobrir se aquilo era sonho ou realidade. Estava tão perplexo, que comentou:

– Nunca ouvi falar sobre um indigente inteligente, nunca ouvi falar sobre alguém assumir a culpa de outrem, nunca vi um estudante de medicina mendigo! Isso é demais para mim. Isso é coisa de gente maluca.

– Ou de gente que se ama – emendou o balconista.

Sabendo que havia sido autoritário com Marco Polo, chamou-o à parte e tentou justificar o injustificável: sua atitude discriminatória. Disse que não poderia imaginar que na pele de um andarilho estaria um jovem da elite. E aproveitou para confirmar se ele achava mesmo que seu cérebro tinha muitos bilhões de neurônios.

– Sua cabeça é a de um gênio. Freud teria inveja do senhor – disse-lhe Marco Polo.

O delegado foi às nuvens. Mas Marco Polo estava consternado. Deixou o templo da justiça decepcionado. Sentiu na pele que a justiça é forte para com os fracos e frágil para com os fortes...

Apesar disso, saiu cantarolando. Afinal de contas, seu mestre o ensinara a brincar com a vida e não a brigar com ela.

# Capítulo 5

No outro dia, Marco Polo foi novamente encontrar o amigo. Trajava roupas usuais. Entretanto, dia a dia se convencia de que os normais eram mais doentes do que jamais percebera.

Falcão, desta vez, o aguardava.

– Fazia tempo que não me preocupava pela sorte de alguém.

– Você se preocupou comigo? – indagou Marco Polo, surpreso e prazeroso.

– Você se esqueceu de que arrumei um filho cabeça-dura? – brincou.

A situação em que os dois se envolveram foi tão incomum que Marco Polo conseguiu algo raro do velho sábio: que ele falasse sobre seu mundo. Falcão era um cofre. O jovem estudante só conseguiu que ele abrisse a boca porque conquistou a sua alma. Sentaram-se e tiveram uma longa conversa.

Marco Polo estava boquiaberto com as revelações de Falcão sobre o Poeta da Vida. Relatou que ele sabia transformar as coisas simples num espetáculo aos seus olhos. Fazia da aurora um momento de meditação. Considerava o orvalho da manhã como pérolas anônimas que por instantes aparecem e logo se dissipam, mas só os sensíveis as percebem. Despedia-se da Lua como quem se despede de uma amiga. Cantava quando as gotas de chuva umedeciam a terra. Era apaixonado pela vida, pela natureza e pelo Autor da existência.

O jovem absorvia as palavras do velho qual sedento no deserto. Marco Polo sentiu que os que estavam à margem da sociedade tinham muitas perturbações, mas viviam mais aventuras, pelo menos alguns deles. A sociedade se tornara um mercado de tédio, sem poesia ou sensibilidade.

Falcão tinha uma maneira peculiar de se expressar: falava olhando para uma plateia invisível e não diretamente para Marco Polo. Quando queria, era um homem de detalhes, dissecava os sentimentos. Tinha uma habilidade impressionante de produzir frases de efeito.

Relatou ainda que o Poeta da Vida era um grande crítico do sistema social. Dizia que na sociedade havia muitas pessoas tentando conquistar o mundo exterior, mas não o seu mundo interior. Elas compravam bajuladores, mas não amigos; roupas de grife, mas não o conforto. Colocavam trancas nas portas, mas não tinham proteção emocional. "Mendigam o pão da tranquilidade. Estão piores do que nós, meus amigos", dizia a mim e aos que o rodeavam para beber da sua inteligência.

Ele gostava de proclamar que ricos são os que extraem muito do pouco e que livres, os que perdem o medo de ser o que são. "Somos ricos e livres", gostava de falar aos miseráveis das ruas, tentando consolá-los. Alguns não entendiam suas palavras, mas ainda assim ele não deixava de dizê-las.

De repente apareceu um mendigo pedindo comida a Falcão. Ele só tinha alguns trocados, mas os deu. Despediu-se dele desejando que caminhasse em paz.

– Você deu todo o dinheiro que possuía. Não vai passar fome à noite?

– Pode ser. Mas há uma fome que saciei agora. A fome de aliviar a dor de alguém.

Marco Polo emudeceu. Após um momento de silêncio, Falcão olhou novamente para a sua plateia invisível e perguntou.

– Você passa pelos vales da dor?

Marco Polo refletiu e considerou:

– Algumas vezes sim.

– Não se intimide. Eu e o Poeta comentávamos que não há pessoas isentas de sofrimentos, nem no meu nem no seu mundo. O que há são pessoas menos encarceradas que outras. Todos somos reféns de algum período do passado.

Falcão não fez comentários sobre as algemas do seu passado e nem Marco Polo se atreveu a questioná-lo. Continuou descrevendo o Poeta. Disse que quando a fome apertava, ele não pedia dinheiro, fazia os homens viajarem.

– Viajarem?

– Sim. Viajarem para dentro de si mesmos.

– Como?

Falcão subiu num banco da praça e repetiu a cena que seu amigo fazia e que ele aprendera a fazer. Conclamou a multidão a se aproximar. Começou a declamar altissonante uma poesia à natureza. Os caminhantes, admirados, fizeram um semicírculo. Apontou um belo pássaro e levou a multidão a viajar nas suas asas.

– Mais sábios que os homens são os pássaros. Enfrentam as tempestades noturnas, tombam de seus ninhos, sofrem perdas, dilaceram suas histórias. Pela manhã, têm todos os motivos para se entristecer e reclamar, mas cantam agradecendo a Deus por mais um dia. E vocês, portadores de nobres inteligências, que fazem com suas perdas?

Em seguida, colocou o esgarçado chapéu à sua frente. Calou-se e sentou-se ao lado do deslumbrado Marco Polo. Os ouvintes, extasiados, o aplaudiram e lhe deram dinheiro. Marco Polo indagou:

– Você recebeu muitas esmolas?

– Não recebi esmolas. Elas pagaram pela viagem que lhes proporcionei. Saiu barato.

Aquilo era demais para a mente de Marco Polo. Ele ficava atônito a cada frase de Falcão. Após a dispersão da multidão, vários mendigos famintos se aproximaram. Falcão distribuiu o dinheiro entre eles. Esse ritual era comum.

– Você deu todo o dinheiro a eles?

– Em meu mundo, os mais fortes servem aos mais fracos. No seu, os mais fracos servem aos mais fortes. Qual é mais justo?

Marco Polo sentiu um nó na garganta. Achou desnecessário responder. Após este fato, Falcão começou a contar a identidade social do Poeta. Havia semanas Marco Polo esperava por isso.

Contou que o Poeta era um médico respeitado na sociedade. Casou-se e foi apaixonado por sua esposa. Tiveram dois filhos que encantavam o casal. Amava-os até o limite do seu entendimento. Beijava-os diariamente. Raramente um pai foi tão presente e tão afetivo. Todavia o "pássaro" enfrentou a mais dramática tempestade noturna.

O ninho do Poeta desabou. Certa vez, toda a sua família viajava de carro. Chovia muito. Numa ultrapassagem, ele perdeu o controle do carro e sofreu um grave acidente. Toda a sua família se fora. Um dos filhos não morreu no ato. Ficou um período prolongado em coma. O Poeta, também, mas por poucos dias.

Quando acordou, o mundo desabou sobre ele. Atormentava-se dia e noite com ideias negativas que financiavam seu sentimento de culpa e esmagavam sua tranquilidade. Como consequência, teve sucessivas crises depressivas. Nada o consolava.

– Ele não se tratou, não tomou antidepressivos?

Para a surpresa de Marco Polo, Falcão comentou:

– Antidepressivos tratam da dor da depressão, mas não curam o sentimento de culpa e nem tratam a angústia da solidão...

– Ninguém conversava com ele? Ele não fez terapia?

– Ele tinha sede de compreensão, de interiorização, e não de conselhos e técnicas frias. Poucos têm maturidade para entender o drama de alguém que perdeu tudo. Que teoria e que técnica psicológica poderiam arrebatar a esperança no caos? Os terapeutas tinham teoria, mas lhes faltava sabedoria...

Tais palavras causaram um eco no jovem Marco Polo, abriram o leque da sua inteligência. Desejou anotar com mais detalhes as conversas com seu mestre. Estimulado por seus diálogos, também começou a refletir e a anotar o comportamento das pessoas que o rodeavam. Pouco a pouco, aprendia a ser um garimpeiro do indecifrável mundo da mente humana.

A conversa continuou e o jovem perguntou:

– O Poeta nunca foi internado em hospitais psiquiátricos?

– Ele se isolava por dias no quarto da sua casa para organizar as ideias, procurar sentido para a vida, mas seus psiquiatras interpretavam esse isolamento como agravamento da crise depressiva. Por isso, o internavam. No hospital, os medicamentos embotavam seus sentimentos. Não conseguia pensar, refletir, nem alimentar sua lucidez. Com isso, se deprimia mais ainda, deixava de se alimentar e de ter contato social. Então conduziam-no à terapia com eletrochoque. Não apresentou nenhuma melhora.

– Mas como ele foi parar nas ruas?

Falcão relatou que o Poeta, ao saber que seu filho tivera uma parada cardíaca e morrera na UTI depois de mais de seis meses em coma, ficou agitado, entrou em desespero. Foi o golpe fatal. Internaram-no novamente.

– Se tivesse sido simplesmente abraçado, ouvido, amparado, talvez tivesse suportado seu caos. Mas foi tratado como um doente. A dor tornou-se insuportável. Não tentou suicídio, não desistiu de viver, mas fugiu do hospital e saiu sem destino pelo mundo.

Falcão contou que, tal como ele, tornara-se um caminhante sem endereço, pois procurava um domicílio dentro de si mesmo para descansar. Um lugar de conforto nos destroços das suas perdas. Queria resgatar uma razão para continuar respirando fisicamente e oxigenando sua emoção.

– Como foi a adaptação dele num ambiente inóspito? As crises não pioraram quando saiu sem rumo?

– Nas ruas, o Poeta encontrou miseráveis como ele. Conheceu os incompreendidos, os dilacerados pelas perdas, os mutilados pela culpa, os transtornados pelas psicoses, os que são considerados lixo do sistema. Ajudar a todas essas pessoas deu-lhe ânimo.

Em seguida, apontou ao longe uma mulher indigente, chamando-a pelo nome, dizendo que ela perdera seus pais, sua segurança, seu chão. Bárbara não tinha mais parentes nem amparo. Tornou-se alcoólatra. Saiu pelo mundo. Apontou outras pessoas.

– Tiago era rico e perdeu tudo: dinheiro, privilégios, esperança, autoconfiança, capacidade de lutar. Tinha status, glamour, mas perdeu sua glória e seus amigos e, não suportando o anonimato, abandonou-se. Aquele de casaco preto é Tomás. Foi um brilhante jornalista. O alcoolismo e as crises depressivas roubaram-lhe o emprego, a mulher, os bens e a serenidade.

Em sequência, apontou para mais duas pessoas.

– João e Adolfo ainda possuem psicose, deliram, atormentam-se com imagens aterradoras. Ambos foram professores universitários. Cansaram-se das crises e das internações. Fizeram do mundo um lugar mais amplo para fugir de seus fantasmas.

Em seguida, apontou uma mulher magérrima. Joana fora modelo na adolescência. Engordou, perdeu as curvas do corpo, a beleza exterior e admiração social. Foi descartada, abateu-se, teve anorexia nervosa. Seus pais adotivos morreram. Ela ficou só. Foi internada de hospital em hospital, até que resolveu procurar um lugar onde ninguém se preocupa com a aparência.

– A sua sociedade usa as pessoas e as descarta como objetos. Cuidado, meu jovem! Os aplausos não duram.

Marco Polo estava impressionado. Todas aquelas pessoas tinham histórias riquíssimas, porém passavam despercebidas aos preconceituosos olhares dos passantes. "Ninguém teria coragem de abandonar completamente o conforto social se não tivesse uma vida dilacerada, um motivo muito forte", refletiu.

Respirou fundo e, em seguida, relatou seu encontro com o amigo. Disse que o Poeta chorara muitas vezes ao longo das estradas. Tinha varado noites derramando lágrimas nas praças das cidades e nos becos escuros perguntando: "Por quê? Meus filhos, onde vocês estão?" Numa dessas praças, Falcão encontrou-o pranteando.

As lágrimas os aproximaram. Ambos não disseram nada. Choraram juntos, cada um pela sua história. Nenhum dos dois precisou apresentar-se ou mostrar suas credenciais.

– Eu o compreendi sem ouvi-lo e ele me entendeu sem me escutar. Das lágrimas nasceu uma grande amizade. – Respirando pausadamente, completou: – Para o Poeta, ajudar os abandonados era prestar uma homenagem aos seus filhos e à sua esposa. Pouco a pouco, ele resgatou a fé em Deus. Começou a ver a assinatura do Criador no delírio de um psicótico, no desespero de um deprimido, no perfume de uma flor, no sorriso de uma criança.

Marco Polo ouvia sua própria respiração, enquanto escutava o relato de Falcão.

– Desse modo, o Poeta saiu do casulo, levantou-se das ruínas. Fez das suas perdas uma cortante lâmina para lapidar sua inteligência, coisa rara no seu e no meu mundo. Sua saudade jamais foi resolvida, mas as perdas não mais o asfixiaram. Por isso, citava seus filhos e sua esposa sem culpa e com alegria nas longas conversas com os excluídos. Eles estavam vivos no único lugar em que jamais poderiam morrer: dentro dele.

– Você foi ajudado por ele?

A pergunta de Marco Polo ecoou dentro de Falcão. O homem forte dissipou-se, entristeceu-se e conteve seus soluços. Sua voz emudeceu.

Marco Polo leu seu silêncio. Percebeu que Falcão não perdera apenas um amigo, mas talvez toda a sua família. Tocou em seus ombros afavelmente em sinal de compreensão. Levantou-se. Era o momento de partir e não de dialogar.

Enquanto caminhava para casa, sabia que seu amigo caminhava pelas avenidas do seu passado. Roupas rasgadas, corações despedaçados, feridas abertas, enfim, uma história de segredos que fora reconstituída e tornou-se uma brilhante poesia.

"Foi uma pena não ter conhecido o Poeta", pensou. E refletiu se não estava perdendo a oportunidade de conhecer outros Poetas, outras pessoas interessantes que estavam passando pela sua vida, mas que só conhecia superficialmente.

Pensou particularmente em seu pai, que morava em uma cidade distante da sua. O senhor Rodolfo sempre fora incompreendido pelo seu idealismo social e por não se preocupar com o amanhã.

Até sua pré-adolescência, Marco Polo o admirava e era influenciado pela sua habilidade em contar histórias. Todavia, à medida que foi crescendo, os atritos de sua mãe, Elisabete, que era ambiciosa, com o pai, que era desprendido, aumentaram. Ela acabou exercendo maior influência sobre o filho nos anos que antecederam a faculdade.

Elisabete amava seu marido, mas frequentemente o criticava para Marco Polo, dizendo que seu pai deveria ter menos sonhos e mais dinheiro. Tomando o partido da mãe, Marco Polo teve alguns atritos com o pai. Chegou a pensar que ele era um fracassado, um alienado e uma pessoa mal resolvida.

Agora que estava com uma personalidade mais formada e tinha melhor consciência crítica, precisava julgá-lo menos e compreendê-lo mais. Seu contato com Falcão o fez ver o mundo por ângulos que jamais vira. Precisava ir além da aparência. Necessitava descobrir os traços sutis que compunham o quadro de pintura dos comportamentos do seu pai.

Chegando em casa, escreveu-lhe uma carta.

*Pai,*

*Desculpe-me pelas atitudes impensadas. Eu sei que o feri pelas minhas críticas precipitadas. Perdi tanto tempo julgando-o. Eu tenho a impressão de que não o conheço interiormente, embora tenha vivido com você num pequeno espaço durante tantos anos. Fomos estranhos morando na mesma casa. Gostaria de saber quem você é, quais foram as lágrimas que você não chorou, quais foram os dias mais tristes da sua história e quais foram seus desafios que nunca teve coragem de me contar?! Pai, se eu pudesse retroceder no tempo, não apenas pediria que você voltasse a me contar as belas histórias de aventura, mas principalmente que me contasse a sua própria história, falasse dos seus projetos, dos seus sonhos, das suas derrotas. Tenho certeza de que ela é fascinante. Eu tenho muitos defeitos, mas gostaria de ter uma nova chance de ser seu amigo.*

Ao receber essa carta, o senhor Rodolfo ficou profundamente comovido. Não sabia o que se passava com seu filho, mas tomou consciência de que também não o conhecia. Poderia ter brincado, conversado e vivido mais momentos descontraídos com ele. Agora, separados pela distância física, começaram a se corresponder, a se aproximar e a se admirar.

Marco Polo entendeu que um dia a maioria das pessoas precisaria recolher seus pedaços e reescrever sua história. Contudo, aprendeu que reconstruir as relações sociais não era uma tarefa simples – exigia audácia.

Ao anotar o último encontro com o filósofo mendigo, fechou seu texto escrevendo: "Muitos dos que têm endereço certo passam pela existência sem nunca percorrer as avenidas do próprio ser. São forasteiros para si mesmos. Por isso, são incapazes de corrigir suas rotas e superar suas loucuras."

# Capítulo 6

Marco Polo chegou às 15 horas na praça. O dia fora cansativo, mas encontrar Falcão era um convite a novas experiências. Ele estava com um comportamento estranho, tenso, fechado. Parecia querer distância. Remoer o passado no dia anterior mexera com seu ânimo.

Marco Polo tentava distraí-lo, mas seu olhar era opaco, sem o brilho das outras vezes. Estava circunspecto. Percebendo que a conversa seria um monólogo, resolveu ir embora. Respeitou o momento dele. “Não vale a pena pressionar quem não está disposto ao diálogo”, refletiu. Após os primeiros passos, Falcão disse-lhe:

– Não é recomendável que os normais se aproximem de mim.

Marco Polo, intrigado, sabia que ele não se abriria se não provocasse sua inteligência. Mas não poderia ser estúpido. Arriscou dizer:

– Não há um normal que não seja anormal e nem um anormal que não seja passível de ser um mestre.

Falcão olhou admirado o amigo, mas desferiu-lhe um golpe inesperado:

– Disseram-me que sou perigoso para sua sociedade. O que você espera de mim? Sou um doente mental. É melhor desaparecer.

Marco Polo ficou calado. Sempre fora impulsivo, mas estava aprendendo a difícil arte de pensar antes de reagir. Após um momento de introspecção, disse:

– Os aparentemente saudáveis sempre cometeram mais loucuras contra a humanidade do que os loucos. Você não é perigoso, a não ser para os que têm medo de pensar.

Falcão esfregou a mão direita na testa, levantou-se, foi até uma flor e começou a falar com ela.

– Você é tão linda e eu sou tão rude, mas obrigado por invadir meus olhos e me encantar sem nada exigir!

Marco Polo também se levantou. Foi até uma árvore próxima, abraçou-a, beijou-a e disse algumas palavras em voz audível:

– Você é tão forte! Suportou tantas tormentas. Mas fortaleceu-se e hoje dá sua sombra gratuitamente para mim, que sou tão frágil. Obrigado por sua perseverança!

Falcão entreolhou sutilmente o jovem e deu um sorriso.

Os transeuntes tropeçavam uns nos outros ao ver a cena. Davam risadas. Faziam gestos expressando que estavam diante de dois loucos. Voltando-se para eles, Falcão declarou:

– Quem nunca abraçou uma árvore ou conversou com uma flor nunca foi digno das dádivas da natureza! Não sejam insensíveis! Aprendam a amar quem tanto lhes dá!

Envergonhadas com as ideias do mendigo, as pessoas se dispersaram reflexivas. Trinta metros adiante, um adolescente com cabelo estilo punk abraçou um imenso tronco e beijou-o. Ao seu lado, um idoso senhor abaixou-se diante de uma pequena flor. Parecia reverenciá-la. Um adulto de terno e gravata também abraçou um tronco de árvore por um minuto. Outras pessoas repetiram a cena. A sensibilidade foi contagiante.

Em seguida, os amigos sentaram-se no banco e reiniciaram uma longa conversa. Depois do Poeta, Marco Polo se tornara a primeira pessoa para quem Falcão relataria a sua surpreendente história. Nem seus companheiros de caminhada conheciam certos becos da sua vida.

– Por que você tem o apelido de Falcão?

– Coisa do Poeta. Dizia exageradamente que minha inteligência era aguçada como os olhos de um falcão e minha criatividade voava alto como as suas asas. Mas, na realidade, nasci das cinzas.

– Como assim?

Uma breve pausa. Falcão olhou para sua plateia invisível e comentou.

– Eu sou Ph.D. em filosofia.

Marco Polo quase caiu do banco. O céu da sua mente clareou subitamente. Agora estava entendendo o gênio que o ensinava.

– Fui professor de filosofia numa grande universidade. Já brilhei no pequeno mundo de uma sala de aula, embora tenha sido sempre crítico do sistema acadêmico. Escrevi textos, orientei teses, formei alguns pensadores.

Em seguida, falou espontaneamente da sua intimidade. Relatou que sua família era de origem humilde e saturada de problemas. Seu pai era explosivo, materialista e alcoólatra. Sua mãe, tímida, afetiva e vítima da agressividade do marido. Ele crescera no centro da miséria física e emocional. Por serem pobres, seus pais não tinham condições de financiá-lo na universidade.

– Para conquistar meus sonhos, tive de estudar e trabalhar muito. Mas não trabalhei meus conflitos.

– Você constituiu família?

Mais uma pausa. Desta vez longa e dolorida.

– Eu era considerado o melhor aluno da faculdade e o mais destacado orador. Encantei uma linda jovem da mesma universidade. Amei e fui intensamente amado por ela. O pai dela era um famoso e rico advogado. Dr. Pedro era fascinado pelo dinheiro e vidrado em status social.

Continuou relatando que não conseguiu dar o padrão que sua esposa tivera na casa dos pais. O pai dela sempre estimulou a separação. Era frustrado pelo fato de a única filha não ter se casado com um juiz ou promotor de justiça. Ter um filósofo e um pobre professor universitário na família foi um pesadelo que sempre o perturbou.

– Os professores são heróis anônimos, meu amigo. Trabalham muito, ganham pouco. Semeiam sonhos numa sociedade que perdeu sua capacidade de sonhar.

Ao ouvir esse relato, Marco Polo ficou embaraçado. Passava os olhos sobre a imagem de Falcão enquanto ele discorria sobre si mesmo e não entendia como uma pessoa intelectualmente brilhante pôde ser completamente excluída da sociedade. Ficou pensando se Falcão teve perdas semelhantes às do Poeta. Desenhou um quadro imaginário com falecimentos, depressão e solidão.

De repente, piscou os olhos, fez um movimento rápido com a cabeça e voltou para a realidade. Sentiu Falcão abatido, percebeu que não queria tocar mais no assunto da família. Marco Polo procurou mudar um pouco a direção da conversa.

– Quando você começou a adoecer?

– Seis anos depois de me casar, comecei a ter insônia. Meus pensamentos eram agitados e acelerados. Estava ansioso, não conseguia coordenar minhas ideias. Milhares de imagens transitavam na minha mente num processo ininterrupto. Pouco a pouco, comecei a perder os parâmetros da lógica. Já não conseguia distinguir a realidade da fantasia.

Falcão dissecava suas mazelas com a precisão de um cirurgião na sala de anatomia. Só conseguia fazer tal descrição porque era um brilhante pensador que muitas vezes penetrara na sua própria história tentando compreendê-la. Marco Polo sentia opressão no peito e nó na garganta diante da exposição do amigo.

– Comecei a ter paranoia. Achava que algumas pessoas liam meus pensamentos e queriam controlar minha inteligência. As ideias de perseguição me atormentavam. Ter inimigos fora de si é perturbador, tê-los dentro da própria mente é apavorante. A sensação de ser invadido no único lugar em que devemos ser livres me assombrava.

– Você não tinha controle do seu raciocínio?

– No começo, desconfiava dos meus personagens, tinha certa consciência de que eram irreais, mas eles se avolumaram e pouco a pouco comecei a lutar com eles como se fossem reais. Eles tornaram-se os predadores e eu, a caça.

Marco Polo estava perplexo com o relato vivo da destruição de uma complexa personalidade.

– Nesse embate delirante, perdi a maior dádiva de um ser humano: a sua consciência crítica, a sua identidade. Não sabia quem eu era. A minha mente se tornou um tenebroso teatro. Antes da psicose, eu era o ator principal desse teatro, semanas depois era um ator coadjuvante, meses depois tornei-me plateia da minha miséria psicológica. Foi horrível. Fiquei confuso, desorientado e amedrontado. Minha estrutura intelectual esfacelou-se.

Marco Polo não sabia o que dizer. Não conseguia formular uma pergunta. Falcão parecia alguém tão lúcido, não imaginava que tivesse vivenciado tamanho sofrimento. Passado o primeiro impacto, indagou:

– Como foi que você parou de lecionar?

– Os alunos admiravam minha eloquência. Era o professor mais procurado e o mais solicitado para ser paraninfo das turmas. Batalhava para que aqueles garotos pensassem, não fossem formatados, não se tornassem repetidores de ideias, mas engenheiros de novos pensamentos. Mas, quando comecei a ter minhas crises, foi um desastre.

Falcão disse que quem o conhecia ainda o respeitava, mas os demais zombavam dos seus gestos bizarros. Às vezes, ficava dias sem dar aulas. Fez mais uma pausa e contou como fora excluído da universidade.

Certa vez, ensinava sobre a ética dos filósofos gregos para uma turma de direito. A sala estava cheia. Falava com vibração. Subitamente interrompeu sua fala e começou a discutir com os personagens do seu imaginário. Os alunos se entreolhavam assustados.

– Eu delirava e alucinava, sentia-me na Grécia Antiga, sentado num cenáculo repleto de pensadores, entre eles, Platão. Levantei a voz e proclamei: "Platão, a ética está morrendo! A violência faz parte da teia social. As pessoas não sabem perscrutar os recônditos das necessidades dos outros!"

Ao fazer a descrição dos fatos ocorridos na sala de aula, Falcão inspirou profundamente e soltou o ar como se quisesse expulsar os demônios do passado. Marco Polo estava ansioso para saber do desfecho.

– Ao ouvir minha fala, os alunos aplaudiam e assobiavam, tanto pelo brilho das ideias quanto pela loucura do espetáculo. Não compreendiam que eu estava num surto psicótico.

Falcão comentou que os aplausos dos alunos o excitaram. Ele subiu na cadeira e continuou seu discurso com mais veemência. Alguns gritaram: "Louco! Louco!" Então voltou-se para eles e começou a provocá-los.

– Gritei para os alunos: "Eis uma plateia de servos gregos! Sorriem das misérias alheias porque escondem suas misérias debaixo das suas vestes. Vocês não sabem filosofar, só sabem ser comandados. Servos!"

Marco Polo exclamou:

– Mas suas ideias tinham coerência!

– Não há louco que não seja lúcido e nem lúcido que não seja louco. O problema é que os psicóticos mesclam ideias coerentes com delírios na mesma cena. Os pensamentos ficam entrecortados. Eu parava de falar com os alunos e começava a conversar com meus personagens. Rebatia um, concordava com outro, discutia com outros.

Todavia, brincando com seu passado, Falcão disse a Marco Polo:

– Eu fui tão genial que Platão ficou assombrado com meus pensamentos...!

Mas, em seguida, olhando vagamente para o espaço, recordou o desfecho do doloroso momento. Quando provocou os alunos, saiu imediatamente dos aplausos para as vaias. Alguns chamaram rapidamente o diretor da faculdade.

O diretor solicitou que três seguranças o retirassem do ambiente. Ele se recusou. Diante do tumulto, outros professores se aproximaram. Eles o agarraram como a um animal.

– Senti-me como Sócrates, condenado à cicuta, destinado ao eterno silêncio. E bradei novamente: "Hipócritas! Destituam-se das armas! Enfrentem-me no campo das ideias!"

Diante do breve silêncio de Falcão, Marco Polo se antecipou com ansiedade:

– Eles o levaram para um hospital psiquiátrico?

– Quando puseram as mãos em mim, eu tinha a força de um gladiador diante das feras. Consegui escapar. Subi na mesa e proclamei o hino à liberdade, uma poesia filosófica que escrevi nos momentos de lucidez.

– Você ainda se lembra dela?

– Algumas frases.

Falcão subiu no banco da praça e proclamou-a. Ao ouvi-la, uma multidão se ajuntou.

*Vocês podem calar a minha voz, mas não os meus pensamentos!*

*Vocês podem acorrentar meu corpo, mas não a minha mente!*

*Não serei plateia dessa sociedade doente, serei autor da minha história!*

*Os fracos querem controlar o mundo; os fortes, o seu próprio ser!*

*Os fracos usam as armas; os fortes, as ideias!*

Após proclamá-la, a plateia o ovacionou. Falcão sentou-se e relaxou. Voltou a falar com Marco Polo. Contou que o diretor chamara a polícia, que por sua vez chamara a ambulância de um hospital psiquiátrico. Colocaram-no numa camisa de força e injetaram-lhe uma dose de um potente tranquilizante.

Falcão fitava os enfermeiros. Sentia-se vítima da maior injustiça do mundo. Enquanto a droga não o induzia ao sono, o espetáculo prosseguia. Continuava a conversar com seus personagens fictícios. Devido à resistência à internação, foi considerado no hospital um paciente com alto potencial de agressividade. Ficou isolado por uma semana num quarto mal iluminado.

O que ninguém foi capaz de fazer, as drogas conseguiram: calar as ideias do filósofo. Doses maciças de medicamentos invadiram seu cérebro, atuaram no processo de leitura da memória, bloquearam as janelas da sua história, obstruíram a construção de pensamentos, refrearam sua racionalidade. Parecia um zumbi no hospital. Seus delírios e alucinações foram silenciados – todavia, o pensador também.

Ficou dois meses internado. Foi a primeira de uma série de internações. Depois que saiu do hospital, retornou à universidade. Sua musculatura estava rígida, sua voz, pastosa e trêmula, seu raciocínio, lento. Não era mais o eloquente Falcão. A medicação que o ajudou foi a mesma que o aprisionou. Estava numa camisa de força química.

Alguns alunos, ao encontrá-lo no corredor, debochavam disfarçadamente, mas ele percebia. Outros, que conheciam sua inteligência, se achegavam, abraçavam-no e agradeciam sua sabedoria, mas ficavam espantados ao vê-lo salivando e sem expressão facial. Alguns saíam com lágrimas nos olhos.

– Eu queria voltar a fazer o que mais amava: ensinar. Mas como um louco poderia dar aulas? O reitor da universidade disse que eu não poderia mais lecionar. Para ele e para alguns diretores dos cursos em que eu lecionava, minha doença era incurável e contagiosa, como nos tempos da varíola.

Eles acreditavam que Falcão poderia tumultuar o ambiente com sua psicose. Não percebiam que os pacientes psicóticos precisam de inclusão e não de exclusão. Não compreendiam que muitos deles são dotados de refinada inteligência e sensibilidade. Já não bastava o ônus pesado da doença que transportavam, tinham que carregar o ônus da rejeição.

– Você esquece milhares de sofrimentos na vida, mas o sentimento de rejeição é uma dor inesquecível.

Solicitaram que Falcão se afastasse e se aposentasse por incapacidade. Sentindo-se inútil, seu quadro se agravou. Sua autoestima e sua autoconfiança estilhaçaram-se. Não conseguia mais ter dignidade diante de sua família e da sociedade.

Desse modo, foi excluído. Disse que sempre se sentira fora do ninho dos intelectuais, mas, agora, fora banido sem compaixão.

# Capítulo 7

O medo de enlouquecer sempre perturbou o ser humano. O fato de perder o juízo, não discernir a realidade, desorganizar o pensamento, romper com a consciência de si mesmo e do mundo angustia milhões de pessoas de todas as eras e todas as sociedades.

Muitos creem erradamente que enlouquecerão porque se afligem com ideias absurdas, sofrem por pensamentos fixos, angustiam-se por imagens mentais que nunca quiseram produzir. Mas, por terem coerência em seu raciocínio e saberem distinguir a imaginação da realidade, não desenvolvem confusão mental.

Loucura é um nome popular carregado de discriminação e de falsos medos. O nome científico é psicose. Há vários tipos de psicoses que se apresentam com vários graus de intensidade e, consequentemente, com vários níveis de superação.

A mais temível das psicoses havia penetrado no tecido da personalidade de Falcão, comprometendo a sua racionalidade. Embora tivesse períodos de serenidade, durante as crises ou surtos psicóticos, ele perdia a consciência de quem era, do que fazia e, às vezes, de onde estava. Não conseguia administrar seus próprios atos.

Como tinha refinada cultura e era um pensador, nos períodos de lucidez esforçava-se para encontrar as causas do seu caos psíquico. Um esforço dantesco para quem estava com seu eu fragmentado. Todavia, o tratamento psiquiátrico não evoluía.

Havia pouca troca de ideias entre ele e seus médicos psiquiatras. Não discutiam sobre "como" e "por que" construía em seus delírios personagens que o atormentavam. Psiquiatra e paciente viviam mundos distintos e usavam linguagens distintas.

No outro dia Falcão continuou a contar a sua história ao jovem amigo. Sentia necessidade de falar, e Marco Polo, a necessidade de ouvir. Por isso, indagou:

– Você ficou decepcionado com seus psiquiatras?

Com a voz pausada, ele disse:

– Não com todos. Em minhas internações encontrei alguns psiquiatras humanos, solidários e cultos, mas o contato era raro. Com a maioria, eu me decepcionei. Devido às ideias de perseguição e a crença fatal de que estava sendo controlado, diagnosticaram minha doença como esquizofrenia paranoica. Sabe o que é carregar o peso de ser um psicótico?

– Nem imagino.

– É inimaginável. Os diagnósticos podem ser úteis para os psiquiatras, mas podem tornar-se um cárcere para os pacientes. Eu não era mais um ser humano, era um esquizofrênico.

Falcão estava com os olhos embebidos de lágrimas. Tais palavras se tornaram inesquecíveis para Marco Polo.

– Você tentava ajudar a si mesmo?

– A única coisa saudável que me restava quando eu saía das minhas crises era pensar em meu mundo, tentar me entender, reorganizar minha personalidade fragmentada, mas me tratavam como um doente mental incapaz de construir ideias brilhantes e dar grandes saltos interiores. Sentia-me como um rio represado que produzia muitos pensamentos perturbadores, mas não tinha para onde escoá-los.

– Por que os doentes mentais são tão discriminados na sociedade?

– Nunca leu Foucault?

– Não!

– Devia ler. Foucault escreveu a *História da loucura* na Idade Clássica. Esta obra mostra as raízes antropológicas pelas quais se classifica um indivíduo como louco. A psiquiatria formatou essa classificação e marginalizou todos os comportamentos que se afastavam dos padrões de comportamento universalmente aceitos numa sociedade. Muitos erros foram cometidos, muitas pessoas foram tachadas como loucas apenas por terem comportamentos que fugiam ao trivial.

– Qual a sua definição de loucura?

– Quem pode defini-la? Classicamente loucura é toda desagregação duradoura da personalidade que foge aos parâmetros da realidade. Mas quais são esses parâmetros? São psicóticas as pessoas que se sentem perseguidas por personagens criados em seu imaginário. Mas as pessoas que perseguem personagens reais, como generais que deflagram guerras, soldados que torturam, policiais que matam, políticos que controlam, o que são? São psicóticas as pessoas que têm delírios de grandeza, que acham que são Jesus Cristo, Napoleão, Buda. Mas e os mortais que se sentem deuses pelo dinheiro e poder que possuem, que não se importam com a dor dos outros, são o quê? Para mim há uma loucura racional aceita pela sociedade e uma loucura irracional condenada por ela.

Essas palavras saíram dos porões da memória de Falcão, do lugar mais secreto do seu ser. Revelavam um pensador culto com um passado despedaçado e uma emoção profundamente ferida. Elas se alojaram para sempre na memória do jovem Marco Polo. Falcão completou:

– Alguns psiquiatras diziam que minha psicose era crônica, incurável, porque tinha fundo orgânico. Estava condenado.

– Como assim?

– Diziam que algumas substâncias estavam alteradas no meu cérebro e só com medicamento poderiam corrigi-las. Para eles, o aparelho psíquico é apenas um caldeirão de reações químicas.

– Você não concorda com essa tese?

– Como um filósofo pode crer numa tese tão rígida, limitada e débil?! A filosofia tem milênios de existência. A psiquiatria tem pouco mais de um século. Ela teve avanços impressionantes, mas ainda está na sua adolescência e, como a maioria dos adolescentes, a psiquiatria tem um comportamento prepotente. É uma ciência importante, mas não é uma ciência madura. Falta-lhe humildade para compreender o mundo insondável da psique humana.

Falcão estudava a história da psiquiatria, seus avanços, hipóteses e limitações. Sua cultura nesse campo tornara-se vasta, superava a da maioria dos psiquiatras. Em seguida, fez uma complexa explanação sobre a relação da psique – alma – com o cérebro.

Disse que muitos filósofos discorreram sobre a metafísica, como

Aristóteles, Agostinho, Descartes, Spinoza. Revelou que a metafísica é a área da filosofia que discursa sobre a alma humana, afirmando que ela ultrapassa os limites estritamente físicos do cérebro. Descartes, seduzido pela metafísica, a considerava como objeto primeiro do mundo das ideias. Kant a submeteu aos limites da razão. Todavia, a metafísica sofreu críticas e debates acalorados a partir do materialismo de Nietzsche, do determinismo histórico de Hegel, do marxismo, do existencialismo de Sartre, do positivismo lógico. Assim, deixou de ser debatida.

– Numa sociedade materialista, lógica, pragmática, encarcerada pela matemática e fascinada pela computação, a metafísica foi quase aposentada como objeto de discussão científica.

Falcão defendia a metafísica como explicação para os indecifráveis fenômenos psicológicos que nos tecem como seres pensantes. Após esse comentário, olhou para seu jovem discípulo e questionou:

– Somos apenas um cérebro sofisticado que tomba numa sepultura para não ser mais nada? Nossa história se esgota nessa breve existência? São débeis os bilhões de seres humanos ligados a milhares de religiões que creem numa vida que transcende a morte? O intelecto humano é apenas um computador cerebral? Não creio. Eu creio que o mundo bioquímico do cérebro não pode explicar completamente as contradições dos pensamentos, o território das emoções, os vales dos medos.

Afagando a cabeça de Marco Polo, Falcão foi longe no seu raciocínio:

– Grave essa frase, meu filho: A vida é um ponto de interrogação. Cada ser humano, seja ele um intelectual ou iletrado, é uma grande pergunta em busca de uma grande resposta...

Comentou que o tamanho das perguntas determina o tamanho das respostas. A filosofia perguntou muito ao longo de milênios, e a psiquiatria, por ser jovem, perguntou pouco e respondeu rápido. Quem responde rápido corre riscos enormes.

Marco Polo levou um choque de lucidez. Tentava acompanhar o pensamento de Falcão, mas não era uma tarefa fácil. As ideias filosóficas e a compreensão de vida do velho amigo mudariam para sempre sua visão como futuro psiquiatra. Por desejar explorar o desfecho da sua doença, perguntou:

– Como era sua relação com os psiquiatras?

– Os psiquiatras têm um poder que nenhum ser humano jamais teve na história. Os reis e ditadores tiveram armas para ferir o corpo e aprisioná-lo. Os psiquiatras têm medicamentos que invadem o inconsciente, um lugar onde nascem as ideias e as emoções. Um espaço jamais penetrado, que nem os próprios psiquiatras conhecem.

– Você precisava dessas drogas para combater seus delírios?

Com ar de tristeza, o pensador expressou:

– Meu cérebro precisava de medicamentos, mas minha alma precisava de diálogo. Todavia, quando somos rotulados como psicóticos, raramente alguém reconhece que temos um mundo complexo com necessidades intrincadas. Criamos monstros em nossas crises e temos de conviver sozinhos com eles. Raramente alguém quer reparti-los conosco.

Marco Polo se interiorizou, olhou para sua história e percebeu que também criava seus monstros e não os dividia.

– Creio que todos nós criamos nossos monstros, nossos medos, inseguranças, pensamentos mutiladores, mas raramente encontramos pessoas dispostas a dividi-los.

– Quando não há como reparti-los, temos de enfrentá-los, caso contrário, não sobrevivemos. Mas a maioria foge de seus monstros.

Marco Polo começou a ter um apreço pela filosofia, o que o levaria a se tornar um estranho no berço da medicina. Ao interpretar a história de Falcão, compreendeu que os gênios e os psicóticos sempre estiveram próximos, sempre foram incompreendidos. Frequentemente a solidão os envolveu.

Percebeu também que, no fundo, todos somos abraçados por alguns tentáculos da solidão. Alguns falam muito, mas se calam sobre aspectos íntimos de suas vidas. Concluiu que uma dose de solidão estimula a reflexão, mas a solidão radical estimula a depressão.

Compreendeu ainda que, quando o mundo nos abandona, a solidão é tolerável; mas, quando nós mesmos nos abandonamos, ela é insuportável. Falcão rompeu sua solidão, tornou-se companheiro de si mesmo e encontrou um grande amigo, o Poeta.

# Capítulo 8

No outro dia, Falcão revelaria a parte mais dolorosa da sua história. Queria andar, movimentar-se, para discorrer sobre sua úlcera emocional. Marco Polo o acompanhou. Pausadamente, entrou logo no assunto.

– Débora, minha ex-esposa, era uma mulher linda, afetiva e corajosa. Enfrentou seu pai e sua sociedade para estar ao lado de um filósofo pobre. Apreciava meu modo simples de viver. Correu riscos por me amar. Lutou por mim. No começo, acreditou até em meus delírios. Mas não suportou. Eu a feri muito, sem querer machucá-la.

Enquanto caminhavam, suas lágrimas saíram da clandestinidade e começaram a percorrer as estrias do seu rosto.

– Você teve filhos?

Falcão olhou para o céu. Um sopro de brisa afagou seu rosto. Seus cabelos longos e brancos caíram-lhe sobre o rosto. Respirou densamente e, como se estivesse viajando no tempo, meneou afirmativamente a cabeça.

– Um único filho.

Pela primeira vez, mostrava-se sem qualquer proteção diante de Marco Polo. O ponto central de sua vida estava sendo desvendado. Marco Polo pensou que provavelmente o filho estivesse morto. Não queria perguntar, mas, diante do silêncio prolongado do amigo, não se conteve:

– Seu filho está vivo?

Imagens mentais povoaram o imaginário de Falcão, como se fossem representações cinematográficas. Ele se viu de braços abertos e seu filho com a idade de quatro anos correndo para um abraço amoroso. O menino dizia: "Papai, eu te amo." Brincando com ele, o pai respondia:

"Eu não te amo, eu te superamo! Sou apaixonado por você, meu pupilo." Pupilo era o apelido carinhoso que o pai lhe dera. Pegava seu menino no colo, desarrumava seus cabelos e lhe fazia cócegas.

Ao voltar a si, comentou:

– É provável que o Lucas esteja vivo. Recebi raras notícias sobre ele.

Marco Polo, afoito, fez uma pergunta óbvia, aquela que todo mundo é capaz de fazer e a que Falcão menos precisava ouvir:

– Por que não recebe notícias constantes sobre ele?

A resposta foi contundente:

– Porque elas me esmagam de sentimento de culpa.

Marco Polo sentiu um nó na garganta.

– Quanto tempo faz que não o vê?

– Mais de vinte anos.

"Vinte anos é muito tempo", pensou Marco Polo. Sentiu que, se estivesse no lugar de Falcão, jamais se afastaria do seu filho, fosse qual fosse a circunstância. Criticou-o rapidamente, sem conhecer a verdadeira história.

Falcão prosseguiu contando que, quando saía das suas crises, tinha vergonha da sociedade, sentia-se julgado e observado por todos, não por estar delirando, mas por considerar-se o último dos seres humanos. Compreendia a dor da rejeição que os leprosos na época de Cristo sentiam ao serem excluídos da sociedade.

A partir dos cinco anos de Lucas, Falcão começou a ter crises. Todavia, amava tanto seu filho, que nos períodos de lucidez fazia um esforço descomunal para brincar com ele e ensinar-lhe. Era sua razão de viver. Mas as crises aumentaram.

Seu último psiquiatra seduziu sua esposa. Débora estava frágil, desprotegida e carente. Envolveu-se com ele. Certa vez, Falcão descobriu algumas cartas secretas que o psiquiatra escrevera para ela. Apesar das doses altas de remédios, conseguiu chorar, os lábios trêmulos, mas não reagiu. Sabia que a perdera.

O psiquiatra, faltando com a ética, disse a ela que Falcão seria sempre um doente mental. Estimulou a separação dizendo que seria para o bem do próprio filho dela. Confusa, Débora pediu conselho ao pai.

Dr. Pedro, que não gostava do filósofo pobre, tinha verdadeiro desprezo pelo filósofo psicótico. Só faltou comemorar.

Enquanto ouvia a história do amigo, Marco Polo começou a desculpá-lo. Reconheceu mais uma vez como seus julgamentos precipitados eram superficiais.

Devido às internações, Falcão ficava semanas sem ver Lucas. A dor do afastamento da esposa era suportável, mas a do filho, indecifrável. Algumas vezes a saudade era tão grande que Falcão ia pegá-lo na escola, mesmo fazendo gestos e trejeitos com os seus personagens fictícios. Os garotos zombavam dele, o menino procurava defender o pai, brigava com eles.

– Como pode um pequeno filho defender seu pai, um homem? Lucas me abraçava e me protegia! – falou, com orgulho do filho. Mas, em seguida, caiu em si e ficou aflito, pois não o tinha mais.

Aceitou a separação de Débora, embora não tivesse muita condição de escolher. Facilitou as coisas, porque queria o melhor para ela e para o filho. Já causara muitos transtornos. Na separação, o juiz, conhecedor do caso, estabeleceu que ele visitasse Lucas por uma hora, duas vezes por semana. Era pouco para quem amava muito.

Falcão não conseguia cumprir a ordem judicial. O juiz, diante da carta do psiquiatra, namorado de Débora, considerou o pai perigoso para a educação do filho. Restringiu a visita a uma hora por semana e com supervisão de uma assistente social. Não podia ficar mais a sós com Lucas. Dois grandes amigos foram separados por uma parede judicial.

– Esse foi o motivo de sua saída para o mundo?

Falcão balançou a cabeça dizendo que não. Teria de tocar no epicentro da sua miséria emocional. Nem o Poeta tinha ido tão longe ao explorar a história do gênio das ruas.

Descreveu, assim, o capítulo mais dramático da sua vida. Seu filho ia fazer dez anos. Para comemorar o aniversário do neto e a separação da filha, bem como para revelar seu status social e os jardins do seu palacete, Dr. Pedro mandou preparar uma festa memorável.

Centenas de pessoas foram convidadas. Entre elas não apenas os colegas de Lucas, mas um grande número de advogados, promotores, juízes e autoridades da cidade.

Na penúltima visita supervisionada, Lucas comentou com o pai sobre a festa e ingenuamente insistiu que ele fosse. A assistente social, que recebia dinheiro do Dr. Pedro para controlar a relação, torceu o nariz. Disse que não era uma boa ideia. Falcão, reticente, comentou apenas que pensaria a respeito.

A assistente social comentou com o Dr. Pedro o pedido do menino. Lucas recebeu do avô uma severa repreensão. "Seu pai vai estragar a festa. Você não sabe que ele é louco?", disse intempestivamente. Lucas caiu em prantos e gritava: "Ele é meu pai!" Dr. Pedro, consternado, abaixou o tom de voz e tentou explicar sua violência diante de uma frágil criança.

Na última visita, o menino contou o que o avô lhe dissera. Falcão tentou esconder suas lágrimas. Confessou ao filho: "O papai está doente, mas vai ficar bom. Não tenha medo, pupilo. É melhor eu não ir nessa festa."

Falcão dissera várias vezes para Lucas não se importar quando ele estivesse falando ou gesticulando sozinho. Pedia que olhasse para o coração de seu pai. Preocupava-se com o desenvolvimento da personalidade do filho, e por isso, dentro das suas limitações, tentava vaciná-lo contra suas perturbações. Lucas só raramente ficava constrangido ou tinha vergonha de Falcão.

A assistente social apoiou a decisão de Falcão de não ir à festa. Posteriormente deu a boa notícia ao Dr. Pedro. Embora aliviado, ele contratou uma equipe de seguranças para evitar eventuais transtornos.

No dia da festa, Falcão estava muito angustiado, ansioso e solitário. Bateu uma saudade incontrolável do filho. Era seu décimo aniversário, queria pelo menos beijá-lo nesse importante dia. Resolveu fazer uma breve surpresa. Apareceu no palácio do ex-sogro.

Habilidoso, vestindo fraque e fingindo ser um garçom, burlou o esquema de segurança facilmente. Entrou no imenso jardim. Nunca o vira tão decorado. Deparou-se com Débora ao longe, abraçada com o namorado. Recebeu um golpe. Ela o viu e ficou apreensiva. O namorado sussurrou: "Esse cara tem de ser internado imediatamente." Foi avisar o anfitrião.

Muitos que o conheciam se entreolhavam como se ele fosse um terrorista. Rostos tensos e cerrados, conversas ao pé do ouvido, Falcão tornou-se o centro das atenções. Ser observado o perturbava. Constrangido, saiu rapidamente à procura do filho.

Lucas correu ao seu encontro, abraçou-o e beijou-o. Estava exultante. Levou-o para ver o imenso bolo de dez camadas. Nas laterais havia dizeres escritos em letras grandes com glacê azul: "Parabéns, Lucas, você é um vencedor!"

– Filho, você realmente é um vencedor.

– Obrigado, papai, você também é.

Novamente se abraçaram. A emoção de Falcão experimentava uma aura surreal. Então, para espanto dos convivas, ele gritou:

– Este é o melhor filho do mundo!

As pessoas se aglomeraram. Animado com o movimento, Falcão resolveu elogiar Lucas com frases de alguns filósofos e pensadores que exaltavam a luta pela vida.

– Olhei para o pequeno Lucas e proclamei: Epicuro disse que, se quisermos vencer, devemos gravar em nosso espírito o alvo que temos em nossa mente. Einstein disse que há uma força maior que a energia atômica: a vontade! Confúcio comentou: para vencer na vida, exija muito de si e pouco dos outros! Pascal bradou: para quem deseja ver, haverá sempre luz suficiente; para quem rejeita ver, haverá sempre obscuridade! Sófocles disse: procure e encontrará, pois o que não é procurado permanece para sempre perdido. Lucas, não tenha medo da luz! Procure o tesouro que está dentro de você!

Algumas pessoas entraram em pânico, outras, em êxtase diante das ideias de Falcão. Tomando ciência da situação e preocupadíssimo com o transtorno do ambiente, Dr. Pedro acionou rapidamente o esquema de segurança para bani-lo da festa. Os seguranças invadiram a área e começaram a fazer um círculo em torno da mesa. As pessoas começaram a se dispersar, apavoradas.

– Subitamente vi uma cena dramática. Um homem de terno preto sacou uma arma, apontou-a para mim e não atirou. Em seguida, apontou-a para o meu filho e engatilhou-a. Quando ele ia atirar, joguei-me na frente de Lucas. Caí em cima do bolo, derrubei tudo o que estava em cima da mesa. As pessoas gritavam como se estivessem sofrendo um ataque terrorista. Ninguém se entendia. Não houve mais festa.

– E o assassino?

– Não havia assassino. Não havia arma. Eu estava alucinado. O personagem era um advogado que tirou um lenço do bolso e apontou o dedo para mim e para Lucas. Mais uma vez feri profundamente meu filho.

Marco Polo engoliu a saliva. Estava abalado. Ficou paralisado, não sabia o que dizer e como reagir.

– Não vai me perguntar por que não vi mais meu filho?

Marco Polo, constrangido, acenou com a cabeça que não. Era muita dor soterrada nos solos de uma vida. Falcão não interrompeu a narrativa.

Dr. Pedro o chamou em seu suntuoso escritório. Na sua presença, três advogados e duas advogadas que trabalhavam para ele. Afirmou que falava em nome de Débora, embora fosse mentira.

Comentou que tinha um laudo de um conceituado psiquiatra dizendo que Lucas poderia tornar-se um doente mental como o pai, se este continuasse a visitá-lo e fazê-lo passar por escândalos e situações estressantes. Se ele o amasse de verdade, deveria desaparecer de sua vida. "É a única possibilidade de Lucas ter saúde mental", completou ardilosamente o ex-sogro.

Falcão pegou o relatório e o leu atentamente. Ficou perplexo. Andava de um lado para o outro sem parar. A ideia de que seu filho pudesse tornar-se um psicótico há anos o torturava. Chorou como criança na frente de todos os advogados.

Aflito, ele se perguntava em tom alto: "Para onde eu vou? Meus pais já morreram, meus parentes não me toleram, meus amigos se afastaram. Para onde eu vou?" Depois, bradava: "Lucas! Querido Lucas! Eu o amo! Perdoe-me!" Alguns advogados ficaram comovidos. Dr. Pedro parecia uma pedra dura e fria.

– Então, por amar muito meu filho, resolvi sair da vida dele e permitir que ele construísse uma história diferente da minha. Não há preço tão alto quanto o de abandonar seu próprio filho. Talvez seja mais perturbador do que vê-lo sem vida.

Marco Polo mergulhou dentro de si. Sua alma chorava profusamente. Teve vergonha do quanto prejulgara Falcão.

– Tomei as nuvens como lençol, fiz da noite meu cobertor e do álcool meu remédio. Tive crises nas ruas. Andei desorientado e errante. Felizmente, depois de vários anos, encontrei o Poeta. Com a sua ajuda, enfrentei meus monstros, lutei com meus delírios, destruí meus fantasmas, venci as algemas do meu alcoolismo. Reconstruí-me, reescrevi minha história.

– Como ele fez isso?

– O Poeta me aconselhou a usar minhas próprias ferramentas para superar minhas crises. Pensei, penetrei nos textos de filosofia e então descobri a pérola da sabedoria. O Poeta já a havia encontrado, pois, apesar de médico, sempre amou o mundo das ideias, sempre estudou filosofia.

– Qual ferramenta? – perguntou Marco Polo, admirado.

– A arte da dúvida.

– A dúvida? Como assim.

– Tudo aquilo em que cremos nos controla. Se o que você crê é saudável, tal crença o ajudará. Mas se o que você crê é destrutivo, tal crença o algemará. Desse modo, usei a arte da dúvida para questionar tudo aquilo que doentiamente me controlava, como os pensamentos angustiantes, as imagens irreais, as ideias de perseguição.

Relatou que todos os grandes pensadores, como Isaac Newton, Freud, Thomas Edison, usaram, ainda que intuitivamente, a arte da dúvida para combater as ideias correntes e gerar novas ideias. Falcão usou-a para combater as ideias perturbadoras e gerar ideias tranquilizadoras. E acrescentou:

– Quem despreza a dúvida paralisa a sua inteligência.

– Desculpe-me, mas não entendo como você fazia.

Relatou que saía gritando pelas estradas contra os personagens que o assombravam: “Eu duvido que vocês existam! Por que não posso ser livre? Ninguém me persegue, eu me persigo! Eu os criei e eu os destruirei! Vocês são uma farsa!” O Poeta não dizia nada, apenas o acompanhava calado e solidário. Quando estava nas praças, Falcão gritava em seu interior. Ninguém ouvia, mas ele guerreava contra os carrascos no seu inconsciente.

Fez esse exercício dia e noite, semana após semana, mês após mês. Construiu, assim, pouco a pouco, uma plataforma em seu intelecto para distinguir os parâmetros da realidade. A arte da dúvida estimulou a construção da arte crítica. Deste modo, começou a criticar a cada instante qualquer ideia delirante. Foi uma tarefa difícil, árdua e prolongada. Entretanto, um ano depois Falcão tinha organizado sua mente.

– Não houve necessidade de medicamentos?

– Se o Poeta fosse meu terapeuta no período em que tomei medicação, poderia não ter perdido minha esposa e meu filho – disse, consternado.

Relatou que, se tivesse tomado medicamentos em doses que não bloqueassem seus pensamentos, teria tido mais facilidade para aplicar a arte da dúvida e da crítica, estruturaria seu eu – que representa sua capacidade de decidir – e aceleraria seu tratamento.

– Quem se preocupa em alicerçar o eu através da arte de pensar nesta sociedade superficial? Até nas universidades bloqueia-se o eu, obstrui-se a capacidade de decidir. Milhões de estudantes se preparam para atuar no mundo de fora, mas permanecem meninos no mundo de dentro – expressou indignado o gênio.

– Você teve tranquilidade depois de organizar seu raciocínio?

– Não! A mesma luz que ilumina os olhos expõe nossas mazelas. A lucidez revelou minhas perdas, meus erros, escândalos. Não tinha mais nada. Nem esposa, nem filho, nem minhas aulas. Surgiu, então, o temível monstro da culpa.

Houve momentos em que Falcão pensava em desistir da vida. Felizmente, ele e o Poeta reuniram suas ruínas e ajudaram-se mutuamente a sobreviver ao demônio da culpa. Saíram pelas estradas, dormiram ao relento e viajaram juntos para o epicentro dos seus terremotos emocionais. Viram as perdas por outros ângulos, aceitaram suas limitações, cantaram, sorriram, brincaram com a vida, deixaram de brigar com ela.

Marco Polo desejou ter participado dessas andanças. Sentiu que havia mais excitação nelas do que nos melhores filmes de Hollywood. Em seguida, perguntou:

– Se há anos você recobrou sua plena consciência, por que não foi procurar seu filho?

Falcão temia essa pergunta. Ela já o atormentara muitas vezes. Fitou o amigo nos olhos e declarou com humildade:

– Venci muitos inimigos dentro de mim, mas não venci o medo de não ser aceito. Preferi ter a imagem do amor do meu filho nos meus sonhos a ter de enfrentar a dura realidade de que ele talvez não me ame mais. Ter um pai psicótico trouxe-lhe sofrimento; o que ele sentiria ao ter um pai mendigo?

– Não sei responder – disse o jovem Marco Polo.

– Talvez um pai dado como morto seja menos doloroso. Mas não sei. Na vida fazemos escolhas. Em toda escolha há perdas. Eu escolhi e perdi muito. A capacidade de escolha que me mantém consciente é a mesma que, às vezes, fere minha própria consciência.

Falcão reclinou-se no banco. Estava fatigado pelo peso das recordações. Queria descansar. O sol se recolhia, a noite surgia sorrateiramente. Os pássaros, agitados, procuravam um lugar entre as folhas das árvores para repousar. Fascinado com tudo o que ouvira, Marco Polo despediu-se do amigo dizendo algo que o tocou:

– Eu não teria feito melhor escolha. Se fosse seu filho, teria muito orgulho de você.

Falcão suspirou aliviado. Levantou-se, abraçou-o afetuosamente. Sentiu-se como se estivesse abraçando Lucas. Beijou-o no rosto.

– Obrigado por ouvir este velho!

– Não. Obrigado por me deixar ouvi-lo.

Realmente era um privilégio ouvir Falcão. Marco Polo aprenderia com ele mais do que em décadas de escola. Em seguida, o pensador deitou-se no banco. Jamais o achou tão macio. A noite foi suave. Tinha conforto em seu interior.

# Capítulo 9

Ao percorrer a sala de anatomia, Marco Polo não sabia ao certo qual era o corpo do Poeta, mas teve um palpite e estava correto. Seu semblante dócil era quase inconfundível, mas não tocava em sua história com ninguém. Não acreditariam.

A maioria dos seus colegas o respeitava. Admiravam sua capacidade crítica. Mas alguns possuíam uma incansável energia para debochar. Coisa de jovens. Apontavam um cadáver e diziam: "Este cara aqui foi um grande artista!" Riam deslavadamente. Quando ficaram sabendo que Marco Polo tinha um amigo mendigo, as zombarias aumentaram: "Cadê o gênio?" O professor George não os incentivava, mas também não os repreendia.

Saturado pelo preconceito com que eram tratados os corpos anônimos, Marco Polo certa vez ousou fazer um convite a Falcão para ir ao laboratório de anatomia. Queria que dissecassem os corpos respeitando suas histórias. Não previa as consequências do seu convite, apenas tinha uma vaga impressão de que a presença do mendigo no laboratório poderia trazer-lhe constrangimentos. Sua ida tinha de ser espontânea.

– O Poeta está sendo dissecado por mãos que desprezam a sua biografia. Se você lhes contasse a história dele, meus amigos e professores poderiam ampliar sua visão sobre a vida.

Embora inicialmente resistente, Falcão disse que pensaria. E pensou. Após uma semana, sua resposta foi afirmativa. Sentiu que poderia prestar um último tributo ao Poeta. Numa manhã ensolarada de segunda-feira, Marco Polo preparou silenciosamente a surpresa.

Chamou a psicóloga e a assistente social, que tinham feito um diagnóstico fechado sobre os excluídos. Disse-lhes que o Dr. George as convidara para uma aula especial. Entrar na sala de anatomia não era um convite ao prazer, mas não poderiam recusar o pedido de um respeitado professor. Ao vê-las, o professor disse que havia um engano. Irou-se contra o aluno rebelde.

Quando elas ensaiavam sair do ambiente, o jovem e o mendigo entraram na sala. O silêncio irrompeu. Dr. George e seus cooperadores fizeram um sinal de espanto diante da ousadia. Marco Polo pediu licença para falar:

– Ilustre Dr. George! O senhor me pediu que trouxesse um mendigo que tivesse uma boa história para nos contar. Humildemente apresento meu amigo Falcão.

Todos sorriram, animados. Dr. George, olhando o perfil do indigente, achou que Marco Polo cairia em ridículo. Todavia, Marco Polo continuou:

– Ele não tem aparência de um intelectual, mas é um sábio.

Passou a palavra a Falcão. Esperava ir à forra. Falcão calou-se. Marco Polo, constrangido, o empurrava com o olhar, mas ele permanecia mudo. Cada segundo que passava parecia mais longo que um dia. O silêncio do mendigo estimulou as pessoas a fazer mais gozação. Marco Polo abalou-se.

Falcão ficou plantado no umbral da porta. Apenas passava os olhos pela multidão, parecia estar bloqueado, inibido. Percebendo o fiasco, Marco Polo começou a achar que poderia ser expulso da escola pela atitude intrépida. Sentiu também que agredira seu amigo ao trazê-lo para esse ambiente. "Fui injusto. Usei uma pessoa para resolver meu trauma de rejeição", considerou.

Os alunos, impacientes, começaram a achincalhar o mendigo. "Fala! Fala!", gritavam. Um mais atirado disse: "Olhem o pensador! Este homem vai arrasar!" Outro rebatia: "Que nada. Esse cara já bebeu todas." Dr. George e os auxiliares se inflaram, gostaram do circo. Apenas a assistente social e a psicóloga mantiveram respeito.

Marco Polo pegou no braço do amigo. E falou para ele:

– Desculpe-me. – Em seguida, começou a retirá-lo da sala.

– Não se preocupe – tranquilizou-o Falcão.

Ele não estava perturbado. Chacotas faziam parte do cardápio de um andarilho. O que o incomodava era a prepotência das pessoas. Para ele, orgulho era uma das maneiras mais tolas de manifestar a inteligência.

Soltou-se de Marco Polo, voltou-se para as pessoas e começou a falar com eloquência sobre filosofia pura. Deu um nó na mente dos presentes. Todos ficaram paralisados. Citou o pensamento de vários filósofos. Comentou sobre as relações entre o mundo dos pensamentos e o mundo físico. Disse que tudo o que pensamos sobre o mundo físico não é real, e sim um sistema de intenções que define e conceitua os fenômenos mas não incorpora a sua realidade.

Depois, falou sobre as relações entre os pensamentos e a interpretação que fazemos da nossa personalidade. Deixou a plateia mais perplexa ainda.

– O pensamento consciente é virtual. Tudo o que vocês pensam sobre vocês mesmos não é real. É apenas uma interpretação de quem são e não a realidade essencial de quem são. Seus pensamentos podem se aproximar da sua realidade interior ou se afastar dela. Por isso, ao pensarem sobre si mesmos, vocês podem ser estúpidos, colocando-se acima dos outros e querendo controlá-los, ou podem ser carrascos de si mesmos, diminuindo-se e se permitindo ser controlados por eles. Aprendam a pensar com consciência crítica. Caso contrário, tratarão de doenças, mas serão doentes...

Os alunos se entreolhavam espantados. Embora entendessem pouco do que ele lhes dizia, vislumbraram profundidade em suas palavras. O mendigo era muito mais culto do que os estudantes e os intelectuais da sala. As reações foram as mais variadas.

Os que sempre zombaram de Marco Polo queriam enfiar-se debaixo da mesa. Dr. George e seus auxiliares depararam-se com sua pequenez. A assistente social e a psicóloga sentiram a necessidade de rever seus paradigmas. Foram cinco minutos, um breve tempo para que o gênio das ruas deixasse o público atônito. Em seguida, mudou sua atenção de foco. Começou a percorrer com seu olhar os cadáveres. Caminhou entre eles.

A plateia acompanhava seus passos. Percebia até seus movimentos respiratórios. Falcão chegou perto de um cadáver e estilhaçou o silêncio em voz alta:

– General! Você aqui! Era o grande Napoleão das ruas. Lutou com exércitos do seu imaginário. Venceu batalhas. Queria mudar o mundo, mas a morte não respeita os heróis. O álcool o venceu – finalizou, meneando a cabeça.

A plateia ficou titubeante.

Caminhou mais alguns passos. Olhou atentamente para uma mulher de uns cinquenta anos, de pele negra, o rosto sem expressão, resultado da longa exposição ao sol durante a vida e do formol após a morte.

– Julieta! Você também, quantas vezes deu o pouco que tinha para saciar a fome dos que não tinham. Entendeu que ser feliz é repartir. Enfim, descansou! Veja, Julieta! Quantos se importam com você! Todos querem estudá-la. Pena que fiquem na superfície da sua pele.

Dr. George, absorto pelas ideias do indigente, paralisara-se. Falcão estava comovido por reencontrar os amigos. Subitamente, seus olhos ampliaram o campo visual. Comportava-se como a câmera de um exímio diretor em busca de uma imagem única.

Captou ao fundo, do lado esquerdo, o corpo de um homem grande, de meia-idade, pele branca, mas judiada pelo tempo. Aproximou-se lentamente, viu as rugas sobressaltadas, mas a face era gentil, suave, tranquila. O coração de Falcão palpitava.

A cada passo, um filme rodava na sua mente, recuperando as experiências espetaculares que passara com o amigo. Andaram juntos, cantaram juntos, lutaram juntos. Lembrou-se do Poeta discursando nas praças e elogiando os humildes. As lágrimas de Falcão deixaram o anonimato e percorreram as cicatrizes do rosto e do tempo.

Fixou a face do amigo. Curvou-se e abraçou seu corpo inerte e frio. Ali estava toda a sua família. Ali estava um amigo que o amara, que o compreendera e que o ajudara a recuperar a sua condição humana. Sentiu que perder um amigo pode ser tão difícil como perder o solo para caminhar. Chorou sem medo.

– O que fizeram com você, Poeta! – falou, observando aquele corpo retalhado. – Sem você, a brisa não tem a mesma suavidade. As borboletas não bailam com a mesma graça. Os miseráveis perderam o mapa interior. Temos sede da sua sensibilidade.

Marco Polo verteu lágrimas. Os olhos de alguns alunos também lacrimejaram. Refletindo sobre a perda, Falcão emendou:

– Queríamos que não morresse, mas o Jardineiro da Vida sabe quando colher suas mais belas flores...

Olhou para os alunos e bombardeou-os com suas palavras.

– No mundo há mistérios, no corpo há enigmas, mas no espírito e na mente humana se escondem os maiores segredos do universo. Vocês estão penetrando no corpo deste homem, mas nunca em seu ser. Dissecarão seus músculos e nervos, abrirão seu tórax e crânio, mas não dissecarão sua belíssima personalidade. Ele foi um poeta da vida, uma estrela no palco da existência.

Então suspirou e revelou-lhes alguns segredos da sua história, que Marco Polo já conhecia.

– O homem que vocês estão estudando foi um médico ilustre. Mas, como na vida há curvas imprevisíveis, foi-lhe reservada uma dramática surpresa. Dirigia seu carro com toda sua família numa viagem de férias. Ao fazer uma ultrapassagem, sofreu um acidente. Perdeu tudo que mais amava: sua esposa e seus dois filhos.

Comentou também que um de seus filhos não morrera no ato do acidente. Ficara muito tempo internado na UTI, mas posteriormente falecera. Sua dor foi indecifrável. Teve graves crises depressivas. Sentiu-se o mais miserável dos homens.

Ao ouvir essas palavras, Dr. George começou a perder a cor e a fazer gestos estranhos, esfregando as mãos na nuca. Parecia estar vivendo um ataque de pânico, com taquicardia, falta de ar, suor excessivo e vertigem. Seus auxiliares demonstraram preocupação com suas reações.

Falcão continuava a descrição do Poeta. Revelou que ele havia sido um brilhante terapeuta das ruas, ajudara miseráveis, sem-teto e excluídos. Enquanto o descrevia, Dr. George caminhava em direção ao corpo. Olhava fixamente para a face do cadáver e para a parede. Parou e o contemplou. De repente, com a voz trêmula, começou a balbuciar palavras que paulatinamente conquistaram sonoridade.

– Não! Não é possível! Não é possível! Não pode ser!

Todos ficaram mais perturbados ainda. A cena era incompreensível. Então, solicitou:

– Olhem para o retrato afixado na parede!

Os mais próximos perceberam a sobreposição das imagens. O homem da foto tinha a face do cadáver estendido. Era a mesma pessoa. Dr. George se adiantou às expectativas, dizendo:

– Este homem chama-se Ulisses Burt. Foi um dos maiores cientistas deste país e um dos mais notáveis cirurgiões. Trata-se de um ilustre diretor desta instituição e também um exímio professor, meu mais brilhante mestre. Nele inspirei minha carreira acadêmica. Mas acho que absorvi pouco da sua sensibilidade.

Pegou delicadamente nas mãos do morto.

Falcão ficou surpreso. O Poeta, sempre humilde, nunca falara sobre sua notoriedade. Dr. George continuou relatando que o acidente do Dr. Ulisses, ocorrido há mais de dez anos, e seu desaparecimento ganharam destaque na imprensa na época. A universidade ficou abalada. Muitos professores e alunos tentaram procurá-lo nas delegacias, nos hospitais, nos asilos, mas não houve vestígios.

Antes de sair como andarilho, doou todos os seus bens para a faculdade de medicina. Esses bens, que não eram poucos, foram usados para ajudar a construir o hospital-escola.

Uma coisa ninguém sabia, nem mesmo Falcão, e só foi revelada quando novamente leram sua carta-testamento, em que ele autorizava a doação de todos os seus órgãos para transplantes. Como cirurgião, Dr. Ulisses transplantara muitos deles. Para estimular a doação de órgãos e mostrar a grandeza desse gesto, ele gostava de usar uma frase:

*Ninguém morre, quando se vive em alguém. Doem seus órgãos. Vivam em alguém.*

Em seu testamento, relatou que, se não fosse possível aproveitar seus órgãos para transplantes, desejava que ao menos o seu corpo fosse utilizado na sala de anatomia.

Falcão finalmente entendeu por que o Poeta insistira em voltar à sua cidade natal. Sabia que estava chegando o seu fim. Tinha fortes dores no peito. Queria morrer próximo da faculdade onde sempre lecionara. Queria ser encontrado. Almejava ser útil à humanidade mesmo após fechar os olhos em definitivo.

Professores e alunos ficaram fascinados com sua coragem, força e amor pela vida. Como havia várias fotos do Dr. Ulisses afixadas nos vários departamentos da faculdade, escreveram uma placa e a afixaram abaixo de cada imagem, com os dizeres de Falcão:

*Foi um poeta. Uma estrela no palco da vida.*

Dr. George estava sob intensa comoção. Não conseguiu continuar a aula. Olhou para Marco Polo e Falcão e anunciou com os olhos o que as palavras não conseguiam expressar. Reconheceu seu erro e demonstrou agradecimento... Em seguida foi retirado pelos amigos da sala.

Uma coroa de flores foi colocada ao lado do corpo, com os mesmos dizeres afixados nas fotos. O Poeta continuou na sala de anatomia, na mesma sala onde sempre dissecara peças anatômicas em suas pesquisas. Os antigos amigos, respeitados professores universitários, passaram por ele nos dias seguintes como se estivessem no cortejo de um rei, um herói da vida. Cirurgiões de cabelos grisalhos que haviam perdido a sensibilidade choravam ao ver o peito aberto e membros dissecados do velho amigo.

Os alunos dessa turma mudaram para sempre sua compreensão da existência. Nunca mais tiveram uma atitude superficial diante dos cadáveres. Foi uma das raras vezes na história da medicina em que as lâminas cortantes dos bisturis encontravam poesia enquanto dissecavam nervos, artérias e músculos.

Também mudaram para sempre sua formação profissional. Seus pacientes foram privilegiados. Os futuros médicos aprenderam a perceber que, por trás de cada dor, de cada sintoma, há sonhos, aventuras, medos, alegrias, coragem, recuos, enfim, uma história maravilhosa que precisa ser descoberta. Assim, aprenderam a tratar de seres humanos e não de órgãos.

O árido solo do fim da existência do Poeta produziu um oásis de sabedoria num pequeno grupo. Em vida foi brilhante; na morte, reluzente!

# Capítulo 10

O tempo passou e Marco Polo continuava a se encontrar com Falcão. Os laços se estreitaram. Percebendo o desconforto que o amigo sofria, queria retirá-lo das ruas. Falcão resistia.

– Você precisa sair das ruas.

– Não me coloque num cubículo. O meu lar é o mundo.

– Mas não é saudável, corre riscos – insistia Marco Polo.

– Ninguém corre risco quando tem tão pouco. Essa é uma das vantagens de ser um miserável.

– Mas você dorme mal, come mal, veste-se mal. Sua saúde não está bem.

– Não pago imposto nem aluguel – brincou o velho amigo.

A relação com Falcão fez Marco Polo aprender uma das mais difíceis lições de vida: ser transparente, não ser escravo do que os outros pensam e falam de nós. Falcão era o que era, não tinha necessidade de provar nada a ninguém. Sem tal peso emocional, sua emoção era suave.

Eles se viam pelo menos três vezes por semana. O mendigo e o jovem ficaram tão íntimos que faziam peripécias juntos. Davam verdadeiros espetáculos nas praças, sem procurar plateia. Para eles a vida era uma brincadeira no tempo, uma aventura imperdível.

Em alguns momentos pareciam dois palhaços, em outros, duas crianças. Tédio não fazia parte do dicionário deles. As pessoas que assistiam às suas brincadeiras, por viverem numa enfadonha rotina, revisavam suas vidas. Até das coisas simples faziam um show. Quando tomavam sorvete, diziam um para o outro:

– Que sabor! Que textura!

Quem estava ao lado surpreendia-se, pois, apressados, não sentiam o sabor do mesmo modo que eles.

Ao comer uma fruta, Falcão dizia:

– Que fruta maravilhosa! Que cores belas! Como ela surgiu? Quem a plantou? Que sonhos tinham os agricultores quando a cultivaram?

Marco Polo tinha gestos semelhantes. Algumas vezes olhavam prolongadamente para as folhas de uma palmeira, observando a sinfonia do vento. Pareciam dois lunáticos. Os passantes, curiosos, paravam de andar e também olhavam para cima tentando ver o que os dois olhavam, mas não enxergavam nada. Pensavam que estavam vendo algo sobrenatural ou um disco voador.

Quando precisava de dinheiro, Falcão convidava o amigo a fazer uma dobradinha com ele. Criavam e teatralizavam um texto na hora. Não precisavam ensaiar, pois viviam a existência como um teatro ao vivo. Falcão bradava uma frase e Marco Polo proclamava outra. Era infalível para ganhar uns trocados.

– *Não tenho morada certa* – Falcão dizia.
– *Mas resido dentro de mim* – Marco Polo completava.
– *Ninguém pode roubar meu sono.*
– *Não dependo dos outros para dormir.*
– *Muitos moram em palácios...*
– *Mas são miseráveis mendigos.*
– *De que adianta acumular tesouros...*
– *Se a alegria não podem comprar?*

Pessoas de todas as raças paravam e sentavam-se nos bancos para ouvir a dupla poética. Vários colegas de Marco Polo apareciam para vê-los. Aprenderam a apreciar o mendigo pensador. A fama bateu-lhes à porta, mas desprezaram-na. Queriam apenas viver intensamente.

Falcão ensinou ao amigo a música de Louis Armstrong, *What a Wonderful World.* De vez em quando a cantavam em dupla, exaltando a vida e a natureza. Preservavam a melodia, mas modificavam a letra de acordo com o momento. Era como se houvesse uma orquestra sinfônica os acompanhando.

– Eu vejo o verde das árvores, rosas vermelhas também – cantava Falcão, com seu vozeirão, a primeira frase.

– Eu as vejo florescerem para a humanidade – cantava a frase seguinte o intrépido Marco Polo.

– E eu penso comigo... Que mundo maravilhoso – cantavam juntos.

– Eu vejo o azul dos céus e o branco das nuvens.

– O brilho do dia abençoado, a sagrada noite escura.

– E eu penso comigo... Que mundo maravilhoso.

– As cores do arco-íris, tão bonitas no céu.

– E também no rosto das pessoas que passam – cantavam juntos gesticulando para o público.

– Vejo povos distintos apertando as mãos, dizendo: como vocês vão?

– Eles realmente dizem "Eu te amo"!

Ao terminarem de cantar, americanos, chineses, árabes, judeus, indianos, brasileiros, europeus se abraçavam na imensa praça. Alguns tinham realmente a coragem de dizer para os outros "eu te amo". Dois lunáticos, um maltrapilho e um jovem, um pensador e um acadêmico, embriagados de alegria, magnetizavam as pessoas.

Num desses encontros, um fato inusitado abalou a dupla. Falcão estava cansado, sem muita disposição para dialogar. Queria apenas contemplar o belo. Andara muito no dia anterior.

Sentara-se folgadamente no canto direito do banco da praça com a cabeça voltada para o espaço. O movimento de pessoas era grande, pois havia uma concentração de lojas e bancos próxima dessa área.

Falcão observava as nuvens. Estava fascinado com sua anatomia flutuante. O êxtase foi tão grande que não conseguiu deixar de se expressar:

– Que belas pinturas! As nuvens são como os andarilhos, vagam por lugares longínquos procurando lugar de descanso. Quando encontram, destilam lágrimas – balbuciou.

Marco Polo também as observava atentamente. Entrou no clima.

– Quando o céu chora, o riso brota na natureza.

Inesperadamente, Falcão olhou para o infinito e começou a interrogar o Criador. Ele falava com Deus como se fosse seu amigo.

– Ei! Quem é você que está por trás da cortina das nuvens? Por que você se esconde atrás do véu da existência? Por que silencia a sua voz e grita através dos fenômenos da natureza? Por que gosta de se ocultar aos olhos humanos? Sou uma ínfima parte do universo, mas clamo por uma resposta. Deixe-me descobri-lo.

Marco Polo ficou espantado com esse diálogo singular. Entretanto, mostrando um ar de intelectual, virou-se orgulhosamente para o amigo e disse:

– Falcão, Deus não existe. Ele é uma invenção espetacular do cérebro humano para suportar as limitações da vida. Desculpe-me, mas, para mim, a ciência é o deus do ser humano.

Numa reação surpreendente, Falcão se levantou. Subiu no banco da praça e começou a chamar aos gritos todos os que por ali passavam. Com gestos histriônicos, bradava:

– Venham! Aproximem-se! Vou mostrar-lhes Deus!

Num instante, reuniu um grupo.

Marco Polo ficou apavorado. Nunca vira Falcão reagir assim. Tentava acalmá-lo, sem êxito. Ele continuava gritando:

– Deus está aqui! Acreditem! Vocês ficarão perplexos ao vê-lo.

Marco Polo achava que Falcão entrara num repentino surto psicótico, estava tendo uma alucinação. Procurava ansiosamente pegar em seu braço para que ele se sentasse. De repente, Falcão silenciou. Apontou as duas mãos para Marco Polo e disse aos altos brados:

– Eis Deus aqui em carne e osso!

Marco Polo ficou assustado. Um burburinho reinou entre os ouvintes.

– Acreditem! Este jovem é Deus! Por que lhes afirmo isso? Porque ele acabou de me dizer que Deus não existe, que é um mero fruto do nosso cérebro! Vejam só! Se este jovem não conheceu os inumeráveis fenômenos dos tempos passados, se ele nunca percorreu os bilhões de galáxias com seus trilhões de segredos, se ele não desvendou como ele mesmo consegue entrar em seu cérebro e construir seus complexos pensamentos, e, apesar de todas essas limitações, ele afirma que Deus não existe, a conclusão a que cheguei, meus amigos, é que esse jovem tem de ser Deus. Pois só Deus pode ter tal convicção!

A multidão ficou boquiaberta. O discurso do indigente era tão inteligente que esfacelou não apenas a soberba de Marco Polo, mas o orgulho das pessoas que o ouviram. O jovem amigo ficou vermelho e pasmo.

Falcão desceu do banco e sentou-se. Desembrulhou um sanduíche e começou a degustá-lo. Com a boca cheia, falou para Marco Polo:

– Sabe que sabor tem este sanduíche?

Marco Polo, envergonhado, meneou a cabeça dizendo que não.

Falcão prosseguiu:

– Se você não tem segurança para falar de algo tão próximo e visível, não fale convictamente sobre algo tão distante e intangível. Não é sensato.

O jovem travou sua inteligência. Pela primeira vez não achou qualquer frase para rebater. Apenas disse:

– Não precisava exagerar.

Falcão retrucou:

– Se você disser que é um ateu, que não crê em Deus, sua atitude é respeitável, pois reflete sua opinião e sua convicção pessoal. Mas dizer que Deus não existe é uma ofensa à inteligência, pois reflete uma afirmação irracional. Não seja como alguns meninos da teoria da evolução.

– Como assim? – perguntou intrigado Marco Polo.

– Alguns filósofos acham que certos teóricos da evolução possuem uma arrogância insana. Não estou criticando as hipóteses da evolução biológica, mas a arrogância científica sem alicerces. Vários desses cientistas negam veementemente a ideia de Deus apenas porque se apoiam em alguns poucos fenômenos da sua teoria. Esquecem-se, assim como você, de que desconhecem bilhões de outros fenômenos que tecem os segredos insondáveis do teatro da existência. São meninos brincando com a ciência, construindo seu orgulho sobre a areia.

Marco Polo abalou-se com a ousadia, com o raciocínio esquemático e a criatividade de Falcão. Os darwinistas eram considerados intelectuais reverenciados. Nunca ouvira ninguém fazer uma crítica tão contundente contra eles, a não ser os religiosos. Falcão tinha trazido a discussão desse delicadíssimo tema não para o campo da religiosidade, mas para o campo dos limites e alcances da própria ciência.

Marco Polo tentou organizar seu pensamento e perguntou:

– Mas os evolucionistas são respeitados pela comunidade científica?

– São respeitados, mas, para mim, estão aprisionados no cárcere da biologia. Sem romper este cárcere e abraçar o terreno das ideias da filosofia, serão redutores e não expansores do conhecimento. Precisam seguir o caminho de Einstein.

– Como assim?

– Einstein disse que a imaginação é mais importante do que o conhecimento. Ele brilhou porque amava a filosofia. Não tinha um cérebro privilegiado como muitos ingênuos cientistas pensavam. Tinha uma imaginação privilegiada. Quando desenvolveu os pressupostos de sua teoria, era um jovem de 27 anos. Tinha menos cultura acadêmica do que muitos universitários da atualidade. Mas por que brilhou, enquanto os universitários são opacos? Brilhou porque usou a arte da dúvida, libertou sua criatividade, aprendeu a pensar com imagens.

A partir desse comentário, Marco Polo interessou-se pela história de Einsten. Passou a estudá-la.

– Einstein era ousado, queria conhecer a mente de Deus – completou.

Falcão não era menos ousado, vivia tentando desvendá-Lo à sua maneira. Ele amava Deus, mas não era religioso ou defendia uma religião. Considerava que só um deslumbrante Artista, capaz de ultrapassar os limites da nossa imaginação, poderia ser o Autor do próprio imaginário humano e de toda a existência.

Relatou que ele e o Poeta aprenderam a procurar e se relacionar com Deus em suas misérias psíquicas, e que este relacionamento foi um dos segredos que os levaram a suportar suas perdas e a oxigenar seu sentido de vida. Assim sobreviveram ao caos. Para eles, cada ser humano, em especial os cientistas, deveria posicionar-se como eterno aprendiz. E arrematou:

– A sabedoria de um ser humano não está no quanto ele sabe, mas no quanto ele tem consciência de que não sabe. Você tem esta consciência?

Após uma pausa, Marco Polo falou, pensativo:

– Creio que não.

– O que define a nobreza de um ser humano é a sua capacidade de enxergar sua pequenez. Você a enxerga?

– Estou tentando – disse Marco Polo, acuado pela inteligência do filósofo.

– Nunca pare de tentar.

Em seguida, Falcão fez um momento de silêncio. Ponderou suas atitudes e teve coragem de pedir desculpas a Marco Polo pelo constrangimento que o fizera passar.

– Desculpe-me. Às vezes, acho que algumas das minhas reações são sequelas do meu passado, da minha doença.

– Por favor, não se desculpe. Eu é que fui estúpido, arrogante.

Vendo que o jovem Marco Polo refletia sobre os mistérios da existência, Falcão adicionou:

– Você pode duvidar de que Deus existe, mas Deus não duvida de que você existe. É nisso que creio.

Marco Polo ficou inquieto. Esfregou as duas mãos no rosto. Suspirou, colocou a mão no queixo, apoiou o cotovelo sobre a coxa como um pensador e perguntou:

– O que pensavam os filósofos a respeito de Deus?

– Lembre-se do que eu lhe disse: muitos filósofos acreditavam na metafísica. Eles não tinham medo de argumentar e discutir a respeito de Deus. A ciência tem medo de debater sobre Ele por receio de pender para uma religião e perder a individualidade. Nós não sabemos quase nada sobre a caixa de segredos da existência. Milhões de livros são uma gota no oceano. Lembre-se, somos uma grande pergunta procurando uma resposta nos poucos anos desta vida.

– Mas filósofos como Marx, Nietzsche e Sartre foram ateus.

Falcão fitou vagarosamente o amigo e, como se estivesse iluminado, disse:

– Há dois tipos de Deus: um Deus que criou os homens, e outro que os homens criaram. Para mim, esses filósofos não acreditavam no Deus criado pelos homens. Eles foram contra a religiosidade da sua época, que dilacerava os direitos humanos, mas não são ateus puros. Todavia não posso falar por eles.

O jovem pensou e inquiriu:

– Quem somos? O que somos? Para onde vamos?

– Frequentemente me faço tais perguntas. Quanto mais as faço, mais me perco, e quanto mais me perco, mais procuro me achar.

Em seguida, Falcão emendou:

– Olhe para as pessoas ao nosso redor. O que você vê?

– Pessoas de ternos, mulheres bem-vestidas, jovens exibindo seus tênis, adolescentes arrumando o cabelo, enfim, pessoas transitando.

– A maioria dessas pessoas vive porque respira. Não perguntam mais "quem são?", "o que são?". Estão entorpecidas pelo sistema. O ser humano atual não ouve o grito da sua maior crise. Cala sua angústia porque tem medo de se perder num emaranhado de dúvidas sobre seu próprio ser. No começo do século XX, a ciência prometeu ser o deus do *Homo sapiens* e responder a essas perguntas. Mas ela nos traiu.

– Por que nos traiu?

– Primeiro porque não desvendou quem somos; continuamos a ser um enigma, uma gota que por um instante aparece e logo se dissipa no palco da existência. Segundo, porque, apesar do salto na tecnologia, ela não resolveu os problemas humanos fundamentais. A violência, a fome, a discriminação, a intolerância e as misérias psíquicas não foram debeladas. A ciência é um produto do ser humano e não um deus do ser humano. Use-a e não seja usado por ela.

Ao esquadrinhar sua inteligência, Marco Polo confessou honestamente:

– O orgulho é um vírus que contagia a minha mente.

– Contagia a todos. Até um psicótico tem ideias de grandeza.

– Será que é possível destruir o orgulho?

– Não creio. Nossa maior tarefa é controlá-lo.

Para finalizar a complexa aula, voltou-se para a face do jovem amigo e completou:

– A sabedoria de um ser humano não é definida pelo quanto ele sabe, mas pelo quanto ele tem consciência de que não sabe...

Marco Polo incorporou com impacto essa frase. Precisava discernila, bem como todo o conhecimento que abordaram. Sua mente tornou-se um caldeirão de ideias.

Resolveu que era o momento de partir. Um pouco atordoado, despediu-se de Falcão e saiu. O sol do entardecer reluzia sobre ele e projetava sua sombra sobre o solo. A sombra estava grandiosa. A distorção da imagem o convidou à autoanálise.

Sempre quis ser grande, uma estrela com astros gravitando em sua órbita. Percebeu que a busca da fama era uma tolice. Concluiu que precisava reduzir sua sombra social. Precisava aprender a encontrar grandeza na sua pequenez.

# Capítulo 11

Toda vez que deitava em sua aquecida e confortável cama, Marco Polo pensava em Falcão dormindo ao relento. Ficava perturbado, às vezes acordava no meio das noites chuvosas, incomodado. Tinha receio de que Falcão não estivesse nos albergues municipais.

Os andarilhos, por viverem em precárias condições de saúde, morriam cedo. A falta de higiene, de alimentação regular, de proteção contra as intempéries e o alcoolismo ceifavam suas vidas nos primeiros anos de jornada.

A sobrevivência de Falcão foi uma exceção. O Poeta o ajudara a se livrar do alcoolismo e a cuidar da sua saúde. Todavia, o Poeta morrera e Marco Polo sentiu que de algum modo ocupava uma parte do seu lugar.

Cuidar da qualidade de vida de Falcão e ajudá-lo a resgatar seu passado mexia com o jovem estudante. Mas tinha medo de retirar o amigo das ruas e estimulá-lo a reencontrar seu filho. O sistema social que o excluíra era cruel em algumas áreas. Talvez Falcão não suportasse esse estresse. O conforto exterior poderia gerar desconforto interior.

Seis meses se passaram. A saúde de Falcão andava debilitada. Tinha crises de falta de ar e recusava-se a ir ao ambulatório do hospital-escola. Diante disso, Marco Polo sentiu que era o momento de fazer uma investida para ajudá-lo. Mas como?

"Falcão poderia conservar suas ideias e seu jeito de ser ao retornar para a sociedade. Poderia ser um vírus que se alimenta do sistema para combater as chagas do próprio sistema, tal como os grandes jornalistas e outros nobres pensadores", pensava o jovem.

Essas ideias povoaram sua mente, diluíram paulatinamente seu medo e deram corpo à sua decisão. Recebera muito de Falcão, queria retribuir um pouco.

Por outro lado, embora não quisesse sair das ruas, Falcão sentiu, pouco a pouco, que precisava construir uma ponte com seu passado. A relação com Marco Polo era diferente da que tinha com o Poeta. Marco Polo era um espelho do seu próprio filho. Flashes de Lucas reluziam em seu imaginário enquanto cantavam e faziam poesias. Negar radicalmente seu passado o atormentava.

Certa vez, Marco Polo tocou diretamente no problema.

– Você correu grandes riscos para resgatar sua identidade e reconstruir sua sanidade. E me ensinou a correr riscos para explorar a mente humana e lutar pelos meus sonhos. Que tal correr os riscos de entrar no sistema social e reavaliar o seu passado?

Falcão entendeu a mensagem e fez um silêncio glacial. Marco Polo foi cortante e insistiu:

– Seu filho tem o direito de saber que você está vivo. O risco de ser rejeitado é o preço que você tem de pagar.

Essas palavras gelaram a coluna do mestre. Nunca sua segurança ficou tão abalada. Fez um mergulho interior.

– Eu estou morto para ele. Os mortos não incomodam os vivos.

– Você disse que Deus se esconde atrás da cortina da existência e grita através dos fenômenos que criou, mas você não é Deus. Por que, então, você se esconde atrás da cortina dos seus argumentos? Por que grita através dos fenômenos que imaginou? Que base tem para afirmar que está morto para o seu filho? Quantas vezes ele deve ter olhado para a multidão à sua procura?

Marco Polo aprendera com o próprio Falcão que a dúvida é a melhor arma para abrir as janelas da inteligência, e a resposta pronta é a melhor para fechá-la. Suas perguntas provocaram um abalo intenso em seu magnífico professor. Falcão não poderia fugir de si mesmo.

– Você o ama? – instigou Marco Polo, diante do calado Falcão.

– O amor é imortal! Você pode negá-lo, sufocá-lo, enterrá-lo, mas ele jamais morre. Já lhe disse. Meu filho nunca morreu dentro de mim. Ele ainda vive em meus sonhos.

– Não há como correr riscos para resgatar quem está morto, mas, se ele está vivo, corra riscos por ele!

Quando Marco Polo pensou que Falcão cedera, ele ergueu uma enorme muralha:

– Nossas linguagens, interesses, visões de vida, expectativas são muito diferentes. Será quase impossível reconstruir nossas histórias. Se, mesmo convivendo por anos a fio, os membros da maioria das famílias não toleram suas diferenças, não se respeitam, como esperar harmonia entre dois instrumentos que há mais de duas décadas não tocam juntos?

Vencer a inteligência do gênio era quase impossível. "Realmente o choque poderia ser insuportável", ponderou Marco Polo. "Mas falharemos 100% das vezes que não tentarmos", refletiu.

Teve a sensação de que ninguém conseguiria transpor a fortaleza dos pensamentos do filósofo, lapidada pelas crises psíquicas e esculpida pelos corredores da vida. Mas tinha uma última bala em sua arma intelectual, um argumento forte. Construíra este argumento ao longo dos meses da relação com Falcão.

Lapidara-o pacientemente, como Michelangelo fez com o mármore bruto em busca da sua obra-prima. Sedimentara-o, assimilara-o, e o escrevera. Era o momento de discorrer sobre ele: *o princípio da corresponsabilidade inevitável.* Este princípio mesclava alguns fundamentos da psicologia e da filosofia.

– Falcão, você nunca viveu fora do meu sistema. Quer queira ou não, você faz parte dele.

– Que absurdo! Não confunda o meu mundo com o seu. No meu, as pessoas são transparentes; no seu, elas se disfarçam atrás dos sorrisos, da estética. No meu, as pessoas têm tempo para investir no que amam; no seu, elas são transformadas em máquinas de trabalhar e consumir.

Marco Polo ficou constrangido, mas não se intimidou.

– Eu concordo que a sociedade organizada está doente em muitos aspectos, mas *o princípio da corresponsabilidade inevitável* demonstra que é impossível haver dois sistemas distintos. O que existe são duas maneiras de ver e atuar no mesmo sistema. As pessoas jamais são completamente separadas umas das outras.

Falcão nunca tinha ouvido falar nesse princípio. Pela primeira vez coçou a cabeça, revelando-se confuso diante do discípulo. Estava perturbado com essa ideia. Se ele se convencesse de que não há dois sistemas, qual era o argumento para se esconder em seu casulo?

– Que princípio é esse? Que pensador o elaborou? – perguntou, desconfiado.

– Eu o elaborei!

Falcão deu de ombros. Foi contagiado pelo orgulho. Cônscio desse contágio, em seguida se refez.

– Desculpe-me. Debata-o. Apresente suas ideias!

Ao dizer essas palavras, recordou-se de quando tivera uma crise na sala de aula no curso de direito. Queria ser enfrentado no campo das ideias. Era neste ponto que Marco Polo o desafiara, e, o que era pior, no ponto mais delicado da sua história.

Marco Polo defendeu a sua tese com veemência. Comentou que *o princípio da corresponsabilidade inevitável* demonstra que as relações humanas são uma grande teia multifocal. Revela que ninguém é uma ilha física, psíquica e social dentro da humanidade. Todos somos influenciados pelos outros. Todos os nossos atos, quer sejam conscientes ou inconscientes, quer sejam atitudes construtivas ou destrutivas, alteram os acontecimentos e o desenvolvimento da própria humanidade.

Qualquer ser humano – intelectual ou iletrado, rico ou pobre, médico ou paciente, ativista ou alienado – é afetado pela sociedade e, por sua vez, interfere nas conquistas e perdas da própria sociedade através de seus comportamentos. Marco Polo queria dizer que todos são corresponsáveis pelo futuro da sociedade e, por consequência, pelo futuro da humanidade e do planeta como um todo.

– Nossos comportamentos afetam de três modos as pessoas: alteram o tempo delas; alteram a memória delas, através do registro desses comportamentos; e alteram a qualidade e frequência das suas reações. Alterando o tempo, a memória e as reações das pessoas, modificamos seu futuro, sua história.

Falcão começou a sair do estado de indiferença para o de assombro. "Aonde esse garoto quer chegar?", pensou.

Marco Polo foi mais longe. Discorreu afirmando que os mínimos comportamentos podem interferir em grandes reações na História. O espirro de um norte-americano pode afetar as reações das pessoas no Oriente Médio. Uma atitude de um europeu, por mínima que seja, pode interferir no tempo e nas ações da China.

Falcão começava a entender aonde seu amigo queria chegar, mas ainda não estava completamente claro. Observava atentamente cada uma das suas frases. Marco Polo passou da teoria para os exemplos:

– O padeiro que fez pão no século XV em Paris afetou o tempo e a memória da dona de casa que o comprou, afetando as reações dos seus filhos, que, por sua vez, alteraram os comportamentos dos seus amigos, vizinhos, colegas de trabalho, e que, numa reação em cadeia, influenciaram a sociedade francesa da sua época e de outras gerações. Assim, numa sequência ininterrupta de eventos, o padeiro do século XV influenciou, séculos mais tarde, os pais, os amigos e, consequentemente, a formação da personalidade de Napoleão, que afetou o mundo.

– Hitler, em 1908, mudou-se para Viena com o objetivo de se tornar pintor. O professor da academia de belas-artes que o rejeitou afetou seu tempo, sua memória, seu inconsciente. Por sua vez, influenciou sua afetividade, sua compreensão do mundo, suas reações, sua luta no partido nazista, sua prisão, seu livro. Todo este processo interferiu na eclosão da Segunda Guerra Mundial, que afetou a Europa, o Japão, a Rússia, os EUA e que mudou os rumos da humanidade.

– Se Hitler tivesse sido aceito na escola de belas-artes, talvez tivéssemos tido e um artista plástico, ainda que medíocre, e não um dos maiores psicopatas da história. Não estou dizendo que a psicopatia de Hitler seria resolvida com sua inclusão na escola de Viena, mas poderia ser abrandada ou talvez não se manifestasse.

Falcão estava espantado. Os papéis tinham se invertido. Marco Polo falou ainda que um índio numa tribo isolada da Amazônia também afeta a História. Ao abater um pássaro, este deixará de produzir ovos, de chocá-los e de ter descendentes, afetando o consumo de sementes, os predadores e toda a cadeia alimentar, o ecossistema, a biosfera terrestre.

Além disso, a ausência de descendentes do pássaro abatido afetará o processo de observação dos biólogos, interferindo em suas reações, suas pesquisas, seus livros, sua universidade e sua sociedade.

Uma pessoa que se suicida não deixou de atuar no mundo social, afirmou Marco Polo. O ato do suicídio alterou o tempo dos amigos e parentes e, principalmente, despedaçou a emoção e a memória deles, gerando vácuo existencial, lembranças e pensamentos perturbadores que afetarão suas histórias e o futuro da sociedade.

– Ninguém desaparece quando morre. Viver com dignidade e morrer com dignidade deveriam ser tesouros cobiçados ansiosamente. Portanto, *o princípio da corresponsabilidade inevitável* demonstra que nunca podemos ser uma ilha na humanidade. Jamais deveria haver a ilha dos norte-americanos, dos árabes, dos judeus, dos europeus. A humanidade é uma família vivendo numa complexa teia. Somos uma única espécie. Deveríamos amá-la e cuidar dela mutuamente, caso contrário não sobreviveremos.

Para o jovem pensador, somos todos responsáveis inevitavelmente, em maior ou menor proporção, pela prevenção do terrorismo, da violência social, da fome mundial.

Falcão concordou com a engenhosidade do raciocínio de Marco Polo. Embora fosse um especialista na arte de pensar, não percebeu que estava caindo na rede do seu discípulo. Em seguida, o jovem comentou com seu mestre que as reações dos outros podem nos afetar fraca ou intensamente. Assistir a um filme, conversar com um amigo, elogiar alguém pode mudar pouco ou muito o curso de nossas vidas.

Lembrou-se de um amigo humilhado pela professora porque não conseguira ler direito um parágrafo. Ela pediu que ele repetisse várias vezes a leitura do texto, sob o deboche dos colegas. O registro dessa experiência tinha bloqueado a inteligência do aluno, gerando gagueira, insegurança, afetando drasticamente seu futuro como pai e como profissional. Nunca mais conseguiu falar em público.

Após fazer a abordagem geral e dar esse exemplo, Marco Polo calibrou a arma da sua inteligência e desferiu um golpe fatal em Falcão. Preparou, ainda que sem grandes pretensões, uma base para que ele questionasse seu comportamento nas últimas duas décadas e mudasse para sempre o curso da sua história. Foram vinte minutos que mudaram uma vida. Cortou a resistência do amigo como a lâmina de um bisturi.

– Você é o mestre e eu, o pequeno aprendiz, mas, por favor, diante dessa explanação, responda-me: é possível haver sistemas socialmente isolados?

Falcão deu um sorriso entrecortado e admitiu honestamente:

– Não. Há sistemas que pouco se comunicam, mas não são isolados.

– Subir no banco de uma praça, declamar uma poesia ou pedir dinheiro para comprar um pão são reações que interferem na dinâmica dos comportamentos das pessoas que o ouviram, interferindo, por sua vez, nos seus colegas de trabalho, na sua empresa, na sociedade, no comércio internacional. Por isso, fechar-se em seu mundo pode ser um ato egoísta! Você concorda ou discorda?

– Sob essa ótica, o isolamento pode ser um ato egoísta – disse Falcão transpirando.

– Você se fechou dentro de si mesmo porque a sociedade o excluiu e o discriminou, mas você se superou, tornou-se um sábio. Essa mesma sociedade que o feriu precisa das suas ideias e da sua coragem para se transformar. Até porque o seu sistema nunca foi separado do meu.

O mundo desabou sobre Falcão. Ficou boquiaberto, pasmo, reflexivo. "Como ele nunca havia pensado nisso?" Marco Polo tinha razão. "Interferimos na memória e no tempo dos outros a todo instante. A memória e o tempo nos unem numa inevitável rede", pensou.

– Suas ideias são amargas como fel, mas não posso fugir delas. Eu influencio seu mundo e sou influenciado por ele.

E, para completar, o jovem fitou o gênio e deu-lhe o último golpe:

– Responda-me mais uma pergunta, pensador. Por que não é possível se alienar ou se isolar socialmente de maneira pura, completa, absoluta?

Com a voz embargada e sabendo de antemão aonde Marco Polo chegaria, o filósofo disse com sinceridade:

– Porque a ausência de uma reação já é uma ação em si, é a ação da não reação. A não reação contribui para a ação dos outros. Assim como uma pessoa que se suicida continua interferindo na história dos seus íntimos, um pai que se torna um andarilho continua interferindo em seu próprio filho – falou Falcão, com lágrimas nos olhos.

– Muito bem, mestre! Sei que é doloroso tocar nesse assunto, mas sua ausência desencadeou uma sequência de eventos que influenciaram a personalidade de Lucas. Toda vez que ele o procurou e não o encontrou ou teve de explicar para alguém a sua ausência, você alterou intensamente suas emoções, pensamentos, autoestima. Portanto, nunca deixou de ser corresponsável por ele.

Falcão levantou-se do banco. Começou a andar em círculo. Jamais algumas palavras geraram tantas consequências em seu intelecto. Concluiu que até mesmo fazer discursos nas praças e levar as pessoas a viajar para dentro de si mesmas eram fatos que influenciavam a sociedade e atingiam indiretamente seu filho.

A questão não era se sua ausência fora melhor ou pior para Lucas. A questão é que nunca conseguira se isolar dele. O pensador foi vencido no único lugar que poderia mudar as rotas da sua vida: no campo das ideias. Temeroso, disse sinceramente:

– Não conseguimos fugir dos outros porque não conseguimos fugir de nós mesmos. Correrei riscos para reencontrar meu filho!

Resolveu romper seu casulo. Havia uma grande tarifa a pagar para reconstruir sua história. Os problemas que enfrentaria seriam enormes. Teria de se deparar com predadores dentro e fora de si. Poderia ser rejeitado por ter sido um mendigo. Teria de enfrentar o ex-sogro, a ex-esposa, os ex-colegas de trabalho. E, o que era pior, Lucas poderia culpá-lo, ser indiferente a ele, ter vergonha do pai. Poderia também não estar vivo. O preço era incalculável; os riscos, inimagináveis.

– Tenho medo! – reagiu.

Marco Polo nunca ouvira Falcão dizer tais palavras. Sempre o considerara imbatível.

– Medo! Você sempre foi destemido.

– Tenho medo de mim mesmo. Medo de me enfrentar. Medo de caminhar por estradas que há muito não piso e em que pensei que nunca mais pisaria.

Pelo fato de estar aprendendo a arte de produzir frases de efeito com o próprio Falcão, Marco Polo novamente o surpreendeu:

– O medo pode ser um excelente mestre. Tira reis do seu trono e ensina-os a ser o que sempre foram: apenas frágeis seres humanos.

Falcão deu uma risada entrecortada no meio da sua dor. Procurando consolar-se, olhou outra vez para a sua plateia invisível e disse:

– Todos nós temos uma criança para encontrar. Uns dentro, outros fora de si. Preciso achar a de fora, sem perder a de dentro.

Em seguida, pediu para ficar mais um dia nas ruas. Teria de se despedir pelo menos temporariamente de seu estilo de vida e da ampla casa onde vivia havia anos. Queria abraçar mais árvores, conversar com mais flores, brincar com as borboletas, observar as estrelas enquanto fechava seus olhos para mais uma noite de sono.

Marco Polo combinou que no dia seguinte, sábado, o pegaria pela manhã. Seus amigos de faculdade, que dividiam a mesma habitação, viajariam para suas cidades. A casa estaria vazia. Falcão passaria o final de semana com ele. Planejariam juntos a longa viagem para sua cidade.

Falcão fez uma longa despedida. Abraçou uma dúzia de árvores. Sentiu a brisa, o som sereno do vento. Ajoelhou-se nos jardins, beijou as rosas, dialogou com Deus. Terminou com essas palavras: "Deus, você foi meu amigo na loucura, na miséria e nas noites sem abrigo. Tenho medo de que não o seja na fartura e nas noites confortáveis. É tão fácil esquecê-Lo. Caminhe em meus passos."

Ao deitar-se, as estrelas não induziam seu sono como sempre fizeram. O velho cobertor não o aqueceu como antes. O banco da praça pressionava suas costelas desconfortavelmente. Teve pesadelos. Viu-se alvo de risadas e desprezo. Sua mente se tornou um turbilhão de imagens ameaçadoras.

No outro dia, Marco Polo o levou para casa. Falcão tomou um belo banho, aparou sua barba, cortou apenas parte do seu longo cabelo. Marco Polo emprestou-lhe algumas roupas, mas, como era dez centímetros mais baixo do que o amigo, a calça e a camisa ficaram engraçadas.

O velho que aparentava entre setenta e oitenta anos remoçou.

Retornou aos 55 anos, sua real idade. Marco Polo riu da aparência do amigo. Falcão parecia um garotão desarrumado com as roupas curtas.

Zombando de Marco Polo, afirmou:

– Ainda estou bonitão! – e fez uma pose desajeitada.

– Bonito o suficiente para não me espantar.

O jovem amigo juntou algumas economias e ambos saíram em busca de roupas decentes. Para Falcão, qualquer roupa estava bem. Entraram em uma loja e Marco Polo escolheu uma camisa de manga comprida verde-folha e uma calça vermelha. Falcão vestiu-as e achou-as belíssimas, lembravam as rosas vermelhas com talos verdes dos jardins. Felizmente as vendedoras intervieram. Compraram duas camisas brancas e uma calça bege.

Ao sair da loja, Falcão sentia-se fantasiado, artificial. Andava ereto, sério e sem espontaneidade. Havia anos não se preocupava com os olhares das pessoas. Sentia-se observado. Não era um sentimento decorrente da antiga paranoia, mas de ter de representar o que não sentia, de sorrir quando estava infeliz.

Marco Polo viu o rosto do amigo entristecer pouco a pouco. Nada o animava. Ligou a TV num programa de notícias para que ele se distraísse um pouco, mas piorou as coisas. Desde que saiu pelo mundo, Falcão nunca mais assistira à TV, apenas de relance.

Viu um repórter denunciando a fome na Etiópia, mostrando imagens de crianças magérrimas, em pele e osso, sem expressão facial, em profundo estado de melancolia. Quase não tinham força muscular para se movimentar. Deviam estar brincando, mas estavam morrendo. Falcão curvou-se, colocou a cabeça à frente do corpo e arregalou os olhos.

O repórter disse que, de acordo com a FAO (Organização das Nações Unidas para a Agricultura e Alimentos), a cada cinco segundos morre uma criança de fome. Falcão, estarrecido, meneou a cabeça e gritou:

– Não é possível! Estão deixando as crianças morrerem!

Em seguida, viu outra imagem fantasmagórica: um pai correndo e gritando desesperadamente com um filho sangrando no colo. Ele fora vítima de um ataque terrorista. As imagens que saltavam da tela pareciam mais loucas do que as alucinações que o perturbavam na sua fase psicótica mais drástica. E aquilo era real. Falcão começou a passar mal. Teve palpitações e suor excessivo.

Em seguida, observou a expressão facial do repórter que transmitia as notícias. Para seu espanto, o rosto não traduzia o drama da notícia, revelava apenas um ar de consternação.

Posteriormente, o mesmo repórter mudou rapidamente o semblante, abriu um sorriso e falou de um milionário excêntrico, que aparecia na tela acariciando seus cavalos em suntuosas cocheiras. Esta notícia penetrou como um terremoto no intelecto de Falcão. Estava incrédulo.

Percebeu que o processo de transmissão das informações destruía a afetividade dos espectadores. Fitou o jovem amigo e comentou incisivamente:

– Vocês não sentem asco por essa sociedade?

– Esses acontecimentos são péssimos! – confirmou Marco Polo.

– Péssimos? São horríveis! Vocês estão adaptados ao lixo social. Não se perturbam mais com ele!

– Não! Nós detestamos essas imagens!

– Seus olhos as detestam, mas suas emoções não reagem.

Marco Polo ficou abalado. Sentiu que Falcão estava coberto de razão. Embora perambulasse pelas ruas e presenciasse determinados tipos de sofrimento, não tinha contato com algumas das mais repugnantes misérias cometidas pelo sistema. Sua sensibilidade não estava doente nem era exagerada, mas anestesiada, analisou.

Nesse momento teve um insight. Num relance rápido de lucidez, analisou a psicoadaptação dentro da sala de anatomia. As primeiras imagens dos cadáveres, bem como o cheiro de formol, tinham causado fortes reações nos alunos, mas pouco a pouco essas reações se diluíram no inconsciente. O cheiro de formol tornara-se suportável. Alguns estudantes que choraram de tensão no primeiro dia brincavam com os cadáveres, movimentando seus membros como se eles estivessem vivos.

Marco Polo fez um paralelo entre a sala de anatomia e o ambiente social. O impacto causado pelas imagens grotescas noticiadas pela TV perdia o efeito à medida que os espectadores assistiam a elas diariamente. Percebeu que a sensibilidade estava morrendo na humanidade. Tornara-se um espetáculo de terror. Por isso, humildemente, expressou:

– Estamos doentes.

Ainda completamente indignado, Falcão usou o próprio discurso de Marco Polo, *do princípio da corresponsabilidade,* para questionar:

– Os líderes da sociedade são adultos?

– Obviamente são adultos.

– Então me responda: os governantes dos países ricos e os empresários que dominam o mundo são corresponsáveis por essas misérias?

– Sim.

– Eles têm insônia ou não por tais sofrimentos?

Acuado, o rapaz não soube responder. Então, Falcão respondeu por ele.

– Se eles dormem e sentem-se tranquilos, são crianças. Só uma criança não tem consciência das misérias dos outros e não é responsável por elas. Só uma criança come fartamente e dorme serenamente enquanto há outras crianças morrendo de fome.

Falcão e o Poeta frequentemente divertiam as crianças nas praças e habilmente as ensinavam a pensar com suas ideias e gestos. Para eles, pensadores excluídos, as crianças eram a única coisa pura da sociedade, seu maior tesouro. Vê-las maltratadas esmagava seus sentimentos.

De repente, Falcão abriu as janelas do seu inconsciente e resgatou as suas reações nos dias posteriores ao ter abandonado seu filho. Reviveu as primeiras noites como caminhante. Rememorou os gritos que dava chamando Lucas. Olhava para os escolares e via neles o rosto do filho. Queria abraçá-los, mas os pais os afastavam.

Essas imagens se mesclaram com as cenas da TV, aumentando sua perturbação. As imagens dos cavalos abrigados nas cocheiras luxuosas com as imagens das crianças morrendo de fome embaralharam-se na sua mente. Inquieto, andava pela sala. Parecia que vivia a dor dos infantes.

Teve ânsia de vômito. Queria vomitar sua indignação. Fixou-se na sua plateia invisível e começou a proclamar como se estivesse em crise. Os vizinhos mais próximos ouviram seus brados. Marco Polo ficou paralisado.

– Loucos! Estúpidos! Uma espécie que destrói seus pequenos comete suicídio! Que sociedade é essa em que as crianças são tratadas como animais e os animais, como crianças? Não as maltratem! Deixem-nas brincar! Deixem-nas viver!

Asfixiado interiormente, Falcão saiu subitamente de casa. Precisava respirar.

# Capítulo 12

Ao sair pela rua, Falcão foi acompanhado apreensivamente por Marco Polo de longe. Na rua, entretanto, pouco a pouco, Falcão se libertou. Começou a dançar e fazer caretas para as crianças e estimulá-las a sorrir. Cumprimentava todo mundo, inclusive quem não conhecia. Abraçou uma árvore. Voltou a ser o Falcão de sempre. Refez-se, mas não esqueceu as imagens.

Retornou para casa e, junto com Marco Polo, começou a organizar a viagem. Saíram na madrugada de domingo para segunda-feira no velho carro do jovem. A viagem durou mais de seis horas. Quando o dia amanheceu, ainda estavam na estrada.

Os primeiros raios solares penetravam em seus olhos. Falcão estava convencido de que precisava reencontrar os porões do seu passado, abrir algumas feridas que nunca foram cicatrizadas e enfrentar os fantasmas que nunca morreram.

O nome verdadeiro de Falcão era Sócrates. Sua mãe escolhera o nome do filósofo grego sem grandes pretensões intelectuais, apenas porque o achara bonito, sonoro. Mas este nome o influenciara a se interessar, nos tempos de colégio, pelo extraordinário pensador.

Descobriu que Sócrates fora um questionador do mundo, mas não deixara nada escrito. Seus discípulos escreveram sobre ele, tal como Marco Polo um dia escreveria sobre Falcão. Fascinado com a postura intelectual do filósofo, o jovem Sócrates resolveu seguir a carreira de filosofia.

– Para mim, você será sempre Falcão – comentou Marco Polo.

– Não sou mais Sócrates.

Finalmente chegaram à cidade. Foi difícil para Falcão reconhecer as ruas, as praças e os bares. A cidade sofrera mudanças, mas não substanciais. Conseguia orientar-se. Seu coração estava acelerado, suas mãos suavam, a musculatura enrijeceu.

Encontrou a velha cantina italiana próxima à sua casa. Pediu para parar.

Era um lugar simples, mas agradável. Nessa cantina, ao redor de uma mesa e segurando o copo de um bom vinho, fizera grandes debates sobre política, crises sociais, relações humanas. Os clientes ouviam-no embevecidos. Aprendiam a filosofar como na Grécia Antiga. Falcão lembrou-se de algumas doces passagens. Todavia, foi também dessa cantina que teve de sair retirado pelos amigos quando tinha seus surtos psicóticos.

As paredes estavam desbotadas, o piso xadrez era o mesmo, mas sem brilho, os azulejos floridos com fundo branco permaneciam intocados. Toni, o proprietário, um pouco mais velho que Falcão, era fascinado por sua inteligência, e tornaram-se grandes amigos.

Desceu do carro lentamente. Olhou para o horizonte da rua, fitou as construções. Respirou a brisa da manhã, ainda eram dez horas. Marco Polo, pegando-o pelo braço direito, impeliu-o suavemente para dentro do estabelecimento.

Falcão perguntou por Toni. O jovem do balcão contou que o proprietário havia sofrido uma isquemia cerebral e andava com dificuldade, mas não perdera a lucidez. Disse que iria chamá-lo, mas antes perguntou quem o procurava.

– Diga que é Falcão, ou melhor, Sócrates, um velho amigo.

O balconista abriu a porta dos fundos, onde havia uma antiga residência. Um senhor de cabelos grisalhos, ao saber da notícia, ficou pasmo. Com andar trôpego, esforçava-se ansiosamente por andar mais rápido. Ao se aproximar, um sorriso incrédulo estampou-se em seu rosto. Parecia que estava vendo algo do outro mundo. Afinal de contas, um morto acabava de ressurgir.

– Sócrates! Sócrates! Não pode ser você! – disse, tentando correr.

A cena foi quase indescritível. Os olhos viram as letras do tempo. Os dois amigos se abraçaram prolongadamente sem dizer palavra. Não era necessário. O silêncio foi mais eloquente.

Toni sempre achou Sócrates um gênio. Sofrera intensamente com as crises psicóticas do amigo. Dizia que a genialidade o enlouquecera. Seu desaparecimento o tornara um tabu naqueles ares. Ainda hoje comentavam seu caso.

Após o afetivo abraço, Toni perguntou de onde ele vinha.

– Venho de todos os lugares e de lugar nenhum. Pertenço ao mundo, meu amigo.

Toni ficou felicíssimo com sua resposta. Percebeu que Sócrates continuava afiado nas frases curtas, mas de grande alcance. Marco Polo observava tudo como atento espectador. Após alguns minutos de conversa, Falcão entrou no árido terreno do seu passado, perguntando ao amigo:

– E Lucas?

Falcão muitas vezes trouxera seu filho à cantina. Toni conhecia a história. Sabia da longa e penosa separação. Fez uma pausa. A pausa congelou os sentimentos de Falcão. Em seguida, a grande notícia.

– Tornou-se um grande homem.

– Como assim? – indagou Falcão, extasiado e aliviado.

– As sementes que você plantou geraram um pensador.

– Não plantei semente alguma. Meu filho teve um pai psicótico – falou humildemente.

Toni, discordando dele, repetiu uma frase inesquecível de autoria do próprio Falcão.

– Você se lembra: "O maior favor que se pode fazer a uma semente é enterrá-la." Você a enterrou no coração do seu filho. Parecia que morrera, mas eclodiu. Vá à Universidade Central e veja com os próprios olhos – disse taxativamente.

As lágrimas escorriam dos olhos de Falcão. Em seguida, o velho amigo completou:

– Seu filho veio muitas vezes a essa cantina me ouvir falar sobre você. Conheceu suas peripécias intelectuais.

O pensador das ruas não suportou ficar de pé. Foram longos anos de sofrimento. Parecia estar fora da realidade diante de Toni. Sentou-se e disse, incrédulo:

– Não é possível! Meu filho me procurou!

Marco Polo prolongou sua inspiração. Teve certeza nesse momento de que havia tomado um bom caminho. Toni ofereceu bebida e comida a eles.

– Desculpe-me, amigo, mas a fome e a sede da minha alma são mais urgentes...

Foram à universidade, a mesma onde Falcão havia lecionado e de onde fora expulso. Os longos corredores e o piso de granito escuro abriram as janelas da sua memória. Novamente lembranças agradáveis e frustrantes ocuparam o cenário da sua mente. Ficou apreensivo.

Chegaram à secretaria e perguntaram por Lucas. Descobriram que ele havia ido longe. Era doutor em sociologia e pró-reitor da universidade. Tinha apenas 32 anos. Falcão ficou espantado com a notícia. Como o filho de um doente mental, que fora perturbado pelas crises do pai, tinha chegado tão jovem ao topo da hierarquia acadêmica?

Falcão sabia que as doenças psíquicas não são contagiosas e nem são determinantes geneticamente; no máximo geram influências que podem ser dissipadas pelo ambiente educacional. Tinha ciência de que o universo psíquico é tão complexo que filhos de psicóticos e depressivos eram capazes de superar o clima estressante de suas casas e se tornar felizes, seguros, líderes.

Vivera dez anos com Lucas. A base da personalidade de seu filho já se formara. O temor de que sua ausência pudesse ter prejudicado a personalidade do menino sempre o assombrou. As notícias atuais sobre Lucas refrigeravam sua emoção.

A secretária comunicou que o Dr. Lucas estava no departamento de ciências jurídicas dando uma conferência sobre "A crise na formação de pensadores". Falcão, indeciso, disse que voltaria numa outra hora. Marco Polo pegou-o pelo braço e pediu para lhe apontarem a direção do anfiteatro. Chegaram ao evento. A sala estava praticamente cheia.

Havia apenas alguns lugares na primeira fila. Sem alternativa, sentaram-se próximo do conferencista. Dr. Lucas interrompeu rapidamente sua fala, esperou que os novos ouvintes se acomodassem e continuou sua exposição.

Falcão estava irreconhecível com seus cabelos grisalhos, relativamente longos e revoltos. Pele seca e sulcada pelos maus-tratos da rua. Na plateia estavam professores, alguns, antigos colegas.

Ouvir seu filho discursar com segurança disparou inúmeros gatilhos em sua memória. Um vendaval de imagens passou em sua mente. Recordou-se de inúmeras passagens do pequeno Lucas. Parecia incrível, surreal, que depois de tantos anos estivesse diante dele novamente. Seus olhos se fixavam na sua face comovidamente. Tinha vontade de interromper a conferência, correr e abraçá-lo. Mas conteve-se. Até por não saber como ele reagiria.

Lucas terminou sua palestra afirmando que as universidades se multiplicaram, mas a formação de pensadores não aumentou. Comentou que uma das causas era o fato de o conhecimento estar separado, dividido, formando profissionais com uma visão unifocal e não multifocal da realidade. Disse que a matemática, a física e a química deveriam unir-se com a sociologia, a psicologia e a filosofia para construir uma ciência humanista, capaz de produzir ferramentas que modifiquem o mundo. Em seguida, concluiu, sob os aplausos acalorados da plateia:

– O conhecimento humanista produz ideias. As ideias produzem sonhos. Os sonhos transformam a sociedade...

Após o término, estimulou os participantes a debater suas ideias e experiências. A assistência estava hesitante, como se o palestrante não tivesse dado margem para questionamentos.

Marco Polo, ousado, fez sinal para Falcão falar, mas ele emudeceu. Novamente o jovem estimulou o amigo, sussurrando-lhe:

– É a sua grande oportunidade para ajudar as pessoas e impressionar seu filho. Você é um mestre nesse tema. Vamos!

Falcão balbuciou:

– Não sou capaz.

Nesse momento, Marco Polo recordou a lição que Falcão lhe dera quando disse insensatamente que a ciência era o deus do ser humano. Sentiu que era a sua vez de devolver-lhe a lição. Levantou-se subitamente, foi à frente da plateia, pegou o microfone e subiu ao palco onde estava o Dr. Lucas.

Ao ver a atitude de Marco Polo, Falcão percebeu que tinha entrado numa das maiores encrencas da sua vida. Seu discípulo aprendia as coisas rapidamente.

Do alto do palco, Marco Polo falou ousadamente:

– Estimada plateia, vou apresentar-lhes um dos maiores pensadores da atualidade. Fez caminhadas em várias universidades do mundo. Ele é tão requisitado que não tem endereço certo. É tão eloquente que é capaz de fazer um discurso até em cima de um banco de praça. Entende como ninguém a crise dos pensadores.

As pessoas, admiradas, riram. Em seguida, Marco Polo apontou as duas mãos para o amigo.

– Com vocês, Dr. Falcão!

Havia mais de trezentos participantes. A plateia achou estranho o nome do debatedor. Dr. Lucas, em sinal de respeito, levantou-se e o aplaudiu. A plateia fez coro. Falcão não teve outra alternativa.

Subiu ao palco, fitou o auditório demoradamente. Reconheceu por trás dos cabelos brancos alguns colegas. Lembrou-se dos que lhe deram as costas e fizeram chacotas. Seu olhar penetrante invadiu-lhes a inteligência.

Começou a falar com uma voz vibrante e pausada. Parecia que nunca havia saído do microcosmo da sala de aula. Disse que os grandes homens produziram suas mais brilhantes ideias na juventude, quando ainda eram imaturos.

– Por que foram tão produtivos na juventude, senhores? Porque não tinham medo de pensar. E por que não tinham medo de pensar? Porque não eram servos dos paradigmas e conceitos antigos e nem de suas verdades. Não foram aprisionados pelo conhecimento pronto.

Em seguida questionou a plateia.

– O que é mais importante para formar um pensador: a dúvida ou a resposta pronta?

– A dúvida! – responderam em coro.

– O que vocês ensinam?

Surpreendidos com a pergunta, os professores de direito, psicologia, sociologia, engenharia e pedagogia, na grande maioria, disseram com honestidade:

– A resposta pronta.

– Senhores, desculpem-me, mas ainda que não tenham consciência disso, por transmitir o conhecimento pronto, vocês estão formando repetidores de ideias e não pensadores. O sistema acadêmico tem aprisionado o ser humano e não libertado sua inteligência.

Enquanto Falcão falava, algumas pessoas tiveram a impressão de que o conheciam. Seu atrevimento e fineza de raciocínio os remetiam ao passado. Falcão, então, focando antigos docentes e pesquisadores, golpeou-os frontalmente:

– Talvez muitos de vocês também estejam algemados por esse sistema sem que o saibam. No começo da carreira acadêmica provavelmente duvidavam, aventuravam-se e produziam mais conhecimento do que hoje, quando são reconhecidos. O sucesso na carreira e os títulos que valorizam os cientistas podem funcionar como venenos que matam a sua ousadia e criatividade. Na realidade, não deveríamos ser doutores, senhores, mas eternos aprendizes.

Lucas ouvia atentamente o homem culto e provocador. Como líder da universidade, ele sabia que muitos ilustres professores escondiam-se atrás dos seus títulos e não mais produziam ciência. Lucas tornara-se um destemido pensador; seu sucesso viera do seu caos. Crescera num dos piores ambientes, mas seu pai, antes da sua psicose e nos momentos de lucidez entre os surtos, o levara a não ter medo do novo, a explorar o desconhecido, a molhar-se na chuva, a construir seus próprios brinquedos, a enfrentar sua insegurança e sentimento de humilhação.

Falcão olhou para Lucas, para Marco Polo, depois para a plateia e finalizou:

– Nossos alunos consomem o conhecimento como sanduíche, como fast food. Não o digerem, não o assimilam e nem conhecem seu processo de produção. Recebem diplomas e se preparam para o sucesso, mas não para lidar com frustrações, perdas, desafios e fracassos. As universidades, com as devidas exceções, têm gerado servos e não autores da sua história.

A plateia ficou abalada com essa exposição crítica e contundente. Houve uma explosão de aplausos. Perguntaram baixinho a Marco Polo de onde vinha o professor. Marco Polo disse-lhes que de muitos lugares e de lugar nenhum.

Falcão, com a voz embargada, agradeceu e disse:

– Dirijo os aplausos a uma pessoa aqui presente mais importante do que eu. Alguém com quem, na sua infância, brinquei, beijei e amei mais do que tudo nessa vida... Mas também alguém que feri e perturbei com minhas crises. Para poupá-lo, parti para uma longa viagem. Nessa viagem, superei minhas crises, mas não tive coragem de voltar. Tive medo de mim mesmo. Sei agora que errei, e muito...

O público, confuso, não entendeu a mudança de discurso, e Lucas igualmente. Falcão estava chorando. Fez mais uma pausa para conter seu pranto.

– Meu filho sofreu muito, perdeu demais, mas usou sua dor para conquistar o sucesso. Tornou-se um brilhante pensador e um generoso ser humano...

Falcão falava olhando para Lucas. Entrou em estado de choque. Com a voz entrecortada, abaixou o microfone e limpando com as mãos as suas lágrimas, disse:

– Filho... Eu o amo! Perdoe-me, meu pequeno pupilo.

Lucas jamais se esquecera do apelido carinhoso que seu pai lhe dera. Como um raio, as últimas palavras de Sócrates abriram as crateras do seu interior e iluminaram os becos da sua história. Ele reconheceu seu pai. Transportou-se para o passado. Imediatamente inúmeras imagens saíram da colcha de retalhos da sua memória, ganharam visibilidade no palco consciente. Começou a ver e ouvir seu pai de braços abertos chamando-o. Voltou aos dez anos e viu também seu próprio rosto apavorado procurando-o no meio da multidão.

Tinha chorado muitas vezes na adolescência, gritando pelo pai em silêncio. Lucas não se importava se os outros debochavam dele. Amava-o e queria-o do jeito que ele era, seu querido pai. Agora, Sócrates estava no palco flamejando sua inteligência como se nunca tivesse deixado o cenário de sua vida. Parecia irreal. Lucas caiu em prantos. Ficou completamente sem reação.

Não eram dois intelectuais encontrando-se, mas duas almas despedaçadas, um pai e um filho cujas histórias foram mutiladas pelas intempéries da existência, mas que agora eram reunidas.

Lucas levantou-se soluçando e balbuciou:

– Pai! Papai! É você...

Abraçaram-se prolongadamente. Consolaram-se das suas dores. Beijaram-se afetivamente. O tempo parou. A plateia estava atônita.

Momentos depois, Lucas olhou para Falcão e disse-lhe:

– Pai, você não imagina como o procurei! Foram noites de insônia e pesadelos.

– Meu filho, meu filho! Perdoe-me! Quis ser um herói, mas fui um covarde!

– Não, papai, você foi o mais corajoso dos homens. Vovô Pedro, em seu leito de morte, confessou a mim e a mamãe o que fizera com você. Disse que comprou um laudo de um psiquiatra para afastá-lo de mim. Jamais deixei de amá-lo.

Eles se abraçaram novamente. O público levantou-se e aplaudiu sem entender direito os fatos. Estavam apenas cônscios de que presenciavam uma das mais belas cenas de amor...

Marco Polo não suportou a comoção. Foi até a janela, abriu-a e sentiu a brisa acariciar seu rosto. Observou os movimentos suaves das folhas e flores. Num mergulho interior, pela primeira vez sussurrou algumas palavras que pareciam uma oração: "Deus, eu não sei quem você é. Eu também não sei quem eu sou. Mas obrigado pela vida e por todas as alegrias e sofrimentos que a transformam num espetáculo único!"

Falcão voltou-se para Marco Polo, abraçou-o profundamente e agradeceu-lhe. Apresentou-o como filho adotivo e, para não perder seu humor, ainda teve tempo para brincar.

– Os loucos vivem mais aventuras do que os normais. Nunca seja muito normal, Marco Polo...

Ao ouvir essa frase, o rapaz resgatou a frase de seu pai que estava submersa em seu inconsciente: "Saia do lugar-comum, meu filho!"

Meneando a cabeça, Marco Polo entendeu o recado. Resolveu em seu íntimo libertar sua criatividade e caminhar sem medo pelas curvas da existência. Desejou honrar seu nome e fazer da sua vida uma fascinante aventura.

# Capítulo 13

Falcão e Marco Polo foram para a casa de Lucas. Ele havia se casado e tinha uma filha de dois anos. Conversaram longamente. No dia seguinte, Débora, a ex-esposa, apareceu. Lucas lhe comunicara as surpreendentes notícias. Ela estava abalada e cética. Parecia um sonho o retorno de Sócrates e, principalmente, o resgate da sua lucidez.

O relacionamento de Débora com o ex-psiquiatra de Falcão tinha durado pouco, cerca de um ano. Moraram juntos por seis meses. Como todo relacionamento que não tem raízes, caso frequente entre terapeutas e pacientes, eles não suportaram o clima das dificuldades. O psiquiatra, tão gentil e solidário nos primeiros meses, se mostrou intolerante e pouco amante do diálogo. Terminaram a relação e nunca mais se falaram.

Débora teve outros namorados. Chegou a morar por quatro anos com um juiz de direito, amigo de seu pai. Mas o relacionamento não tinha tempero emocional. Faltava cumplicidade e afetividade.

O juiz era isolado, fechado, vivia para o trabalho e não trabalhava para viver. Era um excelente profissional, mas não sabia investir naquilo que mais amava. Não conseguia compreender a emoção ferida e carente de Débora nem penetrar no mundo solitário de Lucas. Assim, desde a partida de Sócrates, ela nunca mais encontrara um grande amor. Havia dois anos estava só.

Débora chegou de surpresa na casa de Lucas. Ao entrar na sala, os olhos dela encontraram os dele. Foi um momento regado com ternura. A doçura e a dor se entreteceram. Os olhos dele se umedeceram, os dela lacrimejaram. Só o silêncio conseguia decifrar a magia daquele momento.

Lucas calou-se. Marco Polo, que se preparava para retornar à sua cidade, aquietou-se. Conhecia Débora pelas palavras de Falcão. O olhar do amigo a denunciara, sabia que estava diante dela. Após rápida apresentação, Marco Polo e Lucas os deixaram a sós, mas Falcão e Débora preferiram sair. Precisavam percorrer as avenidas de seu passado.

Refletindo sobre o período em que não suportara suas crises e o tinha trocado pelo seu psiquiatra, Débora abaixou lentamente a cabeça e disse-lhe suavemente:

– Não sei se é possível, mas perdoe-me. Perdoe-me por tê-lo abandonado no momento em que você mais precisava de mim...

Meneando a cabeça, Falcão rapidamente tentou aliviar o peso do sentimento de culpa dela.

– Eu te compreendo. Eu te compreendo...

Raramente poucas palavras foram tão eloquentes. Em seguida, ele refletiu sobre o ciúme doentio que tinha da mulher. Por isso acrescentou:

– Perdoe-me também. Perdoe-me pelo meu ciúme paranoico. Perdoe-me por todas as vezes que, em meus delírios, a acusei de traição.

– Você não tinha consciência.

– Consciente ou não, eu a feri. Não consigo imaginar o quanto você sofreu. Sei que não foi fácil suportar minhas loucuras.

– Por trás das suas loucuras havia um ser humano maravilhoso.

Em seguida, ela o abraçou afetuosamente. Ele beijou seu rosto suavemente. Aos seus olhos, ela ainda era linda. De mãos dadas, continuaram conversando. A partir dali tornaram-se grandes amigos.

Falcão foi reconduzido à sua universidade. Alguns antigos colegas reconheceram com gestos e não com palavras o erro cometido. Eles o tinham discriminado por ter sido um paciente psiquiátrico e erraram ao tachar sua doença mental como doença completamente incapacitante. Em muitas universidades havia outras vítimas.

O retorno de Falcão às suas atividades profissionais foi mais do que um ato de compaixão da sociedade, tentando realizar a inclusão social. Foi uma das raras vezes em que a sociedade reconheceu a sabedoria de um ex-psicótico e deu-lhe a oportunidade de provar que vários mutilados pela vida têm muito a ensinar a quem tem muito a aprender.

Falcão manteve seu apelido. Provocativo, ele instigava seus alunos a abrir as janelas do intelecto, a ter audácia para construir ideias críticas contra tudo o que engessava suas mentes. Com olhar penetrante e fala afiada, o mestre das ruas voltou a flamejar no pequeno mundo da sala de aula.

Marco Polo retornou à sua cidade. Enquanto dirigia na estrada, contemplava o ocaso. Os raios solares transpassavam os espaços entre as nuvens deixando estrias douradas. Era uma anatomia celeste encantadora. Enquanto observava a natureza, mergulhou dentro de si. Um pensamento deixou o silêncio do seu ser e ganhou sonoridade: "Gastarei minha vida explorando o mais complexo e deslumbrante dos mundos: a mente humana. Serei um garimpeiro que procura ouro nos escombros das pessoas que sofrem."

Esse pensamento mudaria para sempre sua vida, pautaria sua conduta e o faria pouco a pouco enxergar os transtornos psíquicos por outros ângulos. Ao longo dos anos, teria um pensamento diferente do pensamento corrente na ciência. Não encararia as psicoses, as depressões e os demais transtornos psíquicos como atributo dos fracos, mas da complexidade da personalidade humana.

O contato estreito com Falcão fez Marco Polo se tornar um estudante de medicina mais questionador e crítico do que antes. Era um modelo de estudante raro no mundo acadêmico.

A grande maioria de seus colegas de classe tinha medo de expor suas dúvidas e críticas. Ele, ao contrário, embora procurasse ser gentil, não suportava ficar calado. Causava tumultos em sala de aula por sua ousadia em interrogar os professores. Estes ficavam aflitos diante dele, pois estavam preparados para ministrar aulas a uma classe passiva.

Alguns alunos, muitíssimo bem-comportados, tiravam melhores notas do que Marco Polo, mas não tiravam as melhores notas nas funções mais importantes da inteligência – não trabalhavam a capacidade de pensar antes de reagir, a segurança, a sensibilidade, a intrepidez. Eram sérios candidatos à frustração profissional e emocional.

Não ter medo de ser diferente nem sempre era o caminho mais confortável para o jovem Marco Polo. Exigia um preço, mas, como desejava ter luz própria e não ficar na sombra dos outros, estava disposto a pagá-lo. Para ele, o diploma passou a ser apenas um apêndice.

Por pensar muito e viver analisando os fatos internos e externos da sua vida, Marco Polo era uma pessoa marcadamente distraída. Esquecia onde deixara a chave do velho carro e, às vezes, onde o estacionara.

Certa vez, no quinto ano de medicina, ficou de levar um paciente com a perna engessada e que andava de muletas para o setor de ortopedia. Entretanto, esqueceu-se de que o paciente o seguia. Subiu alguns andares, desceu outros, andou por corredores compridos e entrou na cozinha do grande hospital. Ao chegar lá, percebeu que alguém o perseguia. Era o paciente de muletas. Pediu desculpas e disse com humor:

– Você está melhor do que eu!

O traumatizado sorriu.

Algumas pacientes diziam-lhe:

– Doutor, minha memória está ruim.

– Não se preocupe, a minha está péssima – falava em tom de brincadeira.

Estava se tornando quase tão distraído como Hegel em sua velhice. O ilustre filósofo entrou uma vez na sala de aula calçando apenas um sapato. O outro deixou, sem perceber, na lama.

Apesar de sua distração, Marco Polo era intensamente generoso e afetivo com os pacientes. Nas aulas práticas, seus professores reuniam grupos de oito alunos e, na beira do leito dos pacientes, começavam a descrever as doenças, suas causas, tratamentos e sobrevida. Referiam-se em códigos a algumas doenças, como "c.a." para câncer, para não constranger os pacientes. Mas estes sempre ficavam ansiosos.

Após o grupo sair das aulas práticas, Marco Polo procurava esses pacientes. Queria entrar nas entranhas de suas histórias, aliviar-lhes a angústia decorrente da internação e expectativa de morte. Tornava-se amigo deles. Fascinado com a medicina, pensava: "Um dia, mais cedo ou mais tarde, todo ser humano adoecerá e precisará de um médico. Ricos e miseráveis, famosos e anônimos, são iguais perante a dor e a morte. Eles são os fenômenos mais democráticos da existência."

Com o passar do tempo, apesar do apreço pela medicina, Marco Polo começou a ficar decepcionado com o que observava. A medicina moderna especializou-se em eliminar a dor física e emocional, mas não aprendeu a utilizá-la minimamente. O desespero em querer eliminar a dor retardava o alívio e bloqueava os pacientes, impedindo-os de usá-la como ferramenta para corrigir suas rotas e lapidar sua maturidade. Por detestar a dor, a medicina, tal qual a sociedade moderna, especializou-se em tratar o sofrimento do ser humano, e não o ser humano que sofre.

A medicina se tornou lógica, objetiva, uma escrava da tecnologia. Muitos aparelhos, muitos exames, muitos procedimentos, mas pouca sensibilidade para descobrir as causas emocionais e sociais. A ansiedade na gênese dos infartos quase não era levada em conta. O estresse escondido nos bastidores dos cânceres era pouco analisado. Os pensamentos antecipatórios por trás das gastrites, hipertensão arterial, cefaleias e dores musculares raramente eram investigados.

Certa vez, Marco Polo estagiava no setor de emergência. O ambiente do pronto-socorro era sombrio, excessivamente técnico e pouco afetivo. Nesse estágio, ficou inconformado com as atitudes de certos professores de medicina diante dos sintomas de algumas mulheres. Elas apresentavam fortes dores de cabeça, dores abdominais, dores no tórax, mas não tinham doença física que justificasse os sintomas.

Diante disso, prescreviam analgésicos, às vezes, tranquilizantes, e secamente as despediam dizendo que não tinham nada orgânico. No máximo, alguns sugeriam que elas procurassem um psicoterapeuta.

Após as pacientes saírem do consultório, determinados professores reclamavam delas para os estudantes. Diziam que elas atrapalhavam o serviço, que simulavam sintomas, inventavam doenças, não tinham mais o que fazer. Negavam que elas possuíam um conflito interior massacrante.

Certa vez, Marco Polo teve uma discussão com um professor,

Dr. Flávio, que tratou estupidamente uma mulher. Ela aparecia toda semana para ser atendida com aperto no peito, taquicardia e sensação de falta de ar. Ao vê-la novamente com a mesma queixa, ele arguiu rispidamente:

– Você não tem mais o que fazer? Quantas vezes já lhe disse que não tem nada fisicamente? Vá resolver sua vida! Procure um psiquiatra.

A paciente caiu em prantos.

Marco Polo pegou-a delicadamente pelo braço e pediu-lhe que esperasse lá fora. Em seguida, olhou para seu professor e falou-lhe:

– Por que, em vez de criticá-la, o senhor não conversa sobre as causas psíquicas desses sintomas? Por que não investiga a história dela?

Uma das tarefas mais difíceis do mundo é ensinar um professor que perdeu sua capacidade de ser um aluno. Sentindo-se afrontado, o professor elevou seu tom de voz. Com autoritarismo, falou na frente de outros três colegas de Marco Polo presentes na sala:

– Olha aqui, garoto, não me venha dar lição de moral. Sou doutor em emergência médica e você é um mero aprendiz. Aqui não temos tempo para cuidar de bobagem.

Intrépido, Marco Polo retrucou:

– Se o senhor, que é culto e saudável, ficou ofendido com minhas simples palavras, imagine como essa paciente não se ofendeu com suas palavras.

O professor engoliu em seco. Em seguida, Marco Polo emendou:

– Vir a um pronto-socorro não é a coisa mais agradável de se fazer. Se essa paciente teve coragem para vir a esse ambiente tenso, desprovido de alegria, é porque ela deve estar sofrendo muito. O senhor não acha que seus sintomas, ainda que imaginários, representam um grito de que ela está precisando que o senhor dialogue com ela?

Os demais alunos sentiram calafrios pela ousadia de Marco Polo.

– Não sou psiquiatra.

– Professor, desculpe a minha ignorância diante da sua competência, mas será que não loteamos os pacientes entre a medicina biológica e a psiquiatria? Talvez ela não precise de um psiquiatra no momento, mas de um especialista como o senhor que a ouça, lhe dê apoio, compreensão e segurança de que ela não tem nenhuma doença grave.

Os alunos se entreolharam apreensivos. O professor ficou perturbado e sem ação. Mas, depois de um momento de silêncio, demonstrou um gesto de rara humildade:

– Reconduza-a a esta sala.

Na sala, o Dr. Flávio perguntou seu nome completo e indagou se ela podia falar sobre sua história na frente de todos os alunos ou preferia conversar a sós. Catarina comentou que poderia falar a todos. Era uma mulher de traços belos, mas marcados pela angústia crônica. Tinha trinta anos, era casada e com um filho de um ano e meio.

Para surpresa do professor e dos alunos, ela relatou espontaneamente que havia um ano perdera, vítima de um infarto fulminante, uma das pessoas que mais amava na vida: seu pai. Ele fora seu grande amigo e sempre estivera presente nos momentos mais difíceis da sua história. Agora, ela atravessava um gravíssimo problema, mas não tinha mais seu ombro, seu consolo e seu conselho.

Havia quatro meses seu marido sofrera um grave acidente automobilístico, tivera um trauma de coluna e estava numa cadeira de rodas. Ele chorava diariamente querendo andar, praticar esportes, rever os amigos. Sua casa, antes um canteiro de alegria, tornara-se uma terra seca. Os médicos disseram que ele tinha chance de voltar a andar, mas ela temia que isso não acontecesse.

O medo da vida, o medo do amanhã, o medo de ter um marido paraplégico a dominavam. Insegura, começou a ter outros tipos de medos: de não conseguir sustentar sua casa, de morrer de infarto tal qual seu pai, de deixar seu filho sozinho no mundo.

Não tinha o pai para dividir sua dor e não podia contar com o marido. Além disso, seu marido não tinha seguro-saúde nem seguro-desemprego. Ela trabalhava para sustentar a casa, mas seu salário mal dava para a família sobreviver. E, enquanto trabalhava, ficava pensando no marido numa cadeira de rodas e no filho indefeso. Ao falar tudo isso, desatou a chorar. Estava insone, deprimida e profundamente solitária. Sentia-se desprotegida.

Ao olhar para a angústia de Catarina, Dr. Flávio ficou pensando em tudo o que possuía e não valorizava. Sentiu-se um grande egoísta. Sua esposa era saudável, seus filhos, maravilhosos, havia uma empregada para cuidar da casa, não tinha problemas financeiros. Tinha tudo o que Catarina não tinha, mas vivia insatisfeito, reclamando da vida e do trabalho.

Marco Polo se antecipou e lhe disse:

– Você tem razão de ter esses sintomas, Catarina. Eles são a ponta do iceberg do seu sofrimento.

Para surpresa da paciente, o professor que a ofendera completou amavelmente:

– Desculpe minha atitude inicial. Eu concordo com Marco Polo. Seus sintomas são pequenos diante de tantos transtornos. Catarina, você é uma heroína. Creio que seja mais forte do que nós. Tenha convicção de que você não tem nenhum problema físico importante. Os exames que fizemos na semana passada demonstram que seu coração está ótimo. Venha aqui todas as vezes que desejar. Você terá sempre alguns amigos para ouvi-la.

Marco Polo ainda acrescentou:

– Você está canalizando para seu corpo a ansiedade decorrente das suas perdas. Lute contra seus medos, lute pelas pessoas que você ama, lute pelo seu filho e pelo seu marido.

Dr. Flávio ficou impressionado com os conflitos da sua paciente e com o altruísmo e a força do seu aluno. Profundamente sensibilizada, Catarina agradeceu e saiu do pronto-socorro, pela primeira vez, alegre e disposta a enfrentar a vida.

Sabia, agora, que tinha um porto seguro, que podia contar com alguns amigos. Entendeu e convenceu-se de que seus sintomas eram de origem emocional. Quando eles apareciam, ela já não gravitava em torno deles. Resgatou sua autoestima e sua segurança.

Infelizmente, seu marido teve sequelas irreversíveis – ficou paraplégico. Catarina o encorajou a não se entregar, a encontrar alegria e liberdade em suas limitações. Apoiado pela esposa, ele não teve compaixão de si mesmo, não se considerou um pobre miserável, mas foi à luta. Em vez de se deprimir, deixou que o filho lhe revigorasse o ânimo.

Mesmo numa cadeira de rodas, ficou dois anos cuidando da criança enquanto Catarina trabalhava. Raramente um pai curtiu tanto um filho. Posteriormente, conseguiu recolocar-se. O menino foi para uma creche. Tornaram-se uma família rica, embora não tivessem grandes recursos financeiros.

Catarina nunca mais voltou ao setor de emergência como paciente. Retornou apenas para apresentar o filho e o marido aos novos amigos. Superou a masmorra do medo.

# Capítulo 14

Marco Polo se correspondia frequentemente com Falcão, e pelo menos uma vez a cada semestre eles se visitavam. Quando se encontravam, ainda faziam peripécias. Suas atitudes inusitadas de abraçar árvores, contemplar prolongadamente a natureza, fazer poesias de improviso e declamá-las continuavam a atrair todos ao redor.

Chegou o dia da formatura. Pela admiração que construíra em seus colegas de classe, Marco Polo foi o orador da turma. Sua preleção resgatava sua experiência desde os tempos da sala de anatomia, mesclava filosofia com uma visão crítica da medicina e da psiquiatria. Finalizou seu ousado discurso com estas palavras:

*Um dia todos nós vamos para a solidão de um túmulo. Uma criança de um dia de vida já é suficientemente velha para morrer. A morte é a derrota da medicina. Todavia, apesar das limitações da ciência, devemos usar todas as nossas habilidades não apenas para prolongar a vida, mas para fazer dessa breve existência uma experiência inesquecível. Os médicos devem ser pessoas de rara sensibilidade, artesãos das emoções, profissionais capazes de enxergar as angústias, as ansiedades e as lágrimas por trás dos sintomas. Caso contrário, tratarão de órgãos e não de seres humanos. Acima de tudo, os médicos, bem como todos os profissionais que cuidam da saúde humana, devem ser vendedores de sonhos. Pois, se conseguirmos fazer nossos pacientes sonharem ainda que seja com mais um dia de vida ou com uma nova maneira de ver suas perdas, teremos encontrado um tesouro que reis não conquistaram...*

Marco Polo foi ovacionado com entusiasmo. Seu discurso deixou os presentes reflexivos. Mas ele não imaginava que um dia passaria por muitas dificuldades e que teria de fazer desse audacioso discurso o pilar central da sua vida, caso contrário não sobreviveria. Teria de vender e construir sonhos.

Logo após sua formação, ingressou num curso de especialização em psiquiatria, num grande hospital psiquiátrico chamado Atlântico. Havia mais de oitocentos pacientes internados. Parte do tempo, ele fazia atendimentos internos e na outra parte realizava atendimentos de pacientes não internados. Frequentemente seus professores se reuniam para discutir os casos mais complexos.

O Hospital Atlântico era constituído de três grandes prédios, com belas fachadas, janelas torneadas e ricamente trabalhadas. As construções lembravam os edifícios da parte velha de Paris. Porém, por dentro, o ambiente estava longe de ser encantador. As paredes eram brancas e descoloridas. As áreas de lazer entre os prédios eram enormes, mas mal utilizadas, e os jardins, extensos e pouco cuidados.

Nos tempos de Marco Polo, a hospitalização já era desencorajada. Em tese, os pacientes deveriam ficar o menor tempo possível internados, mas ainda havia inúmeros hospitais e muitos pacientes internados cronicamente, desamparados por suas famílias. O jovem pensador se entristecia ao constatar que a sociedade insistia em separar os normais dos anormais. O problema consistia em saber quem era menos doente, se os de fora ou os de dentro.

Alguns hospitais psiquiátricos eram mais humanizados do que o Atlântico. Neles, os pacientes menos graves passavam o dia internados e à noite retornavam a suas casas. Mas o velho hospital, embora fosse referência nacional, parecia mais um depósito de doentes mentais.

Os enfermeiros eram irritados e ansiosos. Os psiquiatras raramente sorriam, tinham um mau humor latente. A tristeza era contagiante. Faltava alegria e solidariedade no famoso hospital. Marco Polo estava chocado com o que vivia. No começo da sua especialização, ele se perguntava frequentemente: "O que estou fazendo aqui?" Era um mundo completamente distinto da sociedade em que crescera.

Embora tivesse tido um breve contato com alguns pacientes psiquiátricos durante o curso de medicina, agora estava na cidade deles. Via pessoas por toda parte com o eu desagregado, partido, sem identidade, sem parâmetros de realidade. Os pacientes estavam embotados, sem expressão facial, com a musculatura contraída. O tratamento era fundamentalmente medicamentoso. Tal procedimento contrariava tudo o que aprendera com a história de Falcão. Marco Polo estava inconformado.

Alguns pacientes achavam, em seus delírios, que eram grandes personagens da História. Outros se sentiam controlados, perseguidos e achavam que suas mentes eram invadidas por vozes, como Falcão em seus surtos. Outros, ainda, construíam imagens de animais ou de objetos ameaçadores. Havia também pacientes vítimas de alcoolismo, dependência de outras drogas e depressão.

A doença psíquica não escolhia cor, raça, nacionalidade ou status social. As pessoas internadas vinham de todas as camadas sociais, de simples funcionários a executivos. Advogados, engenheiros e até alguns médicos faziam parte da população do Hospital Atlântico.

De acordo com a engenhosidade inconsciente, cada paciente construía seus delírios e alucinações com características e frequências próprias. Cada cabeça era um mundo. Um mundo que encantava Marco Polo.

Logo que começou a atender os pacientes internados, o jovem pensador percebeu que o tratamento psiquiátrico gerava uma fábrica de preconceitos. As pessoas da sociedade tinham medo de procurar psiquiatras porque achavam que eles eram médicos de loucos, e os internados estavam tão combalidos que eles mesmos sentenciavam-se como doentes, proclamando espontaneamente seu diagnóstico: "Eu sou esquizofrênico", "Eu sou PMD" (psicótico maníaco-depressivo).

Não havia brilho nos olhos dos pacientes internados, não havia esperança. Para sua tristeza, Marco Polo concluiu que, se havia um lugar na sociedade onde os sonhos morreram, era dentro dos hospitais psiquiátricos. Os presídios eram menos cáusticos. Parecia que naqueles ares a psiquiatria não vendia sonhos, mas pesadelos.

Algumas pessoas preconceituosas encaravam os pacientes internados como esgotos da sociedade, não percebiam que eles mereciam um solene respeito. Os pacientes não eram culpados por seus transtornos psíquicos, como os pacientes com AIDS, câncer e infarto também não o são. Todavia, a sociedade dos "normais" ama procurar explicações superficiais, ama achar culpados para os problemas que não entende.

Marco Polo também descobriu que até os portadores de leves transtornos emocionais facilmente perdiam a autoestima. Eles se autotachavam de depressivos, fóbicos, estressados. "Quais são as raízes desse preconceito, se não há ninguém psiquicamente saudável na sociedade?", pensava, inconformado.

Começou a desconfiar de que os pacientes vestiam o rótulo dos diagnósticos na psiquiatria e se sentiam condenados a conviver com eles pela vida toda. Perdiam a maior dádiva da inteligência: reconhecer que, acima de nossas mazelas psíquicas, somos seres humanos e, como tal, possuidores de personalidade fascinante. Abalado, começou a entender mais estreitamente as rejeições que Falcão atravessou em suas crises antes de sair pelo mundo.

Não demorou muito para Marco Polo movimentar o ambiente. Ele reunia os pacientes nos corredores, nas áreas de lazer, nas salas de atendimento, fitava-os e com convicção lhes dizia: "Vocês não são doentes mentais. Vocês são seres humanos portadores de uma doença mental. Acreditem em seu potencial intelectual. Não desistam de si mesmos. Vocês são fortes e capazes."

Alguns pacientes choravam diante do conforto que nunca tinham recebido. Outros não entendiam o que ele queria dizer. Outros saíam eufóricos com a injeção de ânimo. Outros ainda achavam que ele era também um paciente que se passava por médico. Diziam: "Que louco legal!"

Ele sorria. Aos poucos a fama de Marco Polo correu no ambiente. Uma raposa aparecera no ninho do grande Hospital Atlântico para despertar mentes cerradas e perturbar os dogmas.

Ele achava que devia haver mais romantismo e prazer num ambiente tão tétrico. Criticava o mau humor dos profissionais do hospital. Por isso, começou a revolucionar o relacionamento com os pacientes. As formalidades foram dispensadas. As distâncias entre os médicos e pacientes foram aproximadas. Marco Polo começou a chamar cada um alegre e efusivamente pelo nome. Abraçava-os e elogiava-os onde quer que os encontrasse: "Joana, você está maravilhosa! Eduardo, hoje você está mais sorridente! Jaime, que bom revê-lo!"

Os psiquiatras e enfermeiros se surpreendiam com as atitudes do jovem psiquiatra. Algumas pessoas maldosas diziam que ele era candidato a algum cargo político.

Um belo dia, uma senhora de 75 anos, deprimida, pessimista e excessivamente crítica, foi atendida por Marco Polo. Seu nome era Noemi. Ela possuía inúmeras janelas *killers* em seu inconsciente. Essas janelas são zonas de conflito que geram alto volume de tensão capaz de "assassinar" ou bloquear a capacidade de pensar de uma pessoa num determinado momento, levando-a a reagir por instinto, com agressividade.

Qualquer contrariedade, até um pequeno olhar, detonava um gatilho inconsciente que conduzia Noemi a abrir as janelas *killers*, levando-a a reagir sem pensar, conduzindo-a a ofender e criticar impulsivamente as pessoas ao seu redor. Antes de ela entrar no consultório de Marco Polo, estava zangada e ansiosa como sempre, mas ele a desarmou. Levantou-se da cadeira, foi até a porta, recebeu-a com um sorriso, chamou-a pelo nome e fez um grande elogio.

– Dona Noemi, como a senhora é bonita!

Fazia dez anos que ela não ia à cabeleireira. Ela mesma cortava o próprio cabelo e raramente o arrumava. Constrangida e admirada pelo gesto do psiquiatra, ela se sentou feliz, procurando ajeitar os cabelos.

– Obrigada, doutor, pela sua gentileza. Você é muito simpático – disse ela, devolvendo quase inconscientemente o elogio.

– Gostaria muito de conhecer a sua história.

Noemi era uma pessoa fechada e incapaz de fazer elogios às pessoas, nem mesmo aos seus três filhos. Na primeira consulta abriu alguns capítulos da sua vida. Na outra consulta foi mais aberta ainda. Veio com uma roupa mais apresentável e o cabelo todo arrumado. Tinha feito escova e tintura.

A paciente tratava agressivamente as pessoas e estas devolviam-lhe as indelicadezas, fechando o ciclo da ansiedade. Um pequeno gesto de Marco Polo começou a romper o círculo vicioso do seu pessimismo. Aos poucos, estimulou-a a criticar sua postura diante da vida, a repensar seu passado, a atuar em seu pessimismo, a extrair prazer das pequenas coisas e principalmente a aprender a se colocar no lugar dos outros.

Noemi não precisava apenas de tratamento psiquiátrico, mas de reaprender a viver. E conseguiu. Do alto dos seus 75 anos reeditou as janelas *killers,* desenvolveu solidariedade, gentileza e altruísmo.

Marco Polo tornou-se mais ousado em quebrar os paradigmas do atendimento. Começou a sair do consultório e receber os pacientes na própria sala de espera. Sempre com elogios e um sorriso no rosto, características de sua personalidade. Lisonjeados, os pacientes sentiam-se pessoas de raro valor e não doentes. Entravam para a consulta com a autoestima elevada, rompendo as resistências conscientes e inconscientes que causavam um bloqueio, impedindo-as de entrar em contato com sua própria realidade. As consultas, embora tivessem momentos tensos, envolvidos por lágrimas, relatos de perdas e crises ansiosas, eram de um modo geral muito agradáveis.

Para Marco Polo, a sociedade moderna empobreceu, perdeu a amabilidade e a afabilidade. As pessoas tinham cultura como em nenhuma outra geração, mas perderam o poder da gentileza e do elogio. A medicina tinha sido contagiada por esta insensibilidade.

Ele era afável não apenas com os pacientes, mas com os funcionários mais simples do hospital. Brincava com os porteiros e as auxiliares de enfermagem. Abraçava as faxineiras. Trouxe alegria ao sombrio ambiente do Hospital Atlântico.

Até nas terapias de grupo procurava conduzir as reuniões não apenas com inteligência, mas com humor. Certa vez, ocorreu um caso inusitado. Um dos pacientes do grupo era Ali Ramadan, um palestino que vivera no Iraque por muitos anos. Ele foi torturado pela polícia de Saddam Hussein, conseguiu escapar, mas perdeu grande parte da família. Seu pai nunca saiu de Abu Ghraib, a cadeia-símbolo do regime.

Ali Ramadan desenvolvera sua psicose a partir dos 25 anos de idade. Ele se atormentara durante anos com a imagem de extraterrestres. Com a evolução da sua doença, o grau de sua perturbação aumentou. Começou a conversar com ETs e a falar obsessivamente sobre eles com as pessoas, em particular com seus colegas do Hospital Atlântico. Numa das sessões do grupo, ele perguntou a Marco Polo:

– Doutor, você sabia que existem seres de outros planetas?

– Se há seres em outros planetas eu não sei, mas dentro de cada um de nós há muitos monstros que nos perturbam.

Pego de surpresa com a resposta, Ali Ramadan, pela primeira vez, sorriu quando falou sobre extraterrestres. Percebendo que seu relaxamento era uma preciosa oportunidade para ajudá-lo a ter consciência crítica, Marco Polo aproveitou o momento e emendou:

– Estimado Ali, não se preocupe com seres de outros planetas, bastam os monstros criados diariamente em nossas mentes. Combata-os, critique-os sem medo. Seja livre!

– Estou cheio de monstrinhos na minha cabeça. Quer alguns, Ali? – falou Sara com espontaneidade.

– Não, já bastam os meus ETs! – falou pensativo.

Todos deram risadas. Marco Polo não perdeu tempo dizendo que o paciente alucinava. Não era o momento, mas usou o potencial intelectual de Ali para que ele mesmo enxergasse a incoerência das suas ideias e compreendesse a real fonte de suas perturbações.

O paciente tornou-se reflexivo, o que não era uma característica dele. Abriu as janelas da sua inteligência e começou paulatinamente a progredir na terapia de grupo. Começou a criticar as suas fantasias e a potencializar o efeito dos remédios. O jovem médico e Ali teceram uma longa amizade.

Aos poucos, Marco Polo passou a ser motivo de conversas na direção do hospital. O ambiente perdeu sua rotina com o jovem irreverente. Certa vez, ao contemplar uma árvore repleta de flores amarelas no meio do imenso jardim do hospital, não resistiu. Abraçou seu tronco, deu-lhe um beijo e disse algumas palavras. Foi um escândalo para alguns profissionais que o viram.

Observando-o, muitos pacientes começaram a imitá-lo logo que ele saiu. Formou-se uma imensa fila diante dessa árvore. Cada paciente a abraçava por alguns minutos e depois a beijava. Saíam aliviados.

Jaime, um professor de biologia que depois de muitas crises fora abandonado pela família, gostou da experiência. Há anos não abraçava ninguém, nem mesmo os responsáveis por sua saúde. Ao abraçar a árvore e sentir seu frescor, saiu pulando pelos jardins. Abraçava e beijava todas as árvores que estavam à sua frente e gritava:

– Você é maravilhosa!

O caso chegou ao arrogante e autoritário Dr. Mário Gutenberg, diretor-geral do Hospital Atlântico. Ele era um europeu inteligente, perspicaz, radical. Um médico respeitado, mas pouquíssimo flexível. Chamado a dar explicações, Marco Polo foi questionado.

– O que você está ensinando aos pacientes?

– Não estou entendendo, Dr. Mário.

– Não está entendendo? Dezenas de pacientes estão beijando árvores neste hospital.

Marco Polo, com um nó na garganta, disse:

– Não pedi que fizessem esse gesto. Eu, de vez em quando, gosto de abraçar uma árvore e lhe dar um beijo. É minha forma de agradecer à natureza pela dádiva da vida.

– Dádiva da vida? O senhor está tratando de pacientes ou precisa de tratamento?

– Todos nós precisamos.

– Onde você aprendeu a ser tão atrevido? Seus comportamentos podem precipitar crises nos pacientes.

– Abraçar árvores pode desencadear crises?

– Não sei, mas eles estão eufóricos, diferentes.

– Se os psiquiatras, psicólogos e enfermeiros pudessem abraçar os pacientes e ser mais afetivos com eles, talvez eles não precisassem abraçar árvores.

– Que petulância! O senhor ainda nem é um especialista em psiquiatria e quer virar de cabeça para baixo nosso sistema! Esta instituição tem quase um século. Não a perturbe. Estarei observando-o.

# Capítulo 15

Em outra ocasião, Marco Polo se envolveu em um novo incidente, agora mais grave, com o corpo de médicos. Havia mais de quarenta psiquiatras atuando no hospital e dez médicos em processo de especialização.

Marco Polo participava de uma reunião de discussão de casos que contava com a presença de dez psiquiatras, incluindo alguns professores e cinco alunos. O Dr. Alexandre, um psiquiatra de grande reputação, renomado professor universitário, conduzia a discussão. Ele concluiu a reunião com o seguinte comentário:

– Quem não aprender com seriedade a fazer diagnósticos será um péssimo psiquiatra.

Quando cessaram os aplausos, Marco Polo retrucou:

– O diagnóstico pode ser útil para mim, mas é ético dizê-lo categoricamente aos pacientes?

– Sim, os pacientes têm o direito de saber a verdade.

– Concordo que os pacientes devam saber a verdade, mas que verdade é essa que construímos na psiquiatria? Não é a verdade de nossas teorias que está sujeita a inúmeras mudanças ao longo dos anos?

– Você está querendo questionar a psiquiatria? – falou impacientemente o professor.

– Ela precisa ser questionada em algumas áreas. Gostaria que o senhor me respondesse: devemos colocar os pacientes dentro de uma teoria ou a teoria dentro dos pacientes?

O professor refletiu e ficou sem resposta. Escrevera muitos artigos científicos, mas nunca havia pensado nisso. Marco Polo tentou simplificar sua pergunta:

– Se as teorias estão acima dos seres humanos, se elas são irrefutáveis, então devemos colocar os pacientes dentro delas e rotulá-los de acordo com seus pressupostos. Entretanto, se os seres humanos estão acima das teorias e suas personalidades são tão diferentes umas das outras, devemos ter cuidado com os diagnósticos. O diagnóstico que pode servir para dirigir minha conduta pode servir para controlar a vida de um paciente e cometer atrocidades.

Os demais colegas sentiram-se desarmados. O Dr. Alexandre ficou abalado com o argumento e a ousadia de Marco Polo. Nunca enfrentara uma situação como essa. Mas tentou sair pela tangente.

– É folclore que os pacientes possam sofrer com os diagnósticos.

– Há milhões de pessoas no mundo vivendo sob a ditadura dos rótulos e afirmando: sou depressivo, sou esquizofrênico, sou bipolar.

– Você não acha que é muito jovem para criticar a psiquiatria? – disse o Dr. Alexandre, constrangido.

– Professor, se eu perder minha capacidade de criticar, serei um servo das teorias e não um servo da humanidade.

Marco Polo via diferenças entre comunicar o diagnóstico de uma doença física e de uma doença psíquica. Um paciente que sofreu um infarto ou é portador de um câncer, quando fica sabendo de sua doença, tem como colaborar com o tratamento para superar a doença e, assim, melhorar e expandir sua qualidade de vida. Por isso, emendou:

– Raramente os pacientes infartados ou portadores de câncer são discriminados por terem tais doenças. Ao contrário, frequentemente recebem afeto, apoio e visitas dos amigos e parentes. Enquanto que os portadores de psicose maníaco-depressiva ou esquizofrenia são rejeitados por alguns familiares e excluídos socialmente. Raramente são visitados por seus amigos. O rótulo na psiquiatria gera um isolamento cruel e injusto.

– Eu não rotulo os pacientes – disse um outro professor.

– Desculpe-me, mas às vezes os rotulamos sem querer rotulá-los. A maneira como comunicamos a eles nossos diagnósticos pode gerar um desastre emocional. Eles perdem a identidade como seres humanos e introjetam que são doentes.

Em seguida, Marco Polo respirou e acrescentou:

– E quanto ao poder dos rótulos? Einstein disse certa vez: "É mais fácil desintegrar um átomo do que desfazer um preconceito."

Os professores presentes ficaram intrigados com a cultura e intrepidez do jovem médico. Felipe, que também estava se especializando, falou:

– Einstein era um gênio. Se ele disso isso, temos de tomar cuidado. Podemos causar mais danos do que ajudar os pacientes.

– O próprio Einstein foi atingido pelo preconceito em duas ocasiões – completou Marco Polo.

– Quando? – perguntou outro psiquiatra.

– Na primeira foi vítima de preconceito, na segunda foi agente. Einstein mostrou que o espaço e o tempo são intercambiáveis e pertencem à mesma estrutura. Todavia, a estrutura espaço-tempo, como um todo, não varia, não é relativa, por isso o próprio Einstein quis mudar o nome da teoria da relatividade para teoria da invariância, mas não conseguiu. E por quê? – perguntou olhando para o Dr. Alexandre.

– Porque a palavra "relatividade" já tinha se tornado popular – respondeu.

– Correto! A maior teoria da física foi perpetuada com o nome errado. O preconceito venceu.

Marco Polo silenciou. Não disse qual foi a segunda ocasião em que Einstein foi atingido pelo preconceito. Tinha uma coisa muito séria para revelar, talvez nunca antes comentada sobre o cultuado cientista. Esperou que a curiosidade produzisse um estresse saudável nos presentes, capaz de abrir as possibilidades do pensamento. Ansioso, um dos psiquiatras não suportou. Indagou:

– Qual a segunda situação?

– Um dos maiores gênios da humanidade também gerou um doente mental. Ele teve um filho portador de esquizofrenia.

Os colegas se entreolharam curiosos, não sabiam disso. Marco Polo completou:

– Aqui há uma grande lição. Excetuando as causas genéticas, uma pergunta nos vem à mente: se um dos maiores gênios da humanidade gerou um filho mentalmente doente, quem está livre de gerá-los? Esta pergunta nos induz a uma resposta angustiante: ninguém está livre desse drama. Porém, ela precisa ser rebatida com um questionamento: Einstein foi o expoente da ciência lógica, do mundo da física e da matemática, mas para gerar filhos psiquicamente saudáveis precisamos ser expoentes em outro mundo, o mundo ilógico da emoção, da sensibilidade, da flexibilidade, do diálogo, do perdão.

Eles ficaram intrigados com o raciocínio de Marco Polo. Olharam para a própria história. Era de esperar que psiquiatras ou psicólogos raramente gerassem filhos doentes. Mas sabiam que vários profissionais de saúde mental, incluindo alguns dos psiquiatras na plateia, tinham filhos estressados, deprimidos, fóbicos, tímidos e com outros conflitos.

Todo o conhecimento lógico sobre a mente humana que possuíam não fora suficiente para lhes garantir o sucesso na formação da personalidade dos seus filhos. Entenderam que educar era lavrar um solo ilógico. Todo ser humano, mesmo psiquiatras e psicólogos, tem dificuldades em pisar nesse sinuoso terreno.

Outro psiquiatra indagou:

– Qual foi a reação de Einstein diante de um filho psicótico?

– Não poderia ter sido pior! Einstein dessa vez não foi vítima, mas agente do preconceito.

– Como assim?

– Einstein visitou apenas uma vez seu filho no hospital psiquiátrico. Abandonou-o, deixou que a solidão fosse sua companheira. E a rejeição e a solidão, caros amigos, não são mais rápidas do que a luz estudada pela física, mas são mais penetrantes do que ela.

A plateia ficou emudecida. Depois de alguns instantes de profunda reflexão, o próprio Dr. Alexandre perguntou humildemente:

– Ainda que dentro das limitações da interpretação, quais foram as causas que você detectou que conduziram Einstein a abandonar seu filho, se nós recomendamos exaustivamente para as famílias não desampararem seus pacientes neste hospital? Por que uma das mentes mais brilhantes da humanidade foi opaca nessa situação?

Marco Polo respirou profundamente e comentou:

– Na minha singela opinião, quatro causas foram responsáveis pela atitude preconceituosa de Einstein, incompatível com a sua inteligência. Primeira, o abalo emocional pelas condições inumanas do hospital em que seu filho estava internado. Notem que até hoje nossos hospitais são deprimentes. Segunda, a falta de esperança de que seu filho superasse sua psicose. Terceira, a dramática angústia que as alucinações e delírios do seu filho lhe causavam. Quarta, o medo de ter de enfrentar sua própria impotência diante de um mundo que não conhecia.

– Einstein tinha uma mente ávida por respostas, mas deve ter ficado perturbado com a falta de respostas que explicassem a desagregação da inteligência de seu filho – concluiu o Dr. Alexandre.

Após uma breve pausa para respirar, Marco Polo completou:

– Essas quatro causas revelam que o homem que mais entendeu as forças do universo físico não compreendeu as forças do mais complexo dos universos: o psíquico. Einstein foi um homem afetivo e amante da paz, mas o preconceito o encarcerou. Seu eu, nessa área, foi prisioneiro das janelas *killers* ou zonas de conflitos arquivadas em seu inconsciente. Sua fascinante história revela que é mais fácil lidar com o átomo e com o imenso espaço do que com nossas mazelas e misérias psíquicas.

Em seguida, finalizou:

– Senhores, cada cabeça é um universo a ser explorado. Bem-vindos à área mais complexa da ciência!

O Dr. Alexandre inspirou-se diante dessa última frase. Ele sempre fora uma pessoa madura. Como todo mundo, tinha suas defesas quando questionado ou contrariado. Mas, ao ser convencido sobre seu equívoco, teve a coragem de apertar as mãos do seu aluno.

– Marco Polo tem razão. Reconheço meu erro. A psiquiatria e a psicologia, bem como a medicina em geral, não podem ver a doença como um produto, tal como no mundo capitalista. Com o passar do tempo nos tornamos técnicos em doenças e perdemos a sensibilidade pelos doentes. Vamos nos vacinar contra a indústria do preconceito. Usem os diagnósticos, mas não sejam usados por eles.

Desse modo, a reunião se encerrou. A pequena plateia deu um salto na compreensão do fantástico mundo da psique humana.

# Capítulo 16

No Hospital Atlântico trabalhavam mais de duzentos profissionais, entre médicos, psicólogos, enfermeiros, assistentes sociais, atendentes, seguranças e outros. A maioria dos profissionais não conhecia intimamente Marco Polo e desconfiava de sua atuação. Alguns psiquiatras, entre os quais o diretor do hospital, o viam mais como amotinador do que como um competente profissional. Menos de um décimo dos pacientes o conhecia, mas os que o conheciam o amavam. De longe, o cumprimentavam.

Felipe estreitara os laços com Marco Polo. Tornaram-se grandes amigos. Todavia, embora Felipe também tivesse críticas ao sistema de tratamento do hospital, era contido, discreto, avesso a escândalos e preocupado com seu futuro e com sua imagem social.

Numa tarde de segunda-feira, Marco Polo e Felipe passeavam pelo pátio onde os pacientes tomavam sol e tentavam recrear-se. Olhando para os rostos cabisbaixos, entristecidos, desesperançados, como prisioneiros na pior de todas as celas – a cela psíquica –, Marco Polo subiu no pequeno coreto que estava no centro do jardim.

Preocupado, Felipe arguiu-lhe:

– O que você vai fazer?

– Garimpar ouro.

– Garimpar o quê?

Ao subir no coreto, Marco Polo se recordou dos discursos que ele e Falcão faziam nas praças para conduzir as pessoas a realizar uma viagem interior. Em seguida, recordou-se do que prometera para si mesmo em seu pequeno carro após ter deixado Falcão na casa de Lucas: “Farei da minha vida uma grande aventura, procurarei um tesouro escondido nos escombros das doenças psíquicas."

Ao mesmo tempo que trazia essas imagens à mente, olhava para os pacientes do Hospital Atlântico e ficava frustrado. Ele atendia, no máximo, alguns pacientes por dia, portanto, sabia que jamais teria a oportunidade de conversar e conhecer a maioria deles. Movido por um forte ímpeto, exclamou solenemente:

– Queridos amigos, aproximem-se! Nós podemos mostrar o caminho, mas só vocês podem abrir as portas das suas mentes e caminhar para a liberdade. Nós podemos dar a caneta e o papel, mas só vocês podem escrever as suas histórias. Vocês não são doentes! Vocês estão doentes! Aqui não é seu lar! Seu lar é o mundo livre! Sonhem em ser felizes!

Os pacientes nunca tinham visto uma apresentação como essa. Vários não entenderam o que Marco Polo lhes disse, mas aplaudiram com entusiasmo. Os que compreenderam sua mensagem lacrimejaram. Entre eles, o Dr. Vidigal, um médico clínico-geral vítima de um crônico transtorno bipolar. O Dr. Romero, um psiquiatra, vítima havia mais de 15 anos de uma psicose esquizofrênica, sentiu seus lábios tremularem. E, aproximando-se, beijou as mãos do jovem psiquiatra.

Centenas de pessoas se aglomeraram em torno do coreto. Inúmeros seguranças e enfermeiros começaram a supervisionar o local. Num primeiro momento, acharam que se tratava de mais um psicótico delirando, mas depois as enfermeiras perceberam que era o futuro psiquiatra novamente colocando em polvorosa o ambiente.

O Sr. Bonny, um velhinho de oitenta anos, que havia sido internado vinte vezes no Hospital Atlântico e conhecia bem alguns psiquiatras, gritou, sorridente:

– Eu voto nesse homem! Fora o Dr. Mário!

Jaime, que se tornara um beijoqueiro de árvores, ficou animadíssimo com o discurso. Acatou a sugestão do Sr. Bonny e começou a clamar:

– Marco Polo! Marco Polo!

Todos os pacientes fizeram coro.

A plateia borbulhava de entusiasmo. Era a primeira vez em cem anos da instituição em que os pacientes experimentavam uma euforia coletiva. Todos unanimemente o aplaudiam e gritavam.

– Já ganhou! Já ganhou! Já ganhou!

Essa era a eleição a que Marco Polo jamais queria concorrer. A enfermeira-chefe, Dora, rangia os dentes de raiva ao presenciar o transtorno que ele causara. Ele a viu confabulando com outros psiquiatras e com seguranças para tentar contê-lo, mas não se intimidou. Olhou prolongadamente para a plateia ferida, observou os trejeitos dos pacientes e exclamou novamente:

– Eu não mereço esses aplausos. Vocês é que merecem. Quem tem mais importância: nós, psiquiatras, ou vocês, pacientes?

Gritaram sem titubear:

– Os psiquiatras!

– Não! Os psiquiatras existem porque vocês existem. Vocês são mais importantes do que nós.

E acrescentou:

– Olhem para as enfermeiras. Vocês são inferiores a elas?

Alguns pacientes mais próximos beijavam as mãos delas como divas, deusas da sobrevivência. A atenção que elas lhes dispensavam era fundamental para que tivessem o mínimo de conforto, mas muitas não tinham qualquer paciência com eles.

Um paciente simples foi beijar as mãos de Dora, mas assumindo a postura de chefe, ela não se deixou beijar. Quinze anos antes, Dora era uma profissional afetuosa, solidária, mas os anos de trabalho no Hospital Atlântico tornaram sua afetividade árida como o Saara. O ambiente adoecia.

Dr. Vidigal, com a voz trêmula pelos efeitos dos remédios e esquecendo-se de que um dia já fora um respeitado médico, exclamou para Marco Polo:

– Doutor... Nós não... não... sooomos nada. Nada mesmo.

Esquecendo-se de que já fora um psiquiatra, o Dr. Romero disse, com lágrimas nos olhos:

– Somos lixo, doutor! Não temos nenhum valor para a sociedade.

Marco Polo os conhecia e ficou profundamente sensibilizado. Criticara intensamente o preconceito, mas agora percebia que seus efeitos eram mais graves do que imaginava – era um câncer emocional. "Se os dois médicos, por serem pacientes do hospital, se acham um lixo, imagine como está a autoestima dos demais pacientes que não têm a cultura deles", pensou.

Marco Polo, com olhos úmidos e a voz embargada, chamou alguns pacientes que conhecia pelo nome e começou a encorajá-los.

– Dr. Romero, o senhor é uma pessoa de grande valor; o mundo pode desprezá-lo, mas jamais se diminua. Sara, olhe para o tesouro que se esconde dentro de você! Ali Ramadan, meu amigo, você é inteligente e capaz de vencer seus fantasmas interiores. Sua esposa o aguarda! Jaime, você é um poeta da natureza. Lute pelos seus sonhos, seus filhos precisam de você.

Em seguida, respirou profundamente e bradou em voz bem alta para toda a plateia:

– Vocês são mais fortes do que muitos generais. Vocês têm enfrentado suas crises, suportado a dor da discriminação, a rejeição dos amigos, o afastamento dos familiares, mas conseguiram sobreviver. Grandes homens na História não estariam de pé se sofressem tais perdas, mas vocês ainda estão de pé. Não desistiram da vida. Vocês são heróis! Pelo menos, meus heróis!

Essas palavras comoveram Felipe. Num impulso, ele subiu no coreto e bradou:

– Vocês também são meus heróis!

Marco Polo, animado com a atitude do amigo, percorreu a face dos pacientes com os olhos. Apontou para eles com as mãos e proclamou várias vezes junto com Felipe:

– Vocês são heróis! Vocês são heróis!

Os pacientes, sem nenhum valor social, estavam atônitos com esse clamor. Jamais se sentiram tão importantes. Enquanto os dois amigos proclamavam essas palavras, algo poético e belíssimo aconteceu. A multidão de pacientes começou a chorar coletivamente. Foi a primeira vez que houve um choro coletivo de exultação num ambiente deprimente.

Os anônimos ganharam visibilidade. Os fracos se sentiram grandes, os abatidos ganharam força, os rejeitados se sentiram amados. Os dois irreverentes médicos escavaram as ruínas psíquicas dos pacientes e desvendaram relíquias preciosas nelas escondidas. Exerceram a bela arte da antropologia psicológica.

A cena, que evocava uma indescritível emoção, mexeu no inconsciente coletivo dos internos. Eles começaram a se abraçar como soldados que, numa guerra, amparam os amigos mutilados. Sentiram-se compreendidos e amados. Sentiram que eram seres humanos.

De repente, alguns pacientes começaram a recolher suas coisas para ir embora. As enfermeiras, seguranças e outros psiquiatras ficaram temerosos. Perguntaram rispidamente:

– Aonde vocês vão?

Uns diziam:

– Voltar para casa. Precisamos beijar nossos filhos.

Outros comentavam:

– Precisamos abraçar nossas esposas.

E ainda outros afirmavam:

– Aqui não é nosso lugar. Queremos ser livres.

Dora tentou impedi-los com a ajuda dos seguranças.

– Vocês estão ficando loucos!

O Dr. Vidigal respondeu:

– Agora, um pouco menos. Sou um herói por ficar aqui.

À medida que tentavam sair, eram barrados pelos seguranças do hospital. Alguns pacientes foram empurrados e caíram. Devido aos efeitos dos potentes tranquilizantes, eles estavam fracos. Sensível, Sara entrou em pânico e começou a chorar inconsolavelmente. O ambiente ficou tenso. Marco Polo entrou no meio da confusão e falou incisivamente para os seguranças e enfermeiras.

– Não toquem nesses pacientes! Não há maior loucura do que exercer a agressividade para convencer as pessoas. Falem com respeito, que eles os atenderão.

Em seguida, Marco Polo, temendo pela integridade dos pacientes, suplicou-lhes:

– Queridos amigos, não vão embora ainda. Com esse ardente desejo pela liberdade, vocês acelerarão o tratamento e logo receberão alta. Serão livres.

Os pacientes o ouviram e recuaram. Na sequência, outros seguranças, a pedido do Dr. Mário, seguraram Marco Polo pelo braço e o levaram até a sala. Com ele, estavam reunidos o diretor-clínico, a enfermeira-chefe, Dora, o chefe de segurança e alguns psiquiatras mais idosos da instituição. O Dr. Alexandre não estava presente. Os dias de Marco Polo no Hospital Atlântico pareciam estar contados.

O Dr. Mário bufava de raiva. Pelo relato distorcido de Dora e de alguns psiquiatras, Marco Polo colocara em risco tanto a vida dos pacientes como a própria instituição. Nunca alguém ameaçara tanto o renomado hospital. O Dr. Mário temia um escândalo na imprensa, o que poderia representar o fim de sua carreira.

Antes de começar a julgar Marco Polo, o Dr. Mário enviou uma equipe de enfermeiros com injeções e camisas de força para debelar a euforia e os possíveis excessos de alguns pacientes. O Dr. Romero, Ali Ramadan e alguns outros pacientes foram contidos quimicamente. Jaime resistiu. Gritando, recusou uma dose adicional de tranquilizante, mas não adiantou, a recebeu à força. Silenciaram, assim, a suposta rebelião.

Felipe estava presente na reunião. Marco Polo se adiantou.

– Felipe não tem culpa de nada. Os acontecimentos são de minha inteira responsabilidade.

– O senhor assume toda a responsabilidade por seus atos inconsequentes? – perguntou com ira o diretor.

– Assumo a responsabilidade, mas não assumo que foram inconsequentes – rebateu Marco Polo, que podia perder a guerra, mas não o ânimo para o combate.

– Eu investiguei sua vida, doutor. Fiquei sabendo de sua fama nos tempos da faculdade de medicina. Aluno rebelde, irreverente, tumultuador da classe, questionador do mundo. Sua ficha é uma bomba!

Os presentes ficaram apreensivos com essas palavras. Consideraram Marco Polo uma ameaça. O diretor continuou:

– Você escolheu o lugar errado para botar suas asas de fora seu... seu rebelde.

– Eu posso ter errado na ação, mas acertei na intenção. Eu queria...

Antes de completar a frase, o diretor o interrompeu.

– Pare de ser cínico. Você quebrou a rotina do serviço, a tranquilidade dos pacientes e colocou o hospital em perigo.

Marco Polo sabia que seria expulso da instituição. Neste momento lembrou-se de uma marcante frase de Falcão: "Vocês podem aprisionar meu corpo, mas não minhas ideias." Diante disso, ficou convicto de que poderiam excluí-lo, mas não seria infiel à sua consciência. Fitou os olhos do Dr. Mário e depois olhou para os presentes e falou com segurança:

– Eu quis mostrar aos pacientes que eles são seres humanos, que devem lutar pela própria liberdade. Eu lhes disse que "estão doentes" e não que "são doentes". Vocês podem me expulsar, mas jamais me calarei sobre o que penso.

A intrepidez de Marco Polo abalou o grupo. Acuado e portando um sentimento de raiva e fascínio diante da sua intrepidez, o Dr. Mário resolveu dar o último cálice de misericórdia para o jovem aventureiro:

– Você está aqui para aprender e não para ensinar. Coloque-se no seu lugar. Sua atitude é digna de expulsão. Vamos dar-lhe uma única oportunidade. Não se esqueça, não terá uma segunda chance – e assim encerrou drasticamente a reunião.

# Capítulo 17

Desde que Marco Polo começou a tumultuar o ambiente do Atlântico, o hospital ficou mais alegre. As pessoas se comunicavam mais, alguns enfermeiros tornaram-se mais afetivos e alguns psiquiatras, mais bem-humorados.

Após a reunião para sua expulsão, Marco Polo ficou mais contido, mas não menos arrojado. Continuava a fazer pequenas transformações, desta vez com o aval da diretoria. Pintou os quartos dos pacientes com tintas coloridas e sujou as mãos com elas. Fez algumas competições entre os internos e organizou um teatro com eles. Ensaiava montar um grupo de apoio, no qual os pacientes menos graves ajudariam os mais graves. Queria que eles se sentissem úteis.

O Dr. Mário sentia-se impelido a aprovar algumas sugestões de Marco Polo, desde que o mantivesse sob seu controle. Tinha medo de sua liberdade criativa. Para evitar maiores transtornos, garantiu que estivesse sob constante vigilância. Os seguranças não tiravam os olhos dele. Alguns tinham a coragem de bater na porta do seu consultório para saber se tudo transcorria normalmente.

Marco Polo mostrava sinais de abatimento. Continuava admirando o universo dos pacientes, mas se entristecia pelo clima de policiamento. Nesse ambiente, escreveu uma comovente carta ao seu velho amigo. Nela, sua alma transpirava e exalava sua visão sobre a vida e o sofrimento humano.

*Caro amigo Falcão,*

*Certa vez você me disse que tanto você como o Poeta viam a assinatura de Deus nas flores, nas nuvens e também nas crises dos que possuíam transtornos psíquicos. Na época, pensei sinceramente que isso era um delírio, que seria impossível encontrar beleza no caos. Pois bem, você tem razão. Tenho encontrado indescritível riqueza dentro daqueles que sofrem. Eles não são miseráveis nem passíveis de penúria. Precisam, sim, ser compreendidos, apoiados e encorajados. Tenho encontrado um patrimônio psíquico de inestimável valor em meio às lágrimas e desespero.*

*Nos portadores de psicose tenho descoberto uma criatividade espantosa. Embora os delírios e alucinações os perturbem, eles revelam uma criatividade excepcional, uma engenhosidade intelectual sem precedentes. Nem os melhores roteiristas e diretores de Hollywood conseguiriam ter tanta imaginação. Pena que a psiquiatria clássica despreze o imenso potencial intelectual deles.*

*A inteligência dos portadores de psicose maníaco-depressiva me assombra. São verdadeiros gênios. Na fase maníaca, a excitação, a rapidez de raciocínio e o volume de pensamentos que produzem os transportam para as nuvens, num estado de graça, longe da realidade. Nessa fase, têm uma autoestima exacerbada. Acham-se imbatíveis, revestidos de um poder sobrenatural. Na fase depressiva, ao contrário, eles aterrissam sua euforia, seus pensamentos tornam-se pessimistas, levando-os a se atolar em sentimentos de culpa e viver os patamares mais baixos da autoestima. Se aprendessem a pilotar seus pensamentos e a gerenciar o motor da sua inteligência para não abandonarem os parâmetros da realidade, brilhariam mais do que qualquer "normal". Infelizmente eles são incompreendidos, tanto por eles mesmos como pela sociedade em que estão inseridos.*

*Entre as pessoas deprimidas tenho encontrado rara sensibilidade. São tão sensíveis que não possuem proteção emocional. Quando alguém as ofende, estraga-lhes o dia, a semana, o mês e, às vezes, a vida. São tão encantadoras que, sem ter consciência, vivem o princípio da corresponsabilidade inevitável de maneira exagerada. Por isso, perturbam-se com o futuro e sofrem intensamente por problemas que ainda não aconteceram. Preocupam-se tanto com os outros que vivem a dor deles! São ótimas para a sociedade, mas péssimas para si mesmas. Falcão, eu não tenho dúvida de que, se os líderes políticos tivessem uma pequena dose da sensibilidade que as pessoas deprimidas possuem, as sociedades seriam mais solidárias e menos injustas. Sinto que minha emoção é fria e seca quando comparada à deles.*

*Entre os que têm síndrome do pânico, tenho encontrado um desejo invejável de viver. Quando um ataque de pânico os atinge, o cérebro deles entra em estado de alerta tentando protegê-los de uma grave situação de risco, um risco virtual. Ficam taquicárdicos, ofegantes e suam muito, procurando fugir da síncope ou da morte, uma morte imaginária que só existe no teatro das suas mentes. Se aprendessem a resgatar a liderança do eu em suas crises seriam livres do cárcere do medo. Quem dera os usuários de drogas, os que vivem perigosamente, os terroristas, os que promovem guerras tivessem a consciência da finitude da vida e da grandeza da existência que os portadores da síndrome do pânico possuem. Apesar do sofrimento imposto pelo pânico, são apaixonados pela vida. Queria amar a vida como eles amam, viver cada minuto como se fosse um momento eterno.*

*Falcão, você tem razão em me dizer que a sociedade é estúpida. Realmente ela valoriza a estética e não o conteúdo. Estou decepcionado até com as pessoas aparentemente cultas. Não percebem que cada ser humano e em especial os que sofrem transtornos psíquicos são joias únicas no anfiteatro da existência.*

*Meu desafio como psiquiatra não é apenas medicá-los ou fazer sessões de psicoterapia, mas mostrar a eles que a flor mais exuberante brota no inverno emocional mais rigoroso. Os que atravessaram seus desertos psíquicos e os superaram tornaram-se mais belos, lúcidos e ricos do que eram.*

*Não é isso o que aconteceu com você, meu dileto amigo? Através do drama da sua psicose você expandiu a sua nobre inteligência e se tornou um mestre, meu mestre. Agora, meus pacientes me ensinam. Em alguns momentos, aprendo mais com eles do que com meus professores. Espero que nunca morra minha capacidade de aprender.*

*Procurei especializar-me em psiquiatria para conhecer a fascinante personalidade humana e tratar das suas doenças. Entretanto, assim como você questionou o que era a loucura, tenho me questionado muito sobre o que é a saúde psíquica: Quem é saudável? São saudáveis meus colegas psiquiatras incapazes de receber seus pacientes com um abraço e um sorriso? São saudáveis os pais que ouvem os personagens da TV, mas não conhecem os temores e as frustrações dos seus filhos, nem têm paciência com seus erros? São saudáveis os professores que se escondem atrás de um giz ou de um computador e não conseguem falar de sua própria história com seus alunos? São saudáveis os jovens cuja emoção é incapaz de extrair muito do pouco, cujos prazeres são fugazes? E os que batalham para ganhar dinheiro, mas não sabem lutar pelo que amam, são eles ricos ou miseráveis?*

*Tenho também questionado minha própria qualidade de vida. Pensei que eu era saudável, pois falo o que penso, luto pelo que amo e procuro proteger minha emoção, mas descobri que conheço apenas a sala de visita do meu próprio ser. Falta-me tolerância, afetividade, sabedoria, tranquilidade. No dia em que deixar de admitir o que me falta, estarei mais doente do que meus pacientes. Obrigado por me ensinar que sou apenas um caminhante. Há muita estrada a percorrer...*

*Do seu amigo e admirador,*
*Marco Polo.*

Ao ler a carta, Falcão ficou emocionado. Recordou os momentos difíceis da sua história e os belos tempos com Marco Polo. Alegrou-se com a psiquiatria humanista que ele e alguns dos seus colegas exerciam. Acreditava que Marco Polo poderia fazer muito pela humanidade, mas pouco pelo próprio bolso.

Passados alguns dias, Marco Polo vivenciou uma experiência em que o Hospital Atlântico quase desabou sobre ele: um paciente com grave depressão associada a uma psicose, caracterizada por confusão mental, perda de identidade, dificuldade de se localizar tempo-espacialmente foi a origem deste tumulto. Chamava-se Isaac.

Isaac era membro de uma família judia riquíssima e politicamente poderosa na região. Devido à grave depressão, seus sentimentos estavam embotados. Ele recusava-se a ter contato social, a sair do quarto, a dialogar, tomar banho e se alimentar. Desenvolvera, assim, uma importante anorexia nervosa.

Frequentemente ficava prostrado em sua cama. Tinha um comportamento estranho e incomum, uma projeção psicótica, afirmava ser algo que não era. Repetia continuamente que era um sapo. Abria e fechava sua boca repetidamente, imitando o comportamento do anfíbio.

Quando alguém se aproximava e perguntava-lhe algo, Isaac dizia apenas "sou um sapo". Eliminava qualquer possibilidade de interação interpessoal. Queria ficar em seu claustro e morrer nele. Este bizarro comportamento se repetia havia várias semanas. Pouco a pouco, o paciente emagrecia. Simplesmente recusava-se a viver.

O tratamento não surtia efeito. Vários medicamentos em diversas dosagens foram tentados. Psicólogos tentaram também ajudá-lo, mas ele não saía do seu casulo. Alguns psiquiatras resolveram, então, fazer algumas sessões da antiga e questionável terapia do eletrochoque. Também não houve resultado. Isaac corria sério risco de morrer.

Levaram o caso para o Dr. Mário. Ele ficou preocupado com o drama do paciente e com a imagem da instituição diante da ausência de qualquer melhora.

O Dr. Mário já tratara outras vezes de Isaac. Apesar de conhecê-lo, ignorava a atual gravidade da sua crise.

– Não é possível que durante dois meses, com todo o arsenal de medicamentos que temos, vocês não tenham conseguido aliviar a depressão do paciente, retirá-lo do surto psicótico e trazê-lo à lucidez! Já consegui fazer esse paciente sair de várias crises. Precisamos de profissionais mais eficientes na casa – disse com arrogância à sua equipe.

Alguns profissionais de saúde mental são capazes de ajudar os outros, mas incapazes de ajudar a si mesmos. Era o caso do Dr. Mário. Reconhecido como um excelente profissional, tinha doutorado em psiquiatria, era um eloquente professor universitário, publicara inúmeros trabalhos científicos, mas não sabia lidar com seus próprios conflitos emocionais.

Em situações de estresse, não conseguia pensar antes de reagir, nem se colocar no lugar dos outros. O mundo tinha de girar em torno das suas verdades. Como muitos líderes bem-intencionados, mas autoritários, sua postura bloqueava a inteligência dos seus subordinados.

Após questionar a eficiência dos psiquiatras, ele pediu que relatassem os procedimentos e os medicamentos antipsicóticos e antidepressivos utilizados, bem como suas respectivas dosagens. Após o relato, caiu em si e percebeu que Isaac apresentava uma crise gravíssima e diferente de todas as outras.

Todavia, para não perder a postura de chefe, convidou alguns psiquiatras e alguns jovens que estavam se especializando, entre eles Marco Polo e Felipe, para fazer uma avaliação do paciente em seu leito. Queria dar-lhes uma aula.

No quarto, Isaac, como sempre, mostrou indiferença aos presentes. O diretor se apresentou e começou a fazer-lhe algumas perguntas.

– Qual é o seu nome?

Isaac permanecia em silêncio. O Dr. Mário insistiu:

– Por favor, qual é o seu nome?

– Sou um sapo.

– Qual a sua idade e onde o senhor mora?

– Sou um sapo.

Fez outras perguntas sobre seus parentes, onde ele já trabalhara, mas a resposta era a mesma. A conversa não evoluiu. Ficou constrangido diante dos alunos. Deu algumas rápidas explicações sobre esse tipo de psicose, falou da impotência da psiquiatria em alguns casos e encerrou sua visita. Mas, ainda inconformado em não poder dar uma brilhante aula, retrucou quando estava para sair do quarto:

– Desde quando você é um sapo?

O paciente olhou para ele e disse:

– Desde quando eu era um girino!

Os alunos, embora respeitassem o paciente e o diretor, não se aguentaram. Colocaram as mãos no rosto para sufocar o riso. O diretor meneou a cabeça descontente e insistiu:

– Sr. Isaac, você é um ser humano. Tem cabeça, braços, pernas de um homem. Você não pode ser um sapo.

O paciente olhou levemente para ele e de novo expressou:

– Sapo. Sou um sapo.

Fechou-se em seu mundo, não havia meios de fazê-lo mudar de ideia. Todos saíram do quarto, à exceção de Marco Polo. Observador, percebeu que enquanto as pessoas insistiam em dizer o que Isaac não era, ele mantinha sua convicção obsessiva. Entretanto, quando o Dr. Mário entrou sem perceber no delírio dele, perguntando desde quando era um sapo, ele formulou uma frase diferente: "Desde quando eu era um girino!"

Resolveu, então, não questionar o delírio, mas entrar nele. O caso era diferente do de Ali Ramadan, inspirava mais cuidado e impunha mais riscos. Isaac não tinha nenhum diálogo lógico.

Marco Polo não se esquecera de que a imaginação é mais importante do que o conhecimento. Usou sua imaginação. Disse:

– Olhe que lagoa linda que está à nossa frente. Como as estrelas são belas. Veja quantos sapos estão coaxando.

Paulatinamente Marco Polo deixou de ser um intruso no mundo de Isaac. Assim, ele começou a se abrir, a falar distintamente outras frases.

– Cadê a lagoa? – perguntou.

– Olhe! Está à sua frente. Você a está vendo?

– Sim!

– Onde você mora nessa lagoa?

Isaac começou a pensar no espaço.

– Naquele lado.

– De que tamanho você é?

– Não está me enxergando? – falou com contundência.

Após esse breve diálogo, novamente Isaac se fechou. Dizia apenas que era um sapo. Marco Polo ficou eufórico com suas palavras. Em seguida lembrou-se de que no corredor próximo à sala do Dr. Mário havia um sapo de porcelana. Foi até o local e pegou-o.

Um segurança avisou rapidamente o diretor. Curioso e apreensivo, este mandou interceptar o aluno e foi até o local para verificar ele mesmo o comportamento do intrigante Marco Polo. Questionado sobre suas atitudes, o jovem respondeu-lhe que queria entrar no mundo do paciente, no universo de seus delírios e ganhar sua confiança. Após ganhar a confiança dele, desejaria estimular sua capacidade crítica.

– Não perca tempo. Profissionais bem mais experientes do que você tentaram sem sucesso. E, além disso, se esse caso não foi resolvido com medicamentos antipsicóticos, não é com palavras que será solucionado.

– Mas por que então o senhor nos levou ao quarto de Isaac e conversou com ele?

– Bom, eu fui dar uma aula para vocês – justificou-se, constrangido.

– Professor, sei da sua competência, mas acredito na força da psicologia e não apenas na ação de medicamentos. Vamos dar uma medicação convencional e, apesar da minha falta de experiência, permita-me tentar ajudá-lo.

Relutante, o Dr. Mário resolveu conceder-lhe espaço.

– Vá em frente, mas, logo após a consulta, procure-me – disse, incrédulo, tentando manter tudo sob controle.

Em seguida, Marco Polo entrou no quarto, tirou o sapo de porcelana do jaleco branco e disse:

– Isaac, isto é um sapo. Você é igual a este sapo?

O paciente levou um choque. A imagem da porcelana não era a imagem alucinante que criara no palco do seu imaginário. Apesar de ainda estar confuso, o impacto que levou abriu um pouco mais as portas da sua racionalidade.

– Pegue o sapo, Isaac.

Isaac o pegou, manipulou-o, pensou e, em seguida, disse:

– Não sou um sapo.

E desse modo a conversa começou a evoluir. Posteriormente Isaac se fixou em outra ideia que intrigou Marco Polo. Como já fazia mais de meia hora que estava conversando com ele, resolveu poupá-lo. Percebeu seu desgaste. Resolveu retornar no outro dia.

Marco Polo foi à sala do Dr. Mário. Vários psiquiatras estavam reunidos. Numa das raras vezes em que estava bem-humorado, o diretor indagou:

– Fale, pesquisador! O que você conseguiu com o homem-sapo?

– Consegui estabelecer um pequeno diálogo com ele.

Os psiquiatras estavam céticos. Acharam que era um blefe.

– Você conseguiu que ele falasse outros pensamentos? – perguntou um deles.

– Como? – perguntou outro.

– Entrei em seu delírio e a partir daí comecei a levá-lo a duvidar das suas fantasias. Agora ele diz que é outra coisa.

Desconfiado, o Dr. Mário rapidamente perguntou:

– O que ele diz que é agora?

Marco Polo fez uma pausa e falou, apreensivo:

– Agora ele diz que é algo melhor.

– Fale, vamos – perguntaram curiosos.

– Isaac diz que é o Dr. Mário.

Os psiquiatras, embora raramente exagerassem em seus comportamentos na frente do diretor, não se seguraram. Deram gargalhadas. Acharam a piada engraçadíssima. Até o Dr. Alexandre, que estava presente, não se aguentou. Além disso, alguém soltou baixinho "um pouco melhor".

O Dr. Mário, humilhado, levantou-se raivoso, convocou os psiquiatras para acompanhá-lo até o quarto do paciente, mas antes disse:

– Prepare suas malas para sair desta instituição. Você cometeu um grave erro que poderá manchar sua carreira para sempre: falta de ética com seu paciente e com seu diretor.

Rapidamente dirigiram-se ao local e mais rápido ainda o Dr. Mário perguntou a Isaac:

– Quem você é?

Ele levantou a cabeça, olhou fixamente para o diretor e disse:

– Eu sou um sapo.

Os psiquiatras gelaram. Gostavam de Marco Polo. Era a primeira vez que um estudante de psiquiatria seria expulso do Hospital Atlântico.

Marco Polo ficou tenso. Teve vontade de abrir a boca e extrair outras palavras de Isaac, mas, se o bombardeasse com perguntas tentando retirar palavras que ele não quisesse responder, aí sim estaria selando sua falta de ética.

O Dr. Alexandre, desde a discussão sobre alguns traços da personalidade de Einstein e o preconceito, tornara-se amigo de Marco Polo. Tentando sair em sua defesa, insistiu ansiosamente:

– Qual é o seu nome? Onde você mora?

O Dr. Mário estava com um pé no corredor, mas ouviu Isaac dizer:

– Sou o Dr. Mário.

Dessa vez foi o próprio Dr. Mário que sentiu uma onda fria percorrendo sua espinha dorsal, circulando pela cabeça e alojando-se na garganta. Além de ter ficado profundamente envergonhado diante dos colegas, estava sendo intensamente injusto com Marco Polo.

Ele sabia que Marco Polo, embora fosse irreverente, era arrojado, sensível e inteligente. Não se tratava de "mais um" profissional, mas de um construtor de conhecimento, que amava o que fazia. Todavia, não suportava sua audácia. Desde que ele entrara na instituição, havia um ano, o Dr. Mário perturbara-se com seu comportamento e vinha questionando silenciosamente sua própria prática e rigidez.

Algumas vezes teve noites de insônia tentando espantar Marco Polo dos seus pesadelos. Ter de expulsá-lo do hospital seria doloroso para ele, por isso, apesar de envergonhado, ficou feliz por seu aluno e pela pequena evolução do paciente.

Marco Polo humildemente disse ao Dr. Mário:

– Por conhecê-lo de longa data e o admirar, Isaac identificou-se com o senhor.

– Não tente justificar meu erro. Desculpe-me. E assuma o caso.

Com essas palavras, saiu rapidamente do ambiente. Foi a primeira vez que o Dr. Mário reconheceu um erro publicamente e pediu desculpas. O homem imbatível começou a enxergar o que sempre fora, apenas um ser humano, e, como tal, sujeito a falhas e erros. A partir desse momento, começou a ser mais flexível. Sair do seu trono não o deixou menos líder nem menos admirável, ao contrário.

Assumir o tratamento de Isaac, portador de uma das doenças mais difíceis do Atlântico, era uma tarefa dantesca, mas, como Marco Polo detestava o mercado da rotina, aceitou com prazer o desafio. Qualquer reação de melhora do paciente era recebida com grande elogio pelo jovem psiquiatra.

– Quem sou? Onde estou? – Isaac dizia agitado e andando.

– Parabéns, Isaac, você está melhorando! Não tenha medo de pensar! Não tenha medo da vida!

O paciente não compreendia direito o cumprimento, mas compreendia o acolhimento e o afeto. A ação dos medicamentos começou a ser potencializada quando ele passou a colaborar com o tratamento.

Ao longo das semanas, Isaac foi se alimentando melhor. Aos poucos falava frases mais complexas e retornava à sua consciência. Foi lentamente se deparando com sua dura história, que o fizera romper com a realidade e perder sua identidade. Certo dia, ao ter plena consciência de si mesmo, caiu em prantos.

– Eu não tive infância, doutor... – fez uma pausa.

– Fale sem medo, Isaac, estou aqui para ouvi-lo.

– Minha mãe sempre teve problemas psíquicos. Meu pai, embora rico, bebia diariamente grandes doses de uísque. Era um judeu praticante, mas abandonou a religião.

Fez novamente uma pausa.

– Casei-me apaixonado. Elisa era a mulher mais bela e mais amável. Em seguida, tivemos um filho maravilhoso. Minha família era meu oásis. Quinze anos depois, meu casamento virou um solo estéril. Peguei minha esposa na cama com o meu melhor amigo, o gerente da minha empresa. Eu era um homem rico, mas me sentia um miserável.

Isaac soluçou.

– Minha esposa suplicou-me perdão. Hesitante, eu não a abandonei, mas também nunca a perdoei.

Marco Polo solidarizava-se com ele através do seu silêncio. Em seguida perguntou:

– E o seu filho?

– Posteriormente, meu querido filho, Gideão, tornou-se dependente de heroína. Ele tinha febre, vômitos, dores pelo corpo quando parava de usar a droga por um único dia. Era horrível ver meu filho de 15 anos nesse desespero. Procurava a heroína como um ofegante procura o ar. Eu tinha medo de que ele morresse. Aflito, tentei ajudá-lo de todas as formas, mas ele era agressivo, fechado, alienado, parecia impenetrável. Acusava-me de nunca ter sido seu amigo. Agora ele está com 19 anos, mora sozinho, sua dependência se agravou e é HIV positivo. Há um ano recusa-se a falar comigo. Não tenho mais nada.

Marco Polo, enfim, entendeu as causas da depressão psicótica de Isaac. Seu eu, que representa sua vontade consciente, preferia imergir num estado de inconsciência a suportar o peso das suas perdas e frustrações.

– Você gostava de lagoas?

– Pescar era meu passatempo preferido. Sempre gostei da calmaria de uma lagoa.

Tentando descontraí-lo, Marco Polo disse:

– Você é esperto, Isaac. Uma lagoa é um dos melhores lugares para fugir da realidade.

Isaac sorriu. Marco Polo acrescentou:

– Mas você acha esse mecanismo saudável?

– Não!

– Todos passam por sofrimentos na vida, uns mais outros menos. Fugir de nós mesmos produz um falso alívio e, além disso, dilacera nossa saúde psíquica.

Isaac olhou para as paredes do hospital, recordou seu processo de adoecimento nesses últimos quatro anos e expressou:

– O preço foi muito caro.

– Não é fácil enfrentar nossas ruínas, mas é a única maneira de sermos autores de nossa história e não vítimas dela.

– Mas o que eu vou fazer da vida? Perdi tudo que eu mais amo.

– Todos perdem algo na vida. Uns precisam assumir suas perdas, outros precisam recolher os pedaços que sobraram. Que atitude você deve tomar? Nenhum psiquiatra ou psicólogo pode fazer essa escolha por você.

Isaac ficava impressionado pela maneira como Marco Polo conduzia as sessões de psicoterapia. Ele provocava sua inteligência e não o tratava como um coitado, digno de pena. A cada momento o estimulava a tomar suas próprias decisões.

– Sobraram os pedaços. Preciso recolhê-los.

– Recolha-os com coragem. Não importa o quanto algumas pessoas o tenham decepcionado, você as ama, não pode apagá-las da sua vida. Se você apagá-las do seu consciente, não as apagará do seu inconsciente.

Além de usar essas técnicas, Marco Polo recordou como Falcão libertara-se das suas crises. Pediu que Isaac fizesse um exercício intelectual diariamente no silêncio da sua mente.

– Tudo em que você crê o controla. Se o que você crê o encarcera, então você será um prisioneiro; se o que você crê o liberta, então você será livre.

Isaac havia se tornado um caso crônico. Ninguém esperava mais nada dele, nem ele mesmo.

– Como me libertar das algemas que me transformaram num doente mental?

– Duvide dos seus pensamentos perturbadores. Questione seu sentimento de incapacidade, questione por que você está programado para ser infeliz. Grite em seu interior. Critique sua fuga. Critique suas fantasias. Determine-se estrategicamente a conquistar as pessoas ao seu redor. Retire seu eu da plateia. Entre no palco da sua mente e treine ser líder de si mesmo. Faça isso diária e silenciosamente.

Isaac aprendeu a manipular a arte da dúvida, da crítica e da determinação e teve uma melhora substancial, apesar de sofrer pequenas recaídas. Todos os profissionais ficaram entusiasmados com ele. Um mês depois, estava tão bem que diminuíram a dose do medicamento. Logo recebeu alta. Continuaria a fazer tratamento apenas no consultório. Antes de sair, Marco Polo deu-lhe algumas recomendações:

– Isaac, os fracos condenam, mas os fortes perdoam. Você acusa sua esposa, e seu filho o acusa. Todos erramos. Perdoe-a e, se sentir necessidade, peça desculpas ao seu filho, descubra-o. E principalmente perdoe-se, não carregue consigo o monstro da culpa. Surpreenda-os e se permita ser surpreendido por eles.

Isaac abraçou Marco Polo e simplesmente disse:

– Obrigado por me fazer acreditar em mim e na vida! Obrigado por me fazer acreditar que é possível sobreviver quando se perde tudo.

Isaac traçou conscientemente seus caminhos. Fez suas escolhas. Voltou para os braços da sua esposa. Permitiu deixar-se ser amado por ela e entregou-se ao amor.

Começou a olhar para seu filho por outros ângulos. Descobriu que o maior problema de Gideão talvez não fosse a droga, mas sentir-se órfão de um pai vivo. Começou a encantá-lo, cativá-lo, falar menos sobre a droga e mais sobre si mesmo. Tornou-se um contador de histórias. Gideão conheceu a história de Moisés, de Abraão, do rei Davi, de Salomão. Após algumas semanas, sentiu que era mais importante para seu pai, apesar da sua dependência. Teve mais forças para lutar contra a droga. Mais tarde, Marco Polo tratou dele e o ajudou.

Marco Polo rompeu as barreiras e as distâncias e tornou-se amigo da família de Isaac. Do mesmo modo tornou-se amigo da família de Ali Ramadan quando ele deixou o hospital, um mês após Isaac.

Embora não tivesse muito tempo, frequentava suas casas. Gostava muitíssimo da culinária judia e da árabe. Na realidade, tinha um apreço por essas raças fascinantes.

Seis meses depois, Marco Polo aproximou Ali Ramadan de Isaac. Ali queria viver em outro planeta, pois a Terra fora um palco de perdas. Isaac, por sua vez, queria morar numa lagoa, porque a Terra também fora um palco de perdas, um deserto seco. As perdas e a dor haviam sido tantas que os fizeram tecer um belíssimo relacionamento. Tornaram-se grandes amigos.

Passaram a frequentar a casa um do outro. Faziam belos jantares, tinham longas conversas sobre o Oriente Médio. Ambos eram descendentes de Abraão. Tinham mais coisas em comum que diferenças.

Comentavam um com o outro, e com o maior respeito, as belas

passagens do Pentateuco de Moisés, dos salmos e das suratas do Alcorão. Marco Polo era convidado e os ouvia com grande prazer. Além de aprender com eles, gostava de falar sobre a inteligência do Mestre da sensibilidade, Jesus, que aprendera com o filósofo mendigo. Todos se respeitavam, todos ensinavam, todos aprendiam, todos comiam sem parar. Era uma festa o encontro dos três amigos. Só faltava o Falcão.

Mais uma vez assistiu-se a um fenômeno que excitava os olhos do coração: uma flor exuberante surgiu no caos do inverno psíquico.

# Capítulo 18

O Dr. Mário acompanhou a brilhante atuação de Marco Polo com Isaac e ficou deslumbrado. Teceu um carinho especial pelo jovem profissional. Os demais psiquiatras começaram também a respeitá-lo e a ser mais criativos. Cada cabeça é um planeta e cada planeta tem uma rota peculiar e exige um plano de voo distinto para ser atingido.

Psiquiatras e psicólogos perderam o medo de tocar, de se relacionar e de brincar saudavelmente com seus pacientes. Expandiu-se assim o grau de confiabilidade e de empatia entre eles.

Tornaram-se mais bem-humorados, sociáveis, sensíveis. Naquele ambiente, a psiquiatria e a psicologia deram um salto qualitativo. Romperam o modelo superficial e doentio extraído das relações empresariais, em que chefes e funcionários não podem aproximar-se e a hierarquia tem de ser mantida para o bem da ordem e do progresso. Tal modelo servia para disciplinar um exército, mas não para formar pensadores, pessoas livres e criativas.

Apesar do clima do Hospital Atlântico ter melhorado, Marco Polo ainda não estava satisfeito. Achava que os pacientes ficavam muito tempo mergulhados em suas ideias negativistas e pensamentos mórbidos. Faltava alguma coisa.

Através de sua observação clínica, descobriu que as crianças hiperativas, com transtorno de déficit de atenção, em quem as mães desenvolveram o prazer pela música clássica na infância, desaceleraram a agitação, expandiram a concentração, diminuíram a ansiedade e tornaram-se mais produtivas.

Passado um mês, trouxe um aparelho de som e pediu que fosse instalado no pátio central. Comprou CDs de Mozart, Chopin, Bach e pediu que os colocassem durante a recreação dos pacientes. Quinze dias depois, os pacientes estavam mais serenos, motivados, alegres e menos pensativos. Até as crises diminuíram.

Marco Polo e outros psiquiatras desconfiaram que a música gerava uma abstração sublime que exaltava o universo dos afetos, que rompia o ciclo da construção ansiosa e exacerbada dos pensamentos, que liberava endorfinas e potencializava o efeito da medicação no metabolismo cerebral. Mas esta era apenas uma hipótese que precisava ser comprovada. Do pátio, a música ambiente começou a ser usada nos quartos e enfermarias do hospital.

Cláudia, uma paciente que andava frequentemente desanimada e com as costas curvadas, animou-se com a música. Tinha sessenta anos, mas aparentava oitenta. O som musical a revigorou. Ninguém sabia, porém ela havia sido uma exímia dançarina e professora de dança na juventude. Era uma especialista em valsa. Motivada, Cláudia encontrou Marco Polo e contou-lhe seu passado.

– Eu já brilhei nas pistas de dança, Dr. Marco Polo!

O jovem psiquiatra ficou encantado com sua história.

– Você ainda pode brilhar, Cláudia.

– Não sei. Quando um vendaval passa por nossas mentes, a arte se dissipa.

– Nem tanto. Muitos artistas produziram suas obras-primas nos piores momentos de dor e frustração. O sofrimento lapidou a arte.

Cláudia saiu reflexiva. Marco Polo guardou seu relato. Certo dia, quando muitos pacientes estavam aglomerados no pátio, ele apareceu e tirou o CD de música clássica. Alguns pacientes fizeram um burburinho manifestando sua desaprovação. Em seguida, colocou uma belíssima valsa.

Cláudia, ao ouvi-la, ficou empolgada. Estava na lateral do pátio. Marco Polo dirigiu-se até ela e, na frente de todos, tirou-a para dançar. Ela quedou extasiada e, ao mesmo tempo, indecisa. Ele pegou suas mãos e a levou para o centro do pátio. Há 25 anos não dançava, pelo menos em público. Seus amigos fizeram uma grande roda e clamaram:

– Dança! Dança!

Ela não resistiu. Marco Polo colocou erradamente suas mãos sobre as costas dela. Delicadamente, ela o corrigiu. Ele não era um bom dançarino, e Claudia estava com a musculatura rígida. Nos primeiros trinta segundos, ela não acertava o passo e ele falhava mais ainda.

Em seguida, ela se soltou e começou a corrigir seus movimentos. Os pacientes ficaram encantados. Aplaudiram calorosamente. Desconheciam a artista que vivia com eles. Cláudia sentiu-se uma princesa. Sua mente trouxe doces imagens do glorioso passado.

Aos poucos, os pacientes formaram pares e começaram também a dançar. Como não havia par para todos, alguns pacientes formaram par com outros do mesmo sexo. Dora entrou no pátio com cara amarrada. "Desta vez Marco Polo foi longe demais", pensou.

Ao ver sua irritação, o jovem pediu que Cláudia fizesse par com o Dr. Vidigal, que se isolara num canto. O Dr. Vidigal estava prestes a receber alta e nunca havia dançado uma valsa, mas ficou animado em aprender.

Marco Polo foi até Dora e convidou-a para dançar. Ela recusou-se. De repente, as pessoas começaram a se aquietar e a prestar atenção no clima entre os dois. Ele insistiu:

– A vida é tão efêmera, passa tão rápida, permita-se relaxar.

Ela deu-lhe as costas, preparando-se para se retirar. Contudo, a plateia gritou novamente:

– Dança! Dança!

Ela respirou e subitamente voltou-se para Marco Polo. Todos se espantaram. Pensaram que ela ia dar-lhe uma bofetada. Com incrível segurança, pegou a mão do rapaz, colocou-a fortemente sobre suas costas e começou a dançar com impressionante agilidade.

Dora havia feito balé clássico durante toda a adolescência e sabia dançar música de salão com destreza ímpar, porém perdera a habilidade de dançar a valsa da vida. Assombrado, Marco Polo deixou-se conduzir por ela. Após os aplausos, todos novamente começaram a dançar.

O Dr. Mário e outros psiquiatras ficaram sabendo da confusão no pátio. Ao entrar no ambiente, Dr. Mário ficou perplexo. "Até Cláudia, que é tão recatada, foi contagiada", pensou.

Embora gostasse de Marco Polo, o clima era insuportável para ele. Afinal de contas, sabia que em nenhum hospital psiquiátrico do mundo havia música ambiente. Uma roda de valsa era demais para sua cabeça.

Estava para desligar o aparelho quando sentiu uma mão tocando-lhe o ombro. Era Dora. Delicadamente o impediu. Os pacientes novamente se aquietaram.

– Dora, você sempre foi tão dosada, comedida. O que está acontecendo aqui? Vocês ficaram malucos?

Sorrindo, Dora disse:

– Agora, um pouco menos.

Em seguida, Cláudia tomou a frente e disse:

– Dr. Mário, por favor, dance comigo!

Ele resistiu, coçou a cabeça e achou um absurdo o convite. Entretanto, num lampejo, ficou reflexivo e ansioso. Ele já havia atendido Cláudia num surto psicótico e agora ela queria levá-lo para o centro do palco. Ela estava segura e ele, inseguro. Os papéis se inverteram. "O que está acontecendo, meu Deus!", pensou.

As crateras do seu inconsciente rapidamente se abriram e perturbaram-no mais ainda. Percebeu que, embora fosse o psiquiatra mais respeitado da grandiosa instituição, ele também estava doente. Tinha medo de ir para o palco, ser observado, falhar, passar por ridículo, ser alvo de deboche – os mesmos sintomas de muitos de seus pacientes.

Naqueles poucos segundos de intensa reflexão, o Dr. Mário passou os olhos pela multidão de pacientes e descobriu que eles possuíam algo valiosíssimo que ele perdera: a espontaneidade. A espontaneidade, uma característica da personalidade fundamental para a saúde psíquica, escasseara nas sociedades modernas. Naquele momento o Dr. Mário percebeu que ela não fazia mais parte do dicionário de sua vida.

A plateia, eufórica, clamou mais uma vez em coro, porém agora citando seu nome:

– Dr. Mário, dança! Dr. Mário, dança!

Sob a mira daquelas pessoas mutiladas pela vida, ele despiu-se da sua inatingível posição. Resolveu também entrar na dança. Aparentemente sem jeito, pegou em uma das mãos de Cláudia e colocou a outra mão sobre suas costas. Ela não fez nenhuma correção.

Logo no início, o Dr. Mário tropeçou. Porém, para surpresa de todos, transformou seu tropeço num passo de dança. A plateia gostou. Rapidamente se soltou, fez bonito na roda. Sabia dançar muito bem, o doutor, mas havia se tornado uma máquina de trabalhar. Como Cláudia, havia mais de vinte anos que não dançava.

Tratava de grandes empresários e de celebridades em sua clínica particular, era um especialista em resolver problemas, mas desaprendera a arte de viver, não seguia as suas próprias orientações. Nos primeiros anos após sua formação médica, era solto, leve, feliz. Com o passar do tempo, tornara-se circunspecto, fechado, perdera a singeleza. Nem ele se suportava.

Marco Polo, observando a habilidade e graça do seu diretor, pensou: "Quem dera não escondêssemos nossas identidades atrás de nossos títulos! Quem dera a psiquiatria, sem perder sua base científica, tivesse mais romantismo e generosidade!"

Dr. Mário e Cláudia formaram um par maravilhoso. Não eram um psiquiatra e uma paciente dançando, mas dois seres humanos que precisavam resgatar o prazer das pequenas coisas. Após Cláudia se cansar, ele pegou Dora nos braços e começaram a dançar. Dois psiquiatras saíram do ambiente meneando a cabeça com indignação. Comentaram um com o outro:

– O Dr. Mário enlouqueceu!

Outros psiquiatras, no entanto, inclusive alguns seguranças, aproveitaram a oportunidade e se soltaram na pista improvisada. Dora se aproximou de Marco Polo e lhe pediu desculpas pela arrogância com que o tratava. Complacente, ele simplesmente disse:

– Eu a entendo.

– Nós trabalhamos num dos ambientes mais tristes do mundo. Precisamos ser mais descontraídos – acrescentou Dora.

– Esse é um grande desafio. O maior paradoxo da psiquiatria moderna é que ela usa antidepressivos para tratar o humor triste, mas não sabe como produzir a alegria. Mas veja o que conseguimos. Com tão pouco, as pessoas estão muito felizes.

– Eu preciso mudar meu estilo de vida – ela refletiu.

– Todos precisamos. Creio que o ambiente tenso e entristecido do Hospital Atlântico é apenas um reflexo da sociedade que estamos construindo.

Sem que eles percebessem, o Dr. Mário ouvia atentamente a conversa. Interrompendo-a, expressou:

– Infelizmente, parece que desaprendemos e não sabemos mais como viver. A sociedade lá fora não é menos doente do que esse ambiente.

Aliviado, colocou as mãos nos ombros do jovem amigo e expressou:

– Muito obrigado, Marco Polo! Obrigado por me ensinar que é sempre possível recomeçar.

Sorrindo, o Dr. Mário fez um comentário que jamais havia feito:

– Precisamos agradecer a nossos pacientes por nos ensinarem o caminho das coisas simples.

Despediu-se e saiu. Enquanto saía, o diretor abraçava vários pacientes que encontrava pelo caminho. Deu mais abraços em poucos minutos do que em trinta anos de profissão.

Depois desses acontecimentos, o Hospital Atlântico mudou para sempre. Havia brilho nos olhos das pessoas. As habilidades dos pacientes foram aproveitadas.

Cláudia abriu uma "escola de dança" no hospital. Brilhou como nunca. Sua escola gratuita tornou-se sua obra-prima. Quem sabia pintar, encenar, escrever e fazer trabalhos manuais ensinava os que queriam aprender. O índice de melhora e o tempo de internação diminuíram significativamente.

Alguns pacientes sentiram-se tão úteis que, após receberem alta, retornavam como voluntários. A arte do prazer irrigou suas vidas. Foi a primeira vez que se teve notícia de que os pacientes amaram um hospital psiquiátrico.

# Capítulo 19

Marco Polo terminou sua especialização em psiquiatria. De vez em quando, visitava seus amigos no Hospital Atlântico. Ao mesmo tempo que se destacava como profissional, escrevia suas ideias sobre o mundo intangível da mente humana. Sua inquietação por novas descobertas e sua incapacidade de aceitar passivamente o que contrariava sua consciência não se abrandaram quando formado, ao contrário, intensificaram-se.

Ele concordava com o pensamento de Aristóteles: "O homem é um animal político." Para ele, o ser humano era um ator social. Os psiquiatras e psicólogos deveriam sair do microcosmo dos seus consultórios, para atuar socialmente. Deveriam contribuir para prevenir os transtornos psíquicos e não viver às expensas de um sistema que produz pessoas doentes.

Marco Polo pouco a pouco se tornou um psiquiatra influente na sua cidade e região. Devido à ousadia das suas ideias, com frequência o convidavam para dar conferências em faculdades.

Certa ocasião foi convidado para dar uma palestra para duas turmas de alunos do último ano de faculdade de psicologia. A plateia era composta de mais de cem pessoas. O tema era "Depressão, a doença do século". Após sua exposição, Marco Polo comoveu os alunos. Terminou com estas palavras a sua preleção:

– Futuros psicólogos e psicólogas, a depressão é a experiência mais dramática do sofrimento humano. Só sabe a dimensão dessa dor quem já atravessou seus vales. As palavras são pobres para descrevê-la. Devemos aprender a respeitar esses pacientes, ouvi-los abertamente e fazê-los deixar de ser espectadores passivos de seu caos emocional.

Precisamos levar os pacientes a gerenciar seus pensamentos, proteger suas emoções e reeditar o filme de suas histórias. Esta é a grande tarefa da psicologia. Os que exercem a psicologia devem ser pessoas apaixonadas pela vida e, acima de tudo, devem desenvolver habilidades para descobrir os tesouros soterrados nos escombros dos que sofrem. O mapa desse tesouro não está em nossas teorias, mas nos comportamentos expressos sutilmente pelos próprios pacientes. Deixem-se ser ensinados por eles. Jamais se esqueçam de que nós não tratamos de doentes por não sermos doentes, mas porque sabemos que somos...

Marco Polo foi ovacionado entusiasticamente pelos alunos. Eles ficaram reflexivos e até chocados positivamente com suas ideias. Diante do entusiasmo da plateia, ele comunicou que no mês seguinte haveria um congresso internacional de psiquiatria cujo tema principal era justamente a depressão. Se eles quisessem saber mais sobre o assunto, poderiam participar.

Em seguida, abriu a palestra para o debate. Como o assunto era de interesse geral, vários alunos de direito, engenharia, pedagogia, que passavam pelos corredores do anfiteatro e ouviram as eloquentes palavras finais de Marco Polo, pediram licença para ouvir o debate. Sentaram-se no corredor. Logo de início, uma aluna tocou com ousadia num assunto sério:

– Professor, alguns psiquiatras não enviam seus pacientes para os psicólogos. Eles confiam no poder da medicação e dão pouca importância à ação psicoterapêutica. Alguns acham até mesmo que a psicoterapia é uma perda de tempo. Por que a psiquiatria se considera superior à psicologia?

O assunto era polêmico, mas real e grave. Embora a psiquiatria e a psicologia devessem caminhar juntas, não poucas vezes andavam separadas, disputando pacientes e prejudicando a evolução deles. Faltava ética e conhecimento nesse delicado terreno. Recordando e concordando com as sábias palavras de Falcão, Marco Polo disse:

– Os psiquiatras têm um poder que ditadores e reis jamais tiveram. Através dos antidepressivos e tranquilizantes, eles penetram no mundo onde nascem os pensamentos, onde brotam as emoções. Este poder pode ser muito útil, mas, se mal usado, é capaz de controlar e não libertar os pacientes. Em tese, os medicamentos produzem efeitos mais imediatos, enquanto a psicoterapia, mais duradouros. Entretanto, nem por isso a psiquiatria é superior à psicologia. As duas ciências são complementares.

– E por que são separadas? – indagou uma intrépida estudante.

Essa pergunta era curta, mas suas implicações eram grandiosas. Ela tocava na evolução da ciência, na formação de dezenas de milhares de profissionais (psiquiatras e psicólogos) e afetava a vida de milhões de seres humanos que anualmente adoecem psiquicamente. Como Marco Polo não tinha medo de opinar, disse taxativamente o que pensava:

– Para mim a psiquiatria e a psicologia estão separadas porque a ciência está doente. A psiquiatria e a psicologia se desenvolveram separadamente no século XX. A psicologia tornou-se uma faculdade separada e a psiquiatria, uma especialidade médica. Elas deveriam unir-se, pois a mente humana não está dividida, o ser humano é indivisível. Em minha opinião, a psiquiatria deveria ser uma especialidade da psicologia e não da medicina.

Os alunos deliraram. Irromperam em aplausos pela elevação do status da psicologia diante da poderosíssima psiquiatria. Jamais imaginaram que ouviriam esse parecer de um psiquiatra. Marco Polo completou:

– Os psiquiatras saem bem-formados na compreensão do metabolismo cerebral e na ação dos medicamentos, mas malformados na compreensão da personalidade. Os psicólogos, ao contrário, saem bem-formados na compreensão da personalidade, mas malformados na compreensão do cérebro e na ação dos psicotrópicos. Os psiquiatras podem atuar como psicoterapeutas, mas os psicoterapeutas não podem atuar como psiquiatras, jamais podem prescrever medicamentos. Esta é uma injustiça científica.

– Há prejuízos para os pacientes pelo fato de a psiquiatria ser separada da psicologia? – bradou curioso um jovem estudante de direito, sentado no meio do corredor.

Marco Polo ficou feliz por seu interesse.

– Em certos casos há, e muito. Quando um psicólogo atende um caso grave que necessita de intervenção rápida de medicação e encaminha para um psiquiatra, pode haver um intervalo de tempo perigoso até que o atendimento psiquiátrico seja feito. Por exemplo, nesse intervalo, os pacientes podem cometer suicídios, ter surtos psicóticos ou ataques de pânico. Se os psicólogos tivessem mais dois anos de especialização em psiquiatria, poderiam estudar melhor o corpo humano, a biologia do cérebro, a ação dos medicamentos e, assim, seriam capazes de prescrevê-los. Mas infelizmente existe uma disputa de mercado nos bastidores da ciência. Nem sempre o ser humano está em primeiro lugar.

Em seguida, uma aluna tocou em outro assunto importante e frequentemente mal entendido.

– Às vezes, os psicólogos, por falta de conhecimento ou por medo de perder seus pacientes, também não os enviam aos psiquiatras. Quando deveríamos enviá-los para serem medicados?

– Não há regras rígidas, mas darei alguns princípios. Toda vez que há um quadro de confusão mental, risco de suicídio, humor intensamente depressivo, ansiedade grave ou insônia, o paciente deve ser medicado. Por favor, não esqueçam que vocês estão mexendo com vidas. Cada paciente é mais importante do que todo o ouro do mundo. Usem sempre o bom senso.

Os alunos ficaram pensativos. Havia anos estudavam psicologia, mas não tinham esses parâmetros claros em suas mentes. Alguns psicólogos colocavam em risco a saúde dos pacientes por não encaminhá-los aos psiquiatras. Tinham receio de trabalhar juntos.

– Por que a insônia deve ser medicada, professor?

– Porque o sono é o motor da vida. Ele repara toda a energia que gastamos. A sua falta desencadeia ou intensifica muitas doenças psíquicas e psicossomáticas. Você pode tentar remover ou trabalhar as causas de uma insônia, mas não tente por muitos dias. Encaminhe seu paciente para um psiquiatra ou até a um neurologista, se o caso for simples. E não se esqueça de que você pode brigar com o mundo e sobreviver, mas, se brigar com sua cama, vai perder. Ah! E não leve seus inimigos para a cama. Perdoe-os, fica mais barato.

O grupo sorriu.

– Qual a frequência de pacientes deprimidos na população?

– Existem diferentes estatísticas. No passado dizia-se que era 10% da população. Atualmente estamos nos aproximando de 20% das pessoas. O que indica que mais de um bilhão de seres humanos, mais cedo ou mais tarde, terão um episódio depressivo. E, infelizmente, por preconceito ou falta de política de saúde pública, a maioria das pessoas não se tratará, trazendo sérias consequências psíquicas, sociais e profissionais.

A plateia agitou-se. A situação era gravíssima. Pela projeção, de dez a vinte alunos do anfiteatro desenvolveriam depressão. Na realidade, alguns já estavam deprimidos. Como nessa faculdade 70% dos alunos eram mulheres, uma aluna na lateral da classe indagou:

– Quem tem mais transtornos emocionais, as mulheres ou os homens?

– As mulheres têm uma incidência maior.

Houve um tumulto na classe. Os alunos zombaram das suas colegas. Marco Polo fitou-os e disse:

– As mulheres não adoecem mais facilmente no território da emoção por serem mais frágeis do que os homens, como sempre acreditou o machismo que reinou por milênios. Excetuando as causas metabólicas, elas adoecem mais porque amam, se doam, se entregam e se preocupam mais com os outros do que os homens. Além disso, frequentemente são mais éticas, sensíveis e solidárias do que eles. Elas estão na vanguarda da batalha da vida, por isso acham-se mais desprotegidas. Os soldados no front da batalha têm mais chances de ser alvejados.

Marco Polo suspirou e pediu:

– Por favor, aplaudam as mulheres desta plateia. Sem elas nossas manhãs não teriam orvalho, nossos céus não teriam andorinhas!

Os futuros psicólogos ficaram rubros, as futuras psicólogas foram às nuvens. Marco Polo, em seguida, deu uma pequena mas preciosa orientação terapêutica para elas. Disse-lhes:

– Queridas mulheres, vocês podem viver com milhares de animais e não se frustrarem, mas, se viverem com um ser humano, por melhor que seja a relação, haverá decepções. Doem-se, mas não esperem muito retorno dos outros. Esta é uma das mais excelentes ferramentas para proteger suas emoções.

A partir daí, por usarem essa ferramenta, algumas mulheres evitaram transtornos psíquicos. Passaram também a aplicar esse princípio com seus futuros pacientes.

Uma aluna da área das ciências exatas, que estava recostada em pé na lateral direita da classe, não se aguentou:

– Professor, eu estou aqui de curiosa. Sou estudante de engenharia, mas estou tão impressionada com o nível das ideias que penso que os alunos de todas as faculdades deveriam ouvir essas palavras. Nós aprendemos a lidar com números e dados, mas saímos completamente despreparadas para a vida. Por que existe esse vazio nas universidades?

Marco Polo agradeceu e disse:

– O sistema acadêmico não precisa de conserto, mas de uma revolução. Ele gera gigantes na lógica, mas meninos na emoção. Os alunos não aprendem a libertar a criatividade, a ser empreendedores, a lidar com riscos e desafios. As faculdades ensinam a amar o pódio, mas não ensinam a usar as derrotas. – E, recordando as histórias dos debilitados do Hospital Atlântico, adicionou: – Por mais que sejam cuidadosos, vocês poderão sofrer algumas derrotas, às vezes difíceis de suportar. Mas lembrem-se desta frase: ninguém é digno do palco se não usar suas derrotas para conquistá-lo.

Os alunos o aplaudiram com entusiasmo. Em seguida, outra aluna indagou, um pouco trêmula:

– Qual a frequência das pessoas estressadas na sociedade?

Como muitos, ela era uma pessoa tímida. Toda vez que falava em público, suava frio, tinha taquicardia, enfim, sofria um desgaste enorme. Aliás, a maioria das pessoas na plateia tinha algum nível de timidez. Elas não estavam acostumadas a debater, mas Marco Polo criara um clima tão instigante que não conseguiram ficar caladas.

Como crítico do sistema social, Marco Polo passou os olhos pela plateia e falou convictamente:

– O sistema nos transformou em máquinas de consumir, uma conta bancária a ser explorada. Temos sido escravos, vivendo em sociedades democráticas. Vocês são livres para pensar e sentir o que desejam? Quantas vezes vocês se atormentam por coisas que ainda não aconteceram, ou por pseudonecessidades?

Os alunos sentiram um nó na garganta. Em seguida, Marco Polo abrandou seu tom de voz.

– Embora exista um estresse saudável que nos estimula a sonhar, a planejar, a enfrentar desafios, as sociedades modernas se tornaram fábricas de estresse doentio, que bloqueia a inteligência, obstrui o prazer, gera ansiedade, dores musculares, dores de cabeça, fadiga excessiva. De acordo com algumas estatísticas, mais de dois terços das pessoas estão estressadas nas sociedades atuais.

Um estudante brincalhão apontou um amigo agitado da classe e disse:

– Professor, aqui está um "estressadão"!

Marco Polo também brincou com a plateia.

– Atualmente, o normal é ser estressado e o anormal é ser saudável. Se vocês estiverem estressados, são normais.

A turma, aliviada, sorriu. Uma outra aluna perguntou:

– Mas quem pode ficar livre do estresse nesse mundo maluco e agitado?

Marco Polo fez um passeio em seu passado.

– Quem abraça as árvores, conversa com as flores e vê o mundo com olhos de falcão.

Os alunos assobiaram. Deram gargalhadas, pensando que ele contara uma piada.

Havia uma jovem chamada Anna, sentada na primeira fileira no canto esquerdo da classe. Era a única que não demonstrava reações enquanto Marco Polo respondia às perguntas. Ele havia notado seu ar de tristeza. Somente quando ele falou sobre abraçar árvores e conversar com as flores ela abriu um sorriso. Marco Polo acrescentou:

– Isso não é loucura. Não estou brincando. Abracem árvores, contemplem a anatomia das nuvens, abracem o porteiro do prédio, cumprimentem o segurança da escola, não escondam seus sentimentos de quem amam, falem dos seus sonhos. Deixem-me filosofar: a existência é um belíssimo livro. Ninguém pode fazer uma excelente leitura desse livro se não aprender a ler as pequenas palavras...

Dizendo isso, Marco Polo encerrou o debate. Os alunos estavam impressionados com o que ouviram. Ele falara com poesia numa palestra sobre depressão. Jamais tinham visto a psique humana sob essa perspectiva. Vislumbraram a psicologia namorando a filosofia.

Marco Polo saiu debaixo de aplausos. No corredor, tentou aproximar-se de Anna e cumprimentá-la. Tímida, ela estendeu friamente a mão e pediu licença. Em seguida, saiu conversando com uma amiga. Ele achou estranha a sua atitude, mas, como os alunos o envolveram, não conseguiu abordá-la. Quando a roda se desfez, foi ao pátio procurá-la.

Viu-a novamente. Aproximou-se e perguntou:

– Desculpe-me, mas qual é o seu nome?

– Anna. Mas, por favor, dê-me licença que tenho compromisso.

Marco Polo ficou inconformado. Somente Anna não o aplaudira. Não era a falta de aplausos que o incomodava, mas a emoção contraída da moça. Daí a alguns meses ela seria uma psicóloga. "Que condições teria para exercer sua profissão?", pensou ele. Por isso insistiu:

– Posso conversar outra hora com você?

– Não!

– Não existe um "não" sem uma explicação. Você tem namorado?

– Não! Desculpe-me, mas não quero falar.

– Então minha palestra foi péssima para você – argumentou.

– O problema não é você, o problema sou eu – disse Anna com dificuldade, devido à sua insegurança.

– Você tem medo de conversar comigo?

Ela o fitou e, sem titubear, disse-lhe:

– Você é que terá medo de conversar comigo! – E saiu sem se despedir.

Marco Polo perturbou-se com as reações dela. Mais uma vez confirmava que cada ser humano é uma caixa de segredos. Atendera tantas pessoas, conhecia tantos tipos de personalidade, mas Anna o intrigara.

# Capítulo 20

O incansável apetite para explorar os solos da alma humana levou Marco Polo a ansiar conhecer os mistérios que envolviam as reações de Anna. Entretanto, algo sutil e inesperado o fisgou. Anna era uma jovem alta, morena, cabelos longos e encaracolados. Ela o atraiu.

Fez outra tentativa de ir à faculdade para encontrá-la. Avistando-o, os alunos novamente o envolveram. Ele agradecia, mas seus olhos procuravam outra personagem. Anna, ao vê-lo de longe, se dissipou na multidão de estudantes.

A atitude dela o incomodava. Ao mesmo tempo que procurava um distanciamento para interpretar suas reações, os comportamentos da jovem tocavam seu orgulho. Não era apenas o psiquiatra que fora alvejado, mas também o homem Marco Polo. Um sentimento ambíguo o envolveu.

Queria saber ao menos as causas da sua resistência. Preferia que ela o criticasse, o considerasse um tolo, mas não o rejeitasse. Ele havia aprendido a se proteger das frustrações, mas como a emoção não segue as regras da matemática, nesse momento, sentiu-se frágil.

Na semana seguinte fez uma última tentativa de encontrar-se com Anna, mas ela não estava presente. Ao indagar a uma de suas amigas, ela apenas disse:

– Anna é uma pessoa espetacular, mas seus comportamentos de vez em quando são estranhos. Ela se isola de todos. Fica dias sem assistir às aulas. Parece que tem medo de enfrentar alguma coisa.

Marco Polo ficou pensando se sua insistência teria provocado ou agravado seu isolamento. Achou que ultrapassara os limites. Criticou sua atitude tola de querer respostas para tudo. Foi atingido por um sentimento de culpa. "Deveria ter lhe dado o direito de não conversar comigo, ainda que sem explicações. Afinal de contas ninguém é obrigado a gostar de mim", refletiu.

Na realidade, Anna tinha um passado mutilado, não revelado nem para suas amigas. Dissimulava suas reações. Sorria por fora, chorava por dentro. Era portadora de uma depressão crônica que se arrastava desde a infância. As amigas tentavam conhecê-la, mas Anna era uma pedra de granito, difícil de se penetrar. Embora fosse fechada, era afetiva, sensível, fiel aos amigos. Amava ler. Goethe era seu escritor preferido e *Fausto*, a sua obra predileta.

Apesar de seus períodos de ausência, era considerada uma aluna exemplar, pelo menos nas provas. Tirava as melhores notas da turma. Procurava esconder nas notas altas a sua baixa autoestima.

Como muitos alunos, escolhera conscientemente o curso de psicologia para ser uma psicoterapeuta, mas inconscientemente para compreender-se e superar seus próprios conflitos. Entretanto, frustrara-se, pois sua doença emocional resistia, perpetuara-se durante os anos de faculdade. Percebeu que seria mais fácil ajudar os outros do que a si mesma.

Anna era prisioneira no único lugar em que deveria ser livre: dentro de si mesma. Belíssima por fora, triste por dentro, não suportava críticas, ofensas, desafios. Era tolerante com os outros, mas autopunitiva. Cobrava-se demais. Seu perfeccionismo roubava-lhe o encanto pela vida e imprimia-lhe uma grave ansiedade.

Seus antigos namorados não conseguiram entender suas crises e seus isolamentos. Ela não se entregava na relação por medo de perder quem amava. Quando o relacionamento exigia cumplicidade, ela recuava e rompia a relação.

Tratou-se com vários psiquiatras e psicólogos desde a infância. Os resultados não foram consistentes. Alternava períodos de melhora com crises. Sua emoção era um navio sem âncora, incapaz de navegar com segurança no belo e tumultuado oceano das emoções.

Alguns psiquiatras de renome fizeram um diagnóstico sombrio e inadequado de sua doença psíquica. Disseram que ela teria de conviver com sua depressão para o resto da vida, pois tinha deficiência de serotonina no cérebro.

Para uma futura psicóloga que sonhara em ajudar as pessoas a serem saudáveis era difícil aceitar a depressão como hóspede *ad aeternum* da sua personalidade. O sonho da liberdade que inspirou seres humanos a escrever poesias, escalar montanhas, romper grades de ferro quase não existia em Anna, pois se diluíra no calor das suas crises.

Marco Polo amava o desafio. Anna amava a rotina. Ele resolveu respeitar o espaço dela. Não a procurou mais.

No mês seguinte, ele foi ao famoso Congresso Internacional de Psiquiatria. Milhares de psiquiatras do mundo todo participavam do magno evento. Lampejos de esperança seriam anunciados para o tratamento das doenças psíquicas, em especial a depressão.

Marco Polo discorrera na faculdade de psicologia sobre os tesouros ocultos nos destroços dos que sofrem. Sua forma sensível de falar sobre a psique levou dezenas de futuros psicólogos a participar do evento. Estavam entusiasmados. Não sabiam que suas expectativas se tornariam um pesadelo.

Anna ousou também participar. Evitava Marco Polo, mas suas ideias a atraíram. Os alunos esperavam enriquecer sua formação. Afinal de contas, logo conquistariam um diploma e teriam de tratar das mais complexas doenças, as que atingem o mundo invisível da psique. Pensavam: "Logo, a vida de um ser humano estará em nossas mãos." Alguns sentiam calafrios diante dessa gigantesca responsabilidade.

A maioria das conferências desse congresso era sobre farmacologia (estudo dos medicamentos), lançamento de antidepressivos de última geração e causas metabólicas das doenças psíquicas. O poder dos remédios seria exaltado. O poder da interação social, o de técnicas para proteger a emoção e o da expansão da sabedoria para sobreviver nas estressantes sociedades modernas seriam pouco valorizados.

Marco Polo alegrou-se ao encontrar os estudantes no imenso saguão do hotel onde o congresso se realizava. Abraçou-os. Viu Anna, ficou feliz, mas cumprimentou-a discretamente.

Passada a descontração, ele ficou apreensivo. Olhou ao redor e observou, constrangido, os laboratórios farmacêuticos instalados em luxuosos boxes seduzindo os presentes. Ele havia estimulado os alunos a virem ao templo da psiquiatria, mas começou a ficar preocupado com os fatos imprevisíveis que poderiam ocorrer.

As indústrias farmacêuticas – principalmente as indústrias que estavam lançando uma nova droga medicamentosa – patrocinavam o evento, os pró-labores de alguns conferencistas e os coquetéis. Além disso, pagavam a inscrição, as passagens e a hospedagem de alguns destacados psiquiatras para participarem do conclave.

Até a década de 1970, nos EUA, a maior parte das pesquisas clínicas para produzir novas drogas era financiada com verba pública. Com o declínio da economia norte-americana na década de 1980, os recursos escassearam e os pesquisadores acadêmicos começaram a receber patrocínio das empresas.

Na década de 1990 a situação se agravou. Cerca de 70% das pesquisas eram agora financiadas pelas indústrias farmacêuticas, mas a situação ainda era positiva, pois grande parte delas realizava-se no santuário das universidades, onde a averiguação de dados era mais detalhada, mais comprometida com a saúde do ser humano e menos com os lucros.

Marco Polo tinha consciência dessas mudanças na produção científica, coisa rara entre psiquiatras e cientistas. Analisando dados, percebeu que essas mudanças se intensificaram no século XXI. A maioria das pesquisas, além de ser financiada pelas indústrias farmacêuticas, passou a ser realizada dentro das suas próprias dependências e não mais nas universidades. Os objetivos eram cortar gastos, reduzir a burocracia e melhorar a rapidez dos resultados.

Tal mudança não foi em si mesma um processo antiético, até porque essas indústrias contribuíram muito para a saúde mundial. Marco Polo sabia disso. Entretanto, para ele, assim como os tribunais e o aparelho policial são úteis para a sociedade, mas às vezes cometem graves erros, as indústrias farmacêuticas não estavam isentas de cometê-los, principalmente porque lidavam com quantias inimagináveis de dinheiro.

As pesquisas de novas drogas nas dependências das indústrias farmacêuticas eram objeto de sua inquietação. Ele se preocupava com três tipos de controle, que, feitos inadequadamente, poderiam prejudicar a saúde de uma parte significativa da humanidade: do processo de pesquisa, dos resultados da pesquisa e manipulação desses resultados e sua divulgação para a classe médica.

O terceiro tipo de controle era o que mais o incomodava. No campo da psiquiatria, bem como em outras especialidades médicas, era muito fácil manipular de forma inadequada os resultados das pesquisas e propagá-los de forma prejudicial.

Todo remédio tem efeitos colaterais. Omitir tais efeitos era uma forma perniciosa de divulgar uma nova droga. Mas a forma que mais preocupava Marco Polo era a maneira com que os materiais gráficos eram produzidos pelas indústrias farmacêuticas e distribuídos entre os médicos do mundo. Nesses riquíssimos materiais, confeccionados com papéis caríssimos, os efeitos positivos das drogas eram superdestacados e os efeitos colaterais colocados no rodapé, às vezes quase imperceptíveis.

Como os médicos trabalham excessivamente para sobreviver, vivem estressados e não têm tempo de assimilar o universo de informações transmitido nos congressos e nas revistas científicas, acabavam confiando nas sintéticas informações divulgadas nos materiais didáticos produzidos pelas indústrias farmacêuticas.

Baseados nessas informações, alguns médicos prescreviam medicamentos sem necessidade, sem uma eficácia adequada ou, então, com efeitos colaterais que comprometiam a saúde dos pacientes. Na medicina, os dados são fundamentais; a manipulação deles, ainda que pequena, dilacera a ética e maximiza os riscos.

A poderosa indústria dos medicamentos tornou-se um negócio qualquer, onde o lucro tinha um destaque primordial. A vida de milhões de pessoas estava em jogo numa disputa onde o juiz nem sempre era imparcial.

Marco Polo era particularmente preocupado com os grandes laboratórios que sintetizavam remédios que atuam no delicado e indecifrável cérebro humano, como os tranquilizantes, indutores do sono e antidepressivos. Desde seu estreito contato com Falcão, começara a questionar a pressão e a sedução dessas indústrias para que os médicos prescrevessem seus medicamentos.

Somava-se a essa pressão a permissão de propaganda na mídia de medicamentos que exigiam prescrição médica. Apenas nos EUA e no pequeno e belo país da Nova Zelândia ocorria essa permissão. Comerciais de antidepressivos eram divulgados nas TVs por atores profissionais que simulavam ser pacientes depressivos, mas que depois de tomar o tal remédio davam um salto emocional e faziam um brinde à felicidade.

As imagens desses comerciais penetravam no inconsciente coletivo da população, gerando a crença nos poderes miraculosos dessas drogas, não levando em consideração a necessidade de aprender a navegar nas turbulentas águas da emoção, a reavaliar o estilo de vida, a trabalhar conflitos psíquicos e a superar decepções.

Muitos pacientes chegavam diante dos seus psiquiatras ditando os medicamentos que gostariam de tomar. O paciente queria controlar o médico, e o clima ficava péssimo. Com a recusa dos médicos, os pacientes trocavam de profissional e sempre encontravam algum que prescrevesse os remédios de sua preferência.

Desse modo, a medicina e em particular a psiquiatria, que deveria ser o exercício pleno de um espírito livre e de um intelecto consciente, acabaram sendo pressionadas pelo poder do marketing. A medicina foi contagiada pelas leis do mercado.

Além disso, outro problema surgiu no horizonte. O acesso pela Internet a informações sobre doenças e tratamentos levou muitos pacientes a ser seus próprios médicos – médicos virtuais. A democratização das informações também gerou efeitos colaterais.

Alguns internautas realizavam seus diagnósticos, faziam suas prescrições e se automedicavam. Esqueciam-se das particularidades de cada organismo, de cada doença e de cada medicamento, análises que somente os verdadeiros médicos foram treinados para fazer.

O mundo moderno estava em conflito, vivia em franco processo de transformação. Médicos virtuais, manipulação de dados dos medicamentos, pressões do mercado, tudo isso gerava uma inquietação em

Marco Polo. Ele deveria se preocupar apenas em ganhar seu dinheiro, cuidar do seu futuro, desfrutar das suas férias, como qualquer outro profissional. Entretanto não conseguia escapar de sua paixão pela humanidade.

Alguns dos seus amigos não entendiam esse sentimento pelo ser humano, queriam sentir um pouco do que Marco Polo experimentava, mas tinham dificuldade. Essa paixão fora iniciada pelas histórias que seu pai lhe contava e expandida ao se deparar com os corpos sem história na sala de anatomia.

Depois, ela foi forjada na relação com Falcão e esculpida quando começou a descobrir o fascinante universo dos "miseráveis" da sociedade. Portanto, sua paixão pela humanidade não era movida por um messianismo. Desde que desenvolvera o princípio da co-responsabilidade inevitável não conseguia ser individualista, viver somente para si.

Para ele, nenhum doente mental tinha menos grandeza do que qualquer celebridade política ou artística. Uns são artistas por encenar dramas em Hollywood, outros o são ao produzir seus próprios dramas no palco de suas mentes. Achava que a fama era uma estupidez intelectual e criticava a propagação de gurus pela mídia, pois acreditava que todos deveriam construir sua própria história. Pensava convictamente que cada ser humano merecia toda a dignidade, mesmo os anônimos ou as crianças especiais.

Por ser exímio observador, analisava alguns paradoxos das sociedades modernas que o perturbavam. Para ele, nunca a indústria do lazer – a TV, os videogames, a Internet, o esporte, a música, o cinema – foi tão expandida e, no entanto, o ser humano nunca teve um humor tão triste e ansioso. Nunca as pessoas viveram tão adensadas nos escritórios, nos elevadores, nas salas de aula, e nunca foram tão solitárias e caladas sobre si mesmas. Nunca o conhecimento se multiplicou tanto em sua época, mas nunca se destruiu de tal maneira a formação de pensadores. Jamais a tecnologia deu saltos tão grandes e, contraditoriamente, jamais o *Homo sapiens* desenvolveu tantos transtornos psíquicos e teve tanta dificuldade de se tornar autor de sua própria história.

O drama desses paradoxos levou Marco Polo a pensar que, se a ciência não mudasse seu foco e vultosas quantias de dinheiro público e privado não fossem gastas em pesquisas que evitassem o adoecimento do ser humano, a humanidade implodiria.

Achava completamente injusto e até um crime social esperar as pessoas desenvolverem ansiedade, doenças psicossomáticas, depressão, para depois tratá-las. Considerava que isso feria frontalmente seu princípio psicossocial.

O que mais sufocava a sua alma era este pensamento: "Se as poderosíssimas indústrias farmacêuticas dependem da existência de doentes para vender seus produtos, qual o interesse que elas têm no desaparecimento deles?"

No congresso em que Marco Polo e o grupo de formandos em psicologia estavam presentes via-se um batalhão de funcionários e profissionais vestidos a caráter, contratados pelos laboratórios para abordar os psiquiatras e médicos de outras especialidades. Vários psiquiatras seguiam sua consciência e não se deixavam seduzir, mas era uma tarefa árdua escapar a qualquer envolvimento.

Para encantá-los, sorteavam viagens, davam riquíssimos brindes e distribuíam requintados fôlderes. Os futuros psicólogos não estavam acostumados com tanto luxo. Eles não sabiam que por trás dessa intensa propaganda de medicamentos estavam em jogo bilhões de dólares. Os congressos de psicologia eram bem humildes, sem alardes e pompa. As ideias sobrepunham a estética.

Havia várias conferências simultâneas no evento. Sentindo-se desconfortável pelos olhares tensos dos estudantes, Marco Polo recomendou que eles assistissem no auditório principal à palestra de um renomado professor de psiquiatria, um conceituado pesquisador em neurociências, o Dr. Paulo Mello. Ele iria discorrer sobre causas e tratamentos da mais insidiosa e angustiante doença psíquica.

Após sua conferência haveria uma mesa-redonda, composta de ilustres psiquiatras, e um debate aberto aos participantes. Entre os membros da mesa estava o Dr. Mário Gutenberg, diretor-geral do Hospital Atlântico.

Anna, ansiosa para saber mais sobre os vales de sua dor, aceitou a sugestão de Marco Polo. Ele não sabia, mas fizera uma péssima escolha para os futuros psicólogos. Pois na conferência o complexo funcionamento da mente seria tratado como fruto de um computador cerebral. O intangível ser humano seria confinado dentro dos limites da lógica. As abordagens causariam náuseas nos jovens que alimentaram belos sonhos com a psicologia.

Todavia, Marco Polo estava presente e sua presença, como em muitos lugares que frequentava, era um convite para estilhaçar os paradigmas e agitar o ambiente. Um tumulto ocorreu naqueles ares.

# Capítulo 21

O Dr. Paulo Mello não era apenas um cientista de renome internacional, mas também um eloquente conferencista. Não tinha medo de apresentar suas ideias. Durante sua exposição, comentou sobre as bases biológicas dos transtornos mentais. Disse que a deficiência de neurotransmissores, em especial a serotonina, era a causa fundamental da depressão e de outras doenças psíquicas.

Explicou que os neurotransmissores eram como carteiros do cérebro que transmitem as mensagens nas sinapses nervosas, ou seja, no espaço de comunicação entre os neurônios ou células cerebrais. A sua deficiência gerava falta de comunicação na rede de neurônios, diminuindo as respostas emocionais e causando crises depressivas. O papel dos antidepressivos, disse ele, era preservar esses carteiros em doses aceitáveis no metabolismo cerebral.

A plateia de psiquiatras estava atenta às suas ideias, mas os alunos de psicologia não gostaram. Ele não falou nada sobre os conflitos na relação pais-filhos, o estresse social, as crises familiares e a malformação do eu como causas das doenças psíquicas.

Sentiram que estavam em um mundo diferente do que viveram nesses árduos anos de formação psicológica. Parecia que o ilustre professor falava de uma outra espécie, um outro ser humano que eles não estudaram na faculdade. Perceberam o que já desconfiavam: em algumas áreas a psiquiatria estava tão distante da psicologia como o Sol da Terra. Sentiram-se frustrados com o convite de Marco Polo.

Incomodado, Marco Polo fez um gesto com as duas mãos, querendo expressar: "Paciência! Acalmem-se, a conferência ainda não terminou." Melhor que tivesse terminado.

Passados alguns momentos, a decepção foi às alturas. O Dr. Paulo Mello radicalizou seu discurso, afirmando:

– A alma ou psique é química, fruto do metabolismo cerebral. Portanto, toda doença psíquica provém de um erro químico e, consequentemente, precisa de correção química para ser resolvida, ou seja, necessita de medicamentos.

Os futuros psicólogos viram o mundo desabar sobre suas cabeças. Sentiram-se feridos e humilhados. "Se a psique é química e os transtornos psíquicos são erros químicos, que espaço sobra para a psicologia? Qual é o papel, nessa situação, das técnicas psicoterapêuticas?", pensaram. Alguns tiveram vontade de sair. Não suportavam a afronta.

Marco Polo nunca tinha assistido a uma conferência do Dr. Paulo, apenas conhecia sua fama. Sabia que muitos neurocientistas tinham uma visão estritamente biológica e química da psique. Também sabia que a portentosa indústria farmacêutica dos psicotrópicos era condescendente com esta visão, utilizava-se dela e ajudava a disseminá-la na imprensa leiga mundial: jornais, revistas e TV.

Vários jornalistas, desconhecendo os fundamentos da ciência, noticiavam com segurança que o déficit de serotonina e outros neurotransmissores eram causadores de doenças psíquicas, e que este déficit precisava ser corrigido através dos medicamentos. Não sabiam que essas informações eram apenas suposições e não verdades científicas irrefutáveis. Sem perceber, divulgavam a séria e restrita tese de que a psique era química e, sem ter consciência, contribuíam para os ganhos elevadíssimos da indústria farmacêutica.

Marco Polo sentiu que tinha sido o maior ingênuo do mundo ao convidar os estudantes de psicologia para esse evento. Eles poderiam sentir-se frágeis para iniciar sua profissão. Sequelas inconscientes poderiam ocorrer. Visivelmente preocupado, pediu mais uma vez com gestos que eles não saíssem.

Para arrematar, o renomado conferencista deu o golpe fatal na psicologia. Ele não sabia que havia uma plateia de formandos nesta área, pensara que seu público fosse constituído de médicos, em especial de psiquiatras.

– Precisamos de medicamentos cada vez mais eficientes, como os que apresentei em minha palestra. Os psicólogos serão substituídos por drogas de última geração. As neurociências triunfarão sobre a psicologia. Ninguém pode contrapor-se a seus avanços. O progresso das neurociências anuncia um futuro saudável para a humanidade.

Os alunos quedaram paralisados, incrédulos diante do que ouviram. Eles, bem como a maioria dos presentes, não sabiam que por trás desse cenário estava em pauta muito mais do que a opinião de um cientista num congresso de psiquiatria. A palestra do Dr. Paulo era o reflexo do perigoso caminho que a ciência moderna estava trilhando.

Nos bastidores da ciência estava em jogo uma disputa intelectual seriíssima sobre a natureza do *Homo sapiens.* Muitos dos atores que participavam desse jogo, incluindo cientistas e profissionais, por saberem cada vez mais de cada vez menos, ou seja, por serem especialistas em suas áreas, não tinham consciência do próprio jogo e muito menos das suas consequências para a humanidade. Marco Polo há alguns anos pensava e se preocupava muitíssimo com essas consequências.

O que estava em questão era se a psique humana seria ou não meramente um computador biológico, um aparelho químico. Se pensar, produzir ideias, sentir medo, amar, odiar, sonhar, ousar, recuar eram ou não apenas frutos do metabolismo cerebral. Se o ser humano possuía ou não um espírito, um mundo psicológico que ultrapassava os limites da lógica e das reações bioquímicas. Estava em jogo o eterno debate sobre quem somos e o que somos. Estava em pauta a última fronteira da ciência.

A julgar pela visão da indústria dos psicotrópicos e pelo pensamento de muitos neurocientistas, esse jogo já estava ganho. Se as neurociências realmente vencessem nessa queda de braço, como já estava ocorrendo, as consequências para o futuro da humanidade poderiam ser chocantes. A psicologia desapareceria, ou pelo menos perderia sua importância. Medicamentos seriam usados em massa. Psicotrópicos poderiam ser colocados na água para tratar coletivamente de certas doenças psíquicas. Vidas seriam controladas.

Além disso, se a mente humana fosse meramente um complexo

computador biológico, ela poderia ser alimentada pelos computadores eletrônicos. Os professores desapareceriam, seriam substituídos por sofisticados programas mais baratos, e não reclamariam. A Internet se tornaria uma babá eletrônica, como já estava ocorrendo nos tempos de Marco Polo.

Os jogos eletrônicos, os programas multimídia e os programas de TV poderiam se tornar a fonte mais excelente de prazer e formação da personalidade. Não haveria necessidade de contemplar o belo, abraçar árvores, cultivar flores, nem extrair alegria das coisas singelas. Marco Polo sentia calafrios ao pensar nisso.

Ele pressentia que a juventude estava entristecendo mundialmente. Em sua época, os jovens já haviam perdido a capacidade de contestar as loucuras dos adultos, como no período da contracultura. Não criticavam mais o veneno do capitalismo selvagem, ao contrário, brigavam para bebê-lo em doses cada vez maiores. Exploravam seus pais. Eram ávidos consumidores, vítimas de uma insatisfação crônica e insaciável.

Além disso, o triunfo das neurociências poderia anunciar também o triunfo dos transumanistas, o grupo cada vez maior de pessoas que enfatizava a melhoria da espécie humana através da manipulação genética e do uso da clonagem. Alguns transumanistas congelavam seus corpos após a morte para serem revividos no futuro, quando as ciências estivessem mais avançadas. Eles sonhavam em acelerar o processo de evolução humana. Neste afã científico, os que não aderissem a esse processo evolutivo ou não se encaixassem no seu padrão de qualidade poderiam ser excluídos. Os riscos seriam gravíssimos.

As religiões também desapareceriam caso prevalecesse a ideia de que a alma humana é apenas uma fantástica máquina biológica, pois o vazio existencial, as inquietações do espírito, a procura pelo Criador e pela transcendência da morte seriam meros desarranjos bioquímicos. Uma vez corrigidos esses desarranjos, os conflitos existenciais se dissipariam, pondo um fim à religiosidade humana.

As religiões tentaram durante milênios compreender a natureza intrínseca do ser humano e perceberam que ela é indecifrável. Agora chegara a vez da ciência fazer esta fascinante tentativa, porém havia um risco no ar. A ciência poderia tornar-se a mais fechada e perigosa das religiões se vendesse seus postulados e hipóteses como verdades inquestionáveis.

Ao analisar todos esses fatores, Marco Polo pressentia que o mundo científico estava dentro de um imenso Coliseu. Embora houvesse diversas interconexões entre as partes, de um lado se encontravam as neurociências, da qual participava a medicina biológica, a farmacologia, a neurologia, uma parte da psiquiatria clássica e as ciências da computação. Elas discursavam sobre neurotransmissores, sistema límbico, amígdalas, corpo caloso, lobo frontal, enfim, estruturas anatômicas e metabólicas cerebrais como a grandiosa fonte da indecifrável personalidade.

De outro lado, estavam as ciências humanistas, que incluíam outra parte da psiquiatria, a antropologia, a sociologia, o direito, a filosofia e em especial uma parte significativa da psicologia.

Embora não formulassem um pensamento claro sobre a natureza humana, as ciências humanistas enxergavam os fenômenos da psique de maneira mais complexa, capaz de ultrapassar os limites das leis físico-químicas. Para elas, a solidariedade e a tolerância não poderiam ser conquistadas com programas de computador, o espírito humano precisaria ser educado, a sabedoria deveria ser lapidada, a sensibilidade necessitaria das experiências existenciais, o papel dos mestres seria insubstituível no desenvolvimento das funções mais importantes da inteligência, como pensar antes de reagir e se colocar no lugar dos outros.

Após discursar sobre o domínio das neurociências, o Dr. Paulo Mello encerrou sua conferência. Foi ovacionado, alguns o aplaudiram de pé. Em seguida, sentou-se satisfeito com a acolhida.

Havia mais de quinhentos participantes na plateia. Além dos 42 formandos em psicologia, estavam presentes professores de psiquiatria de diversas universidades internacionais, psiquiatras particulares, neurologistas, farmacologistas e diretores de laboratórios farmacêuticos.

Os estudantes perceberam também a apreensão de Marco Polo diante do pensamento radical do conferencista, mas pensavam que ele não podia fazer nada, pois era um "peixe pequeno" diante do "tubarão" que se movimentava no palco. Não o conheciam.

O debate se iniciou. Alguns membros da mesa teceram rápidas considerações e elogios ao conferencista. Em seguida, abriram o debate para a plateia participar. Houve um silêncio gélido.

De repente, Marco Polo levantou-se, saiu do centro do anfiteatro e dirigiu-se apressadamente para o microfone que estava no lado direito do palco, a mais ou menos oito metros da mesa. Audácia era sua característica principal. Agradeceu rapidamente a oportunidade de falar e, sem rodeios, partiu para o confronto com o conferencista, olhando-o fixamente.

– Estimado Dr. Paulo. O senhor sabe o que é a ditadura da hipótese?

Ninguém entendeu o termo. Este termo não existia na literatura científica. Fora cunhado pela habilidade de Marco Polo em sintetizar ideias. Tentando mostrar segurança, o Dr. Paulo respondeu:

– Não, meu jovem, nunca ouvi falar dessa ditadura. Explique-se.

– Não preciso explicá-la. O senhor acabou de cometê-la em sua conferência.

A plateia de psiquiatras fez um burburinho. "Será que esse jovem está questionando o ilustre conferencista? Não é possível!", murmuravam. Os estudantes também não tinham a menor ideia de aonde Marco Polo chegaria, mas começaram a se animar. O Dr. Mário, que estava recostado à mesa, colocou as mãos na cabeça, pois sabia que vinham chuvas e trovoadas pela frente. Constrangido e irritado, o Dr. Paulo indagou:

– O que você quer dizer com isso?

Marco Polo ensinava perguntando. Não transmitia conhecimento pronto. Levava seus opositores a pensarem e a tirarem suas próprias conclusões, mesmo num momento em que parecia digladiar num Coliseu. Aprendera a técnica com o mestre das ruas. Em vez de responder, fez outro questionamento:

– O que é uma hipótese e qual a distância dela para uma verdade científica?

O Dr. Paulo começou a ficar preocupado com a ousadia do jovem. Respondeu:

– Uma hipótese é algo em que se acredita, que se supõe, enquanto uma verdade científica é um fato de aceitação unânime pela comunidade científica. A distância entre elas pode ser pequena ou grande, dependendo da qualidade da hipótese.

Então, Marco Polo deu-lhe o primeiro golpe intelectual:

– A deficiência da serotonina como causadora de doenças psíquicas é uma hipótese ou uma verdade científica?

– Uma hipótese.

– Parabéns, doutor! Então, o senhor acaba de confirmar que cometeu a ditadura da hipótese, pois vendeu para a plateia sua hipótese pelo preço de uma verdade científica.

Os alunos de psicologia se entreolharam e o aplaudiram. Perturbado com os aplausos, o conferencista retrucou agressivamente:

– Isso é uma afronta! Apenas expus meu pensamento.

– Não, doutor. O senhor impôs seu pensamento. Deveria ter dito que a deficiência de serotonina era uma hipótese. Além disso, o senhor teve a coragem de sentenciar a psicologia ao desaparecimento. O senhor supervalorizou o metabolismo cerebral e a ação de fármacos (remédios) e desprezou o complexo mundo emocional e intelectual que nos torna uma espécie inteligente.

– Rapaz, deixe de argumentos vazios e apresente suas ideias para realizar um verdadeiro debate! – rebateu agressivamente o professor, tentando esconder seu erro.

Marco Polo não se intimidou. Respirava desafios.

– Diga-me, ilustre professor, é possível entrar na cidade de Nova York de olhos vendados e achar a residência de uma pessoa sem saber seu bairro, sua rua, seu número?

Achando que Marco Polo estava perdido em suas ideias, o Dr. Paulo disse-lhe com ar de desdém:

– Não, a não ser que demore décadas por tentativa e erro.

– Então, como é que o senhor encontra de olhos vendados e em milésimos de segundos o endereço dos verbos e substantivos em sua memória, que é milhares de vezes mais complexa do que Nova York, e os insere nas cadeias de pensamento?

Constrangido, ele falou:

– Não sei. Mas quem sabe como isso ocorre?

– Mais duas perguntas, mestre. O senhor sabe como é construída nossa consciência existencial, que nos faz perceber que somos seres únicos no palco da vida? O senhor sabe como essa consciência reconstrói o passado ou antecipa os fatos sobre o futuro, sendo que o passado é irretornável e o futuro é inexistente?

A plateia ficou perturbada. A mente do Dr. Paulo ficou confusa com as perguntas, mas ele disse honestamente:

– A atual fase da ciência está apenas arranhando os fenômenos que constroem os pensamentos e desenvolvem a consciência.

Subitamente, mudando o assunto, Marco Polo perguntou:

– Parabéns, mestre! Mais uma pergunta: o senhor acredita em Deus?

– Essa pergunta é de foro íntimo. Estamos numa arena científica. Não quero falar sobre essas bobagens.

Levantando o tom de voz e abrindo os braços, Marco Polo bradou para a plateia:

– Deus está aqui, gente! Ele está presente em carne e osso. Apresento-lhes Deus – e apontou as duas mãos na direção do Dr. Paulo, como Falcão fizera com ele.

– Você está tendo um delírio religioso, um surto psicótico! – disse o conferencista com deboche, tentando descontrair o público.

A plateia riu de Marco Polo.

– Não é um delírio! Se o senhor desconhece os insondáveis segredos que tecem a inteligência humana, se não sabe como pensa e se desenvolve a consciência existencial, mas tem a ousadia de afirmar que a psique é o cérebro, que a alma é química, então o senhor é Deus. Pois só Deus é capaz de ter tamanha convicção. Milhões de pessoas tentaram descobrir este segredo e desceram para o túmulo com suas dúvidas, mas o senhor conseguiu. O senhor tem de ser Deus.

A plateia gargalhou, e até os neurocientistas presentes se soltaram. Mas o Dr. Paulo tentou esquivar-se:

– Você está me ofendendo.

– Desculpe-me. Eu aceito que o senhor expresse sua opinião, mas não concordo que o senhor imponha seu pensamento. A minha crítica é que muitos profissionais, confiando nas teses de ilustres cientistas como o senhor, as tomam como verdades absolutas e, assim, cometem erros crassos. Se o senhor e os demais neurocientistas expusessem essas teses com status de hipóteses, a democracia das ideias poderia ser exercida. Os que lessem ou ouvissem suas ideias poderiam criticá-las e filtrá-las.

A plateia emudeceu. Os futuros psicólogos apertaram as mãos uns dos outros em sinal de aprovação. E Marco Polo parafraseou Shakespeare:

– Há mais mistérios entre o cérebro e a alma humana do que imagina nossa vã ciência!

A plateia novamente sorriu.

– Tenho pós-doutorado em psiquiatria e psicofarmacologia. E o senhor, que tese defendeu? – perguntou o Dr. Paulo com altivez.

Um membro da mesa, querendo ajudar, acrescentou:

– O Dr. Paulo publicou mais de cinquenta artigos em revistas científicas em todo o mundo.

O conferencista corrigiu:

– Não, são cento e cinquenta artigos.

– Isso, cento e cinquenta artigos. Quantos artigos você já publicou? Quais as suas credenciais como cientista?

Alguns psiquiatras da plateia assobiaram. Pensaram que o jovem colega perderia a voz.

– Sou Marco Polo, um explorador de mundos – respondeu sem titubear.

A plateia desta vez deu gargalhadas. Os estudantes aplaudiram.

– Vamos, rapaz, revele-se.

Diante da insistência, Marco Polo adicionou:

– Tenho explorado os desfiladeiros onde surgem as ideias perturbadoras e os arquipélagos onde se levantam as defesas emocionais, até mesmo as defesas aqui presentes, mas não defendi ainda nenhuma tese nem publiquei nenhum artigo. Reconheço que sou um jovem psiquiatra comparado ao seu currículo. Mas reconheço também que a ciência mais lúcida debate as ideias de um pensador pelo seu conteúdo e não pelos títulos que o autor apresenta. Creio que os verdadeiros cientistas amam o debate e não a submissão.

A plateia ficou alvoroçada e caiu em aplausos, solidária com Marco Polo. As universidades haviam sido seduzidas pelos títulos e pela fama do apresentador. Deixaram de ser um templo de debates em busca da isenção de preconceitos, como na Grécia Antiga.

Os congressos de psiquiatria e mesmo de psicologia eram frequentemente tediosos. Há muito tempo os presentes não viam uma discussão tão rica, com tantas implicações científicas. Vários professores universitários de psiquiatria vibravam com esse caldeirão de ideias. Faziam anotações com ânimo.

– Está me dizendo que não sou um verdadeiro cientista? O clima aqui está insuportável – disse o Dr. Paulo, suando frio e ameaçando deixar a mesa.

O Dr. Mário não permitiu que o conferencista saísse do palco. Pegou o microfone e comentou:

– Muito interessantes suas ideias, Dr. Marco Polo. Se tem mais alguma coisa para acrescentar, por favor, continue.

O Dr. Paulo suou frio e sentou-se. Não sabia que os dois se conheciam. Marco Polo procurou ser mais brando, elogiou o conferencista, buscando abrir as janelas da sua inteligência. Tinha de declarar para ele e a plateia as coisas entaladas em sua garganta.

– Sei que o senhor é um dos mais renomados psiquiatras do mundo. Eu tenho muito a aprender com seu ilibado conhecimento.

O Dr. Paulo sentiu-se lisonjeado.

– Mas, para mim, a medicação, quando necessária, é o ator coadjuvante, e a psicoterapia é o ator principal de um tratamento psíquico.

– Que ingenuidade! Você ama a poesia e eu, a ciência. Em pleno século XXI você desconhece os espetaculares avanços das neurociências? Nunca usou tranquilizantes e antidepressivos nas doenças psíquicas? O senhor deve ser um psicólogo para ter esse tipo de pensamento.

Alguns psiquiatras acharam a piada maldosa.

– Sou psiquiatra, doutor, e uso com certa frequência esses medicamentos. Sei, embora não completamente, das suas vantagens e dos seus limites. Mas minha tese é de que se não nutrirmos o eu dos pacientes, que representa sua capacidade de decidir, para serem os atores principais do teatro de suas mentes, não geraremos pessoas livres, capazes de administrar seus pensamentos, fazer suas escolhas e construir sua própria história.

Os futuros psicólogos ficaram excitados com essa abordagem. Anna, numa atitude inusitada, se levantou e o aplaudiu. Marco Polo observou-a, admirado. O Dr. Paulo ficou profundamente irritado.

– O senhor está usando uma filosofia barata.

– Eu respeito sua posição, mas faço questão de defender o que penso.

Um outro membro da mesa, o Dr. Antony, um psiquiatra de 65 anos, sereno, de voz pausada, um ícone no meio acadêmico, estava deliciando-se com o calor do debate. Mostrando-se extremamente interessado, perguntou a Marco Polo:

– Você discorda da hipótese dos neurotransmissores na produção de doenças psíquicas, doutor?

– Dr. Antony, para mim essa tese é pobre se considerada isoladamente. Há outras hipóteses tão ou mais importantes, tais como os conflitos na infância, o estresse social, as perdas existenciais, as frustrações interpessoais, a incapacidade de libertar a criatividade, de preservar a emoção. Todavia, para mim, a verdade é um fim inatingível. O que deve ocorrer é uma conjunção das hipóteses das neurociências com as da psicologia.

– O que é a alma para você, meu jovem? – perguntou o Dr. Antony.

Marco Polo respirou pausadamente. Teria de entrar num delicado assunto, um assunto que a ciência se sentia quase proibida de discutir. Mas não teve medo de expressar seu pensamento. Usou a poesia.

– Quando vejo uma mãe perdoar um filho apesar de ele não merecer, quando vejo alguém apostar num amigo quando ninguém mais acredita nele, quando vejo um paciente com câncer acreditar na vida apesar de estar morrendo, ou quando contemplo um mendigo dividir seu pão apesar de não ter qualquer valor para a sociedade, fico encantado, embevecido. Eu penso comigo. "Que mundo maravilhoso é a mente humana."

Nesse momento comoveu-se com as recordações. Mas continuou:

– Percebo que amar, cantar, tolerar, recuar são reações que ultrapassam os limites lineares das leis físico-químicas do cérebro. Nossa alma é mais do que uma máquina cerebral lógica. Os computadores jamais terão tais reações, nunca terão consciência de si mesmos, serão sempre escravos de estímulos programados.

A plateia ficou alvoroçada.

– Suas ideias chocam a ciência. Se formos mais do que um cérebro organizado, então o que somos e quem somos? – perguntou o Dr. Antony.

– Não sei quem somos, mas posso dizer um pouco sobre o que somos. Para mim, a psique é um complexo e indecifrável campo de energia que coabita, coexiste e cointerfere com o cérebro, ultrapassando seus limites.

Agora, a plateia ficou perplexa. Nunca viram um postulado com essa dimensão. O Dr. Antony, introspectivo, comentou:

– Parabéns pelas suas ideias inovadoras. Você tocou na última fronteira da ciência. Se nossa espécie comprovar sua tese, ela dará um salto sem precedentes no futuro. No entanto, apesar da profundidade desta tese, não há como prová-la. O único argumento de que dispomos é a fé. E a fé é uma incerteza científica.

– Tenho alguns argumentos que podem fundamentar essa tese, mas ainda estão sendo elaborados.

– Estão vendo? Eu disse que suas ideias eram filosofias baratas! – exclamou com entusiasmo o Dr. Paulo. O Dr. Antony o corrigiu rapidamente:

– As ideias do debatedor são de grande alcance, trata-se da tese das teses da ciência. Nossos congressos de neurociências têm sido secos, mórbidos, unifocais. Não discutimos os ditames do espírito humano. Temos medo de entrar num terreno que não conhecemos, mas que é essencial à vida. Temos receio de penetrar na delicada fronteira entre a psiquiatria e a filosofia, entre a ciência e a religião. Às vezes, penso que essa fronteira não existe, nós a criamos. Seria muito bom que em nossos áridos congressos falássemos mais sobre as emoções, educação, espiritualidade, crises existenciais, conflito social, e menos sobre o metabolismo cerebral.

Vários psiquiatras se levantaram e aplaudiram o Dr. Antony, concordando com o seu pensamento. A discussão se encerraria ali se o Dr. Paulo não se mostrasse desrespeitoso com o sereno Dr. Antony.

– Desculpe-me, Dr. Antony, mas estamos no terceiro milênio, e misturar fé com ciência e psiquiatria com filosofia é uma ingenuidade científica, um atraso cultural. É retroceder mil anos no tempo. O senhor já deixou de produzir ciência. Hoje é apenas um professor aposentado, está afastado das grandes pesquisas. As neurociências estão cada vez mais perto de provar que a alma é um aparelho químico.

Para Marco Polo não havia vencedores nesse embate, mas teses distintas, que deveriam ser discutidas com respeito para o bem da humanidade, e não para benefícios de grupos. Diante da arrogância do Dr. Paulo, ele tomou a frente e elevou o nível do debate. Colocou em pauta alguns questionamentos que desde os tempos da sua amizade com Falcão começaram a ser elaborados. Poucos entenderam de início seu raciocínio.

– Dr. Paulo, sabemos que um grupo de pacientes tem novas crises depressivas após a interrupção dos antidepressivos, ainda que usados por um bom tempo, como seis meses ou um ano. Mas outro grupo, após a interrupção dessas drogas, deixa de ter essas crises. Esta informação está correta ou não?

O professor fez um sinal com as mãos para ele continuar.

– Pois eu lhe pergunto. Por que, então, o último grupo de pacientes não teve mais crises?

Sem titubear, o professor imediatamente respondeu:

– Os pacientes se superaram. Venceram suas dificuldades, reorganizaram seus conflitos, aprenderam a enfrentar seus estímulos estressantes.

– O déficit de serotonina ou erro químico permaneceu nesse grupo de pacientes que teve pleno sucesso no tratamento?

O professor sentiu um nó na garganta. Marco Polo o pegara em seus próprios argumentos. Alguns professores de psiquiatria perceberam a armadilha em que o Dr. Paulo caíra. Pensaram: "Que argumento fatal." No entanto outros psiquiatras não entenderam aonde Marco Polo queria chegar. Um tanto temeroso, o Dr. Paulo respondeu:

– Sim, provavelmente o déficit continuou.

– Parabéns, professor! O senhor acabou de questionar o futuro das neurociências. Após a suspensão do antidepressivo, o déficit de serotonina continuou, pois o defeito metabólico que produz o déficit não foi solucionado pela medicação. Se o defeito continuou, e o paciente não teve mais crises, isso indica que superar dificuldades, reorganizar-se, resolver conflitos são processos psicológicos, cognitivos, que estão muito além da tese importante, mas simplista, da serotonina.

Alguns psiquiatras coçaram suas cabeças. Nunca tinham pensado nesse assunto. O Dr. Antony e o Dr. Mário saíram do formalismo e aplaudiram Marco Polo.

O Dr. Paulo ficou sem saída. Ele sempre fora um exímio pesquisador, mas infelizmente deixara-se seduzir pelo dinheiro. Durante a sua conferência, ele havia divulgado um novo medicamento antidepressivo, cujo nome comercial era Venthax. Comentou que participara de pesquisas clínicas para averiguar sua eficiência e estava muitíssimo animado com os resultados.

Ninguém sabia, mas o ilustre professor recebera secretamente um milhão de dólares do poderoso laboratório que tinha sintetizado a droga para divulgá-la nesse congresso, bem como em seus respeitados artigos científicos veiculados nas principais revistas especializadas.

Na indústria farmacêutica, quando aceita pela comunidade médica, uma única droga é capaz de dar lucros altíssimos, mais do que a grande maioria dos produtos do mundo capitalista.

O Venthax realmente tinha eficiência terapêutica, mas seus importantes efeitos colaterais foram minimizados pelo Dr. Paulo. Poderia afetar o fígado, expandir os riscos de infarto e, em alguns pacientes, induzir agressividade e aumentar os riscos de suicídio.

Na plateia estava presente o diretor comercial do laboratório desse novo antidepressivo, o Dr. Wilson. Ele estava odiando as ideias de Marco Polo. O debate desviou a atenção dos ouvintes da nova droga. O Dr. Wilson esperava, a partir desse congresso, alavancar o lançamento internacional do Venthax. Ele poderia vender mais de cinco bilhões de dólares anuais. Mas estava decepcionado com os rumos da conferência.

Vendo o Dr. Wilson completamente insatisfeito na primeira fileira do evento, o Dr. Paulo disse:

– Vamos encerrar este debate.

Mas Marco Polo precisava dizer mais algumas coisas:

– Somos meninos brincando de ciência no teatro da existência. Eu também sou uma pessoa orgulhosa, por vezes estúpida, mas estou aprendendo que, nesse teatro, o orgulho é a força dos fracos e a humildade, a dos fortes.

O Dr. Paulo ficou paralisado e a plateia, emudecida. Perceberam que todos são capazes de errar nesse delicado campo. Marco Polo não impunha as ideias. Ele as apresentava.

– Eu não sou orgulhoso. Sou realista! – afirmou o Dr. Paulo.

– Diga-me, então, professor, a nova droga sobre a qual o senhor discorreu, o Venthax, teve a sua eficácia clínica comparada com placebos, que são falsos remédios ou mentiras químicas?

O Dr. Paulo tremulou a voz. Não queria entrar nesse campo.

– Claro! Fizemos estudo duplo-cego. Pegamos dois grupos de pacientes deprimidos. Para um ministramos a nova droga, e para o outro, o placebo. Nenhum dos dois sabia que tipo de substância estava tomando. Mas já falei de tudo isso em minha palestra.

– Mas não nos forneceu alguns dados. Qual é a porcentagem de eficácia de um e de outro?

– O Venthax teve 62% de eficácia, e o placebo, 46%.

Os estudantes de psicologia se entreolharam. Não sabiam que uma mentira química, o placebo, tivera uma eficácia não muito distante da droga psicoativa. Nunca discutiram esse assunto fundamental na faculdade.

Diante disso, Marco Polo deu o golpe fatal no absolutismo e arrogância do grande mestre:

– Por que os placebos tiveram a incrível eficácia de melhorar 46% dos pacientes deprimidos?

Novamente caindo em si e intuindo aonde Marco Polo queria chegar, Dr. Paulo assinou sua matrícula como pequeno aluno na escola da existência. Com um nó na garganta, foi obrigado a responder para não passar vergonha maior:

– Porque eles acreditaram no tratamento, sentiram-se amparados, confiaram nos médicos que os assistiram.

– Muito bem, Dr. Paulo, o efeito fabuloso dos placebos é o efeito espetacular da mente humana, que tem uma incrível capacidade de sonhar, transcender seu caos, enfrentar suas perdas, recolher seus pedaços, reconstruir sua história, reeditar o filme do inconsciente. As drogas medicamentosas podem ajudar muito, mas todos esses processos são conquistados pelo diálogo, pela intervenção do eu, pelo autoconhecimento, pela troca, pela interação social. Portanto, obrigado por concluir que a psicologia jamais morrerá!

Os futuros psicólogos levantaram-se e ovacionaram com euforia seu amigo. Alguns verteram lágrimas. A esperança de encontrar tesouro nos escombros dos que sofrem se reacendeu.

Marco Polo olhou fixamente para a plateia e terminou com estas palavras o debate:

– As indústrias farmacêuticas investem bilhões de dólares em pesquisas de novas drogas que atuam no cérebro humano para tratar de doenças psíquicas, mas não investem nada em medidas preventivas, em melhorar a educação, desenvolver a arte de pensar das crianças, educar a autoestima, diminuir o estresse social e combater a miséria física e psíquica. A sociedade precisa saber que na esteira do adoecimento psíquico da humanidade, a indústria farmacêutica prepara-se silenciosamente para se tornar a mais poderosa do mundo, mais robusta do que a indústria das armas e do petróleo. Essa indústria precisa de uma sociedade doente para continuar vendendo seus produtos. Aliás, nunca se venderam tantos tranquilizantes e antidepressivos! Precisamos repensar o futuro da ciência e refletir para onde caminha a humanidade.

Marco Polo olhou para o relógio e calculou que ficaram quase uma hora debatendo. À vista disso, completou:

– De acordo com as estatísticas, durante o curto período em que estamos discutindo nossas ideias, mais de mil pessoas em todo o mundo tiveram crises depressivas, ataques de pânico, surtos psicóticos e doenças psicossomáticas. Mais de vinte pessoas cometeram suicídio. Pessoas maravilhosas desistiram de viver e deixaram um rastro de dor nos membros de suas famílias, que se perpetuará por décadas. Estamos construindo uma sociedade de miseráveis. Isso não os atormenta, senhores?

– Sonhador! – foi a última palavra do renomado conferencista.

Marco Polo, com os olhos úmidos, também disse a última frase:

– Se deixar de sonhar, morrerei! – Nisso veio-lhe à mente imagens de crianças com depressão e com anorexia nervosa de que ele tratava, doenças raras de se ver antigamente. As crianças com anorexia estavam caquéticas, em pele e ossos. As lágrimas de Marco Polo ganharam visibilidade.

O Dr. Mário e o Dr. Antony saíram de suas cadeiras e foram cumprimentá-lo. Vários psiquiatras ficaram entusiasmados com o pensamento de Marco Polo. Eles eram profundos e afetivos. Concordavam plenamente que a psiquiatria não podia ser estritamente curativa, deveria ser redirecionada para a prevenção. Enquanto o jovem psiquiatra percorria o auditório, muitos o cumprimentaram.

Anna o aguardava do lado de fora. Tinha um sentimento dúbio de alegria e angústia. Alegria, porque as ideias de Marco Polo arejaram os becos de sua emoção, levando-a a perceber que não estava programada para ser depressiva. Angústia, porque suas últimas palavras a levaram a um mergulho na sua infância, nos segredos que fizeram dela uma jovem cronicamente triste.

Ao encontrá-lo, deu-lhe um delicado beijo no rosto. Surpreso, ele não entendeu sua reação nem se esforçou para entendê-la. O psiquiatra debatedor recuou e o ser humano emergiu. Desejava apenas sentir aquele momento. Deixou a emoção sobrepor-se à razão.

Saíram juntos do anfiteatro. Caminharam sem direção. Procuravam um ao outro.

# Capítulo 22

Anna e Marco Polo encontraram um lugar aprazível para cruzar seus mundos: uma bela, espaçosa e florida praça. As folhas bailavam sob a orquestra do vento. Os cabelos de Anna moviam-se suavemente e vendavam seus olhos.

Marco Polo conhecia bem aquele lugar. Nessa praça, repensara sua vida, fizera discursos, construíra poesias com Falcão e dera os primeiros passos para ser um pensador. Recordou-se de uma árvore que gostava de abraçar.

Anna, sem meias palavras, surpreendeu-o dizendo:

– Eu sou depressiva!

Marco Polo não sabia desse fato.

– Anna! Você não é depressiva. Você é um ser humano que está passando por uma depressão.

– Ser humano? Quantas vezes me senti a escória da sociedade!

Marco Polo ficou impressionado. "Que causas levaram uma pessoa tão bela e, além disso, futura psicóloga, a sentir-se tão ínfima?", pensou. Sua doença devastara sua história.

Sob o clima das palavras que ouvira de Marco Polo no borbulhante debate, Anna completou:

– Acho que vou parar de tomar meu antidepressivo.

Serenamente ele lhe disse:

– Não, Anna. Não deixe de tomar seu remédio até que aprenda a trafegar sem medo no belo e turbulento oceano das emoções!

– Mas eu preciso assumir uma atitude. Suas ideias e sua coragem no debate me deram motivação para isso.

– Ótimo. Tome atitudes, mas saiba que no território da emoção não existem heróis, mas pessoas que treinam dia a dia sua força. Lembre-se do que comentei: equipe seu eu para ser a atriz principal do seu tratamento, trabalhe as causas que alicerçam seu humor depressivo, confronte seus pensamentos perturbadores. Assim, você será diretora do roteiro da sua vida.

Anna ficava fascinada com a linguagem de Marco Polo. Ele conseguia falar de fenômenos complexos contando histórias, usando uma inspiração criativa e uma linguagem poética.

– Eu aprecio suas palavras, mas estou cansada. Minha vida tornou-se um peso insuportável. Foram muitos anos de sofrimento.

– Posso fazer-lhe três perguntas? – disse Marco Polo, que já refletira sobre alguns dos comportamentos de Anna.

– Fique à vontade – ela concordou delicadamente.

– Você é hipersensível? Quando alguém a ofende, você se machuca muito, estraga seu humor naquele dia?

Admirada com a pergunta, ela respondeu:

– Não apenas o dia. Uma crítica ou uma rejeição perturbam-me durante uma semana e, às vezes, o mês ou o ano inteiro. Sou muito sensível.

– Você é hiperpreocupada com a opinião dos outros, com o que eles pensam e falam a seu respeito?

– Sim. Tenho medo de não ser aceita. Minha autoestima é péssima. Qualquer rejeição, ainda que com um olhar, me fere. Mas como você sabe disso?

– Você é hiperpensante, sua mente é muito agitada, não para de pensar? Sofre por problemas que ainda não aconteceram ou rumina frequentemente situações angustiantes do passado?

Impressionada com o senso de observação de Marco Polo, ela respirou e respondeu:

– Não paro de pensar um minuto, minha mente é inquieta. Sofro muito por antecipação. Sofro pelas provas, pelo imprevisível, pelos erros do passado, pelos erros que ainda não cometi. O passado me perturba e o amanhã me atormenta. – Seus olhos estavam marejados de lágrimas.

– Anna, você tem a síndrome tri-hiper.

– Tri o quê? Nunca ouvi falar dessa síndrome na faculdade.

– Tive a felicidade de descobrir essa síndrome e a infelicidade de saber que ela atinge milhões de pessoas e está na base da maioria dos transtornos emocionais. Analisando inúmeros pacientes, observei que muitos têm três importantíssimas características de personalidade que neles estão desenvolvidas exageradamente, daí o nome tri-hiper. Quem é hipersensível, hiperpreocupado com a imagem social e hiperpensante tem mais propensão para desenvolver depressão, síndrome do pânico, doenças psicossomáticas. Mas há duas boas notícias: a primeira é que essa síndrome pode ser resolvida, a segunda é que ela atinge as melhores pessoas da sociedade, as que são emocionalmente ricas e excessivamente doadoras.

– Emocionalmente ricas e excessivamente doadoras, como assim? – indagou Anna espantada. – Eu sempre estudei em meus livros que as pessoas deprimidas eram problemáticas e você me diz que elas possuem uma personalidade rica!...

– É o que penso. Pelo fato de essas três nobres características estarem superdesenvolvidas gera-se uma enorme desproteção emocional. Por isso elas se ofendem facilmente, exigem muito de si e gravitam em torno de fatos que não ocorreram.

Anna ficou extasiada. Desde sua infância frequentava consultórios de psiquiatria e psicologia, mas pela primeira vez sentiu orgulho de si mesma. Ela era muito sensível, incapaz de matar um inseto. Doava-se para todo mundo, vivia a dor dos outros. Os empregados de sua casa eram apaixonados por ela. Entendeu que não era uma pessoa frágil, inferior, desprezível, mas um ser humano de valor que não sabia defender-se. Por ser muito inteligente, ela mesma concluiu:

– Por isso, essas pessoas não se adaptam ao mundo social, competitivo, inumano, insensível. Elas possuem um tesouro aberto, que a agressividade das pessoas e os problemas da vida podem facilmente assaltar.

Marco Polo admirou sua refinada capacidade analítica.

– Parabéns, Anna! As pessoas que têm a síndrome tri-hiper são ótimas para os outros, mas carrascos de si mesmas. São éticas, singelas, afetivas, mas não têm pele emocional. Excetuando os casos em que alguém nos fere fisicamente, qualquer ofensa, crítica, rejeição ou decepção só pode nos ferir se permitirmos. Como disse em sua classe: doe-se, mas não espere muito o retorno dos outros.

Em seguida, Marco Polo começou a explicar que não é necessário que os três pilares dessa síndrome estejam presentes para as pessoas desenvolverem transtornos emocionais. Em alguns casos, basta um pilar. Comentou que a prevenção dessa síndrome, realizada pela educação da emoção, poderia evitar que milhões de pessoas adoecessem.

Fitando os dóceis e úmidos olhos de Anna, acrescentou:

– Não se sinta discriminada nem inferior a ninguém. Você é melhor do que eu em muitos aspectos.

Anna ficou comovida. Sempre se sentira pequena diante das pessoas e, principalmente, dos psiquiatras que a trataram. Em alguns momentos, pensava em desistir da sua profissão, em outros, da própria vida.

A poesia era uma das poucas coisas que a entusiasmavam. Tentando disfarçar suas lágrimas, indagou:

– Você leu Goethe?

– Admiro a inteligência e a sensibilidade argutas dele. – E completou, brincando: – Mas ele foi o filho preferido da mãe.

– Como assim?– perguntou Anna.

– Segundo Freud, o brilhantismo intelectual de Goethe começou pela mãe dele. Freud disse que os filhos que foram preferidos e valorizados por suas mães se tornam mais otimistas, vencedores, enfrentam com mais coragem os acidentes da vida.

Marco Polo não percebeu que essas palavras feriram as entranhas de Anna. A relação com sua mãe fora pautada pela dor. Percebendo algo estranho no ar, ele tentou consertar.

– Mas não concordo com Freud. Ele também foi o preferido de Amalie, sua mãe, mas, embora fosse um pensador inteligente, seu humor não foi irrigado com otimismo. Por isso, vivia atormentado com a ideia de morrer antes de Amalie. Minha opinião é que as mães amam todos os seus filhos e não preferem um ao outro, apenas distribuem sua atenção de maneira diferente, por serem diferentes suas preocupações com cada um deles.

Anna não suportou. Verteu lágrimas. Tentou esconder a face sentando-se no banco.

Marco Polo estava confuso. Percebeu que havia algo grave na relação de Anna com a mãe. Não queria invadir sua intimidade. Apenas colocou suavemente seu braço direito nos ombros dela e respeitou sua angústia.

Era um entardecer. Os raios solares penetravam no tecido das flores e revelavam a bela primavera. O ambiente externo contrastava com o mundo de Anna. Depois de alguns momentos de silêncio, ele disse:

– Desculpe se a feri.

Ela levantou-se e falou subitamente:

– Preciso ir.

Na realidade, ela hesitava entre o afastamento e o desejo de ficar próxima dele.

– Podemos nos ver amanhã? – perguntou Marco Polo, inseguro.

– Acho que não.

– Por que não?

Bloqueando temporariamente as palavras de Marco Polo que a encorajaram a resgatar sua autoestima e lutar contra a doença, ela voltou-se para o epicentro do seu conflito e disse:

– Você não vai gostar de me conhecer. Eu sou uma pessoa muito difícil. Nem eu me entendo.

– Somos iguais! Eu também não me entendo algumas vezes – falou ele com um sorriso.

Então, numa das raríssimas oportunidades, ela abriu o mapa da sua dramática história e, sob solavancos de soluços, bradou em voz relativamente alta:

– Roubaram minha alegria! Destruíram minha infância sem me pedir licença. Você não consegue perceber que sou uma fonte de tristeza? O que você espera de mim?

O resgate súbito do passado gerou um volume de tensão que obstruiu o fluxo das ideias de Anna. Marco Polo mergulhou no silêncio. Esperou que ela se refizesse e continuasse.

– Eu era filha única e pensava que minha mãe me amava e me valorizava mais do que tudo na vida. Mas quando eu tinha oito anos, escutei um som que jamais saiu da minha cabeça. Ouvi o estampido de um revólver no quarto dela. Corri para o local e vi a imagem de minha mãe coberta de sangue em cima da cama. Tentei socorrê-la, pegá-la, mas eu era muito pequena. Apenas gritava: "Mamãe! Mamãe! Não me deixe!..." Ela morreu fisicamente e eu, emocionalmente. Ambas falecemos.

Raramente alguém sofreu tanto como a pequena Anna. Antonieta, sua mãe, tinha graves crises depressivas, mas, apesar das crises, procurava dar à filha o máximo de atenção e carinho que conseguia. No período entre as crises, brincava com Anna e dizia que ela era a melhor filha do mundo. Entretanto, as crises aumentaram e a mãe hipersensível tinha períodos de afastamento. Antonieta dizia algumas vezes para os empregados e na frente da pequena Anna que não suportava mais viver. Anna chorava e vivia atormentada.

Seu pai, Lúcio Fernández, era um rico industrial. Ele nunca compreendeu e apoiou sua esposa. O casal tinha frequentes atritos, às vezes na presença de Anna. Lúcio entendia muito de matemática financeira e absolutamente nada da aritmética da emoção.

Diferente de Anna e Antonieta, que eram hipersensíveis, Lúcio era um homem frio, calculista, colérico, que não sabia colocar-se no lugar dos outros. Não amadurecia à medida que seus cabelos embranqueciam. Repetia os mesmos erros sempre. Era incapaz de enxergar a angústia de sua esposa. Para ele, a depressão era frescura, uma atitude de quem não tem o que fazer.

Tinha aversão a psiquiatras. Considerava-os os maiores charlatães da sociedade. Na realidade, tinha medo de enxergar o próprio ser. Apenas uma vez entrou num consultório de psiquiatria acompanhado de sua esposa. Saiu chamando o psiquiatra de louco.

Lúcio Fernández era um homem de muitas mulheres. Sua infidelidade, aliada à sua postura agressiva e autocentrada, contribuiu para irrigar a baixa autoestima de sua esposa e aguçar sua depressão. Não se casou após a morte de Antonieta. O milionário tinha medo de dividir seu dinheiro.

Anna nutria profunda mágoa por seu pai, não apenas pela sua falta de afeto, mas porque, à medida que foi crescendo, começou a entender que ele fizera muito pouco para prevenir o suicídio de sua mãe. Um pensamento perturbador sufocava-a: de que seu pai facilitara o suicídio. Antonieta tinha se matado com uma arma que estava no criado-mudo ao lado da cama do casal. No fundo, Anna sabia que seu pai mantinha uma arma no criado-mudo e outra no carro porque era desconfiado e inseguro. Tinha uma personalidade paranoica.

– Certa vez, disse ao meu pai que mamãe falava em morrer. Com um ar prepotente, ele afirmou categoricamente que eu podia ficar tranquila, pois quem ameaça não faz. Era incapaz de ouvir os clamores de minha mãe por trás do seu humor triste.

Marco Polo, através da sua fina capacidade de enxergar o que a imagem não mostra e ouvir aquilo que os comportamentos visíveis não revelam, fez uma pergunta que levou Anna a penetrar no centro do seu caos emocional.

– Você tem raiva da sua mãe?

Anna sentia mágoa do pai, mas a mágoa que nutria por sua mãe era muito maior. No entanto, ela negava esse sentimento. A mágoa se alojava clandestinamente nos porões do seu inconsciente e nunca fora superada nas seções de psicoterapia. Seus terapeutas não detectavam este dramático sentimento, seja pela resistência de Anna em falar sobre o suicídio da mãe, seja porque tinham receio de entrar nesse árido terreno e não conseguir controlar sua crise. Afinal de contas, Anna falava em dormir e não acordar mais, em desistir de tudo.

Além da mágoa oculta pela mãe, ela sentia-se envolvida por uma névoa de culpa. Sua mãe sinalizara que estava querendo morrer e ela sentia que não conseguira protegê-la. Nada é tão asfixiante para a emoção de uma frágil criança quanto sentir-se culpada pelos atos dos seus pais. Esses conflitos pautaram o desenvolvimento da sua personalidade. Anna tornou-se insegura, frágil, com humor cronicamente triste, com medo de enfrentar a vida e assumir seus próprios sentimentos. Era autopunitiva, tolerava os erros dos outros, mas era implacável com os próprios erros.

Ela sempre demonstrara compaixão por sua mãe diante dos outros terapeutas. Pela primeira vez teve coragem de dizer que sentia raiva dela, e não dó. Na realidade, seus sentimentos se mesclavam.

– Sim. Às vezes tenho raiva dela. Por que me abandonou? O amor que ela sentia por mim era menor do que o desejo de desistir da vida. Eu fiquei só. Perdi tudo. Perdi o prazer de viver – falou inconformada. E acrescentou: – Você não disse em seu debate que os que se suicidam deixam um rastro de dor que se perpetua por décadas? Eu sou um exemplo vivo dos seus argumentos. Para mim, quem se mata é um grande egoísta. Termina seu problema e começa o dos outros. Você já sentiu tal solidão?

As lágrimas continuavam a ser vertidas. Anna perdera o que mais amava, não sobraram pedaços da sua perda. Não tinha o que recolher. Marco Polo ficou profundamente sensibilizado com sua história. Na infância, ela deveria ter corrido atrás dos pássaros, brincado com suas bonecas, transitado sem medo pelas vielas da existência, mas o som do projétil e a imagem da mãe inerte numa cama eram uma peça vil que se repetia sem cessar no palco da sua mente, contagiando toda a estrutura do seu inconsciente.

Marco Polo sabia que em alguns casos o desenvolvimento da síndrome tri-hiper tinha uma influência genética. Acreditava que pais deprimidos não transmitem geneticamente a depressão para seus filhos. Na realidade, o que transmitem é uma tendência para desenvolver a síndrome tri-hiper, que em alguns casos, se não for corrigida pela educação e pela atuação do eu como autor da própria história, pode facilitar o aparecimento da depressão e de outras doenças.

Ele acreditava que as causas sociais e psíquicas, como perdas e frustrações, eram muito mais importantes no desenvolvimento dessa síndrome do que a genética, e nem sempre precisavam ser intensas. No caso de Anna as causas foram marcantes. Um vendaval destruíra a fase mais importante da sua vida.

A partir do suicídio da mãe, ela nunca mais acreditou que as pessoas poderiam amá-la verdadeiramente, e por isso tinha enorme dificuldade de se entregar. O medo da perda era um fantasma sempre presente. Sentia-se a pessoa mais solitária do mundo. Marco Polo reagiu à sua indagação:

– Nunca senti a solidão por que você passou, mas de uma coisa estou convicto: quando o mundo nos abandona, a solidão é suportável, mas quando nós mesmos nos abandonamos, a solidão é intolerável. Você se abandonou.

Anna ficou abalada com essa frase. Esperava que Marco Polo tivesse compaixão dela, que ficasse paralisado diante da sua miséria emocional. Embora estivesse profundamente condoído por sua dor, ele instigou a inteligência dela, levando-a a concluir que realmente havia se abandonado. Deixara de se amar. Sua solidão tornara-se insuportável. Todavia, ela levantou uma barreira, como se não conseguisse superar o seu passado:

– Como apostar na vida e amá-la, se quem me gerou suicidou-se?

Então chegou o momento para Marco Polo ajudar Anna mais profundamente. O seu conceito de suicídio confrontava com o pensamento corrente na psiquiatria e na psicologia.

Ele levantou suavemente o rosto da moça, penetrou em seus olhos e falou solenemente:

– Anna, não existe suicídio!...

Perplexa, ela imediatamente argumentou:

– O que você está me dizendo? Durante anos, procurei entender por que minha mãe morreu e por que as pessoas desistem de viver. E agora você me diz que não existe suicídio! Não brinque com meus sentimentos.

– Estou falando sério. As pessoas deprimidas têm fome e sede de viver – ele afirmou contundentemente.

Então, ela tocou num assunto que era um tabu:

– Não diga isso. Eu também já tentei tirar minha vida uma vez. Tomei cartelas de medicamentos. O que eu fiz? Não quis me matar? – falou, abalada.

– Não! Você quis matar a sua dor, e não a sua vida. Do mesmo modo, sua mãe não quis morrer. Na realidade, seu desejo era destruir o humor triste, a angústia que a sufocava.

– Nenhum psiquiatra jamais me disse isso! – Anna exclamou.

– O conceito de suicídio precisa ser corrigido na psiquiatria e na sociedade em geral. A consciência do fim da existência é sempre uma manifestação da própria existência. Toda ideia de morte é uma homenagem à vida, pois só a vida pensa. A ideia de morte não é a atitude onipotente do ser humano traçando seu destino, mas uma atitude desesperada de tentar destruir o drama emocional que ele não conseguiu superar. Assim, não existe a ideia pura de suicídio. Toda vez que uma pessoa pensa em se matar, ela não leva em consideração a consciência do nada existencial. Seu pensamento é uma reação, não para eliminar sua vida, mas para decepar sua dor. A tentativa de suicídio, portanto, revela não o desejo de morrer, mas uma fome desesperada de viver.

Anna não entendeu plenamente a dimensão psicológica das ideias de Marco Polo, mas o pouco que entendeu foi o suficiente para chocá-la, aliviá-la e fazê-la dar um mergulho interior. Novamente sua inteligência se manifestou:

– Quando pensei em tirar minha vida, um sentimento estrangulava meu ser. Sentia-me num cubículo sem ar. Uma ideia tentadora passava em minha mente, mostrando que era muito fácil acabar com tudo aquilo. Mas, na realidade, eu lutava dentro de mim para romper as algemas dessa prisão. Queria ser livre, respirar, amar, não queria morrer.

Após essa conclusão, Anna mergulhou mais profundamente nos recônditos do seu ser e abriu as comportas do seu remoto passado. Como se saísse de um ambiente escuro e entrasse numa sala completamente iluminada, recordou imagens que havia anos estavam escondidas em suas ruínas.

Lembrou de momentos agradáveis em que sua mãe escondia-se atrás dos sofás e das cortinas, brincando de esconde-esconde. Recordou quando sua mãe tocava piano e ela ficava aos seus pés, encantada. Lembrou-se de que, por influência da mãe, aprendera a gostar de poesia, e que a primeira vez que ouvira falar de Goethe fora da boca da própria mãe. Recordou-se ainda de uma frase que nunca mais havia resgatado: "Filha, eu te amo, nunca te abandonarei."

Pela primeira vez, percebeu que sua mãe não fora egoísta, e sim uma prisioneira da própria dor. Ela não quisera se matar, mas eliminar sua miséria emocional. A raiva que sentia pela mãe se dissipou. O sentimento de abandono ruiu naquele momento. Resgatou o amor que a mãe sentia por ela. Então algo sublime aconteceu.

Anna, aos prantos, exclamou:

– Mãe, eu te compreendo e perdoo... Mãe, eu te amo! Você foi maravilhosa.

Em seguida expressou:

– Obrigada, Marco Polo! Um peso saiu da minha alma.

Ela o abraçou suave e profundamente. Apertava-o em seus braços. Em seguida, num lance de serenidade, comentou:

– Se as pessoas que pensam em suicídio soubessem o quanto têm fome e sede de viver, não se matariam. Mas usariam essa fome e essa sede para combater tenazmente suas perdas, decepções e angústias. A ideia de suicídio revela uma fome desesperada de viver e não um desejo de morrer. Estas palavras têm de ser gritadas e sublinhadas no mundo inteiro.

– O pior cárcere do mundo é o cárcere da emoção, mas ninguém é escravo quando resolve ser livre. Por enxergar o suicídio por este ângulo, vários de meus pacientes saíram desse cárcere, extraíram coragem das suas fragilidades e voltaram a acreditar na vida.

Raramente duas pessoas falaram de um ponto que estrangula a tranquilidade com tanta suavidade. Como o clima estava leve e agradável, Marco Polo resolveu mostrar uma outra face da sua personalidade, a face irreverente. Elevando o tom de voz, expressou:

– Não tenha medo da dor, minha princesa, viva a vida com vibração.

– Eu sou muito complicada – ela disse descontraída.

– As mulheres mais complicadas são mais interessantes – ele falou brincando.

Ela desmanchou-lhe os cabelos e fez-lhe cócegas. Sorrindo, ele emendou:

– Cuidado! Você é que corre risco ao meu lado.

– Como assim? – Anna perguntou, surpresa.

– Tenho sangue de aventureiro, a irreverência de um filósofo e o desprendimento de um poeta. Lembre-se: sou Marco Polo, um andarilho nos solos da vida. Sou explorador de mundos e, agora, do seu belo mundo.

– Não estou entendendo!

Em vez de lhe dar resposta, Marco Polo subiu no banco da praça e, sem se importar com os passantes apressados, declamou uma poesia de braços abertos com a voz vibrante. Rememorou os bons tempos.

*Minha doce donzela!*
*Enfrente a tempestade noturna, como os pássaros.*
*Ao amanhecer, mesmo com seus ninhos derrubados,*
*Eles cantam sem palco e plateia!*
*Para eles, a vida é uma grande festa!*

*Minha querida princesa!*
*Não tenha medo da vida,*
*Tenha medo de não viver;*
*Não tenha medo de cair,*
*Tenha medo de não caminhar.*
*Rasgue seu coração, entregue-se,*
*Deixe este aventureiro descobri-la!*

Uma pequena multidão parou para ouvir o poeta. Anna ficou vermelha, pois sempre evitara qualquer exposição diante dos olhos dos outros. Ao terminar a poesia, Marco Polo desceu e deu-lhe um beijo prolongado. Ela, trêmula, se entregou. Após beijá-la, várias pessoas aplaudiram.

Algumas senhoras idosas ficaram eufóricas diante da cena romântica. Uma delas, de mais de oitenta anos, clamou com ternura:

– Agarre este príncipe, minha filha. Está faltando homem no mercado!

Ela entendeu o recado e desta vez ela mesma tomou a iniciativa. Beijou-o ardentemente.

# Capítulo 23

Na semana seguinte, Anna encontrou-se mais duas vezes com Marco Polo. Seu amor por ele crescia. Dias depois, ela participou de um seminário sobre síndrome do pânico na universidade. Não conhecia a grande maioria dos participantes desse seminário.

Um professor fez uma abordagem de que ela não gostou. Comentou que os portadores da síndrome do pânico são emocionalmente frágeis, não têm autocontrole, desconfiam da opinião dos seus médicos, giram na órbita da própria insegurança. Por serem frágeis, sob um ataque de pânico, o mundo desaba sobre eles.

O contato com Marco Polo fez com que Anna tivesse uma percepção mais profunda dos transtornos psíquicos. Não concordava com a visão pessimista e determinista do professor. Ele fora incapaz de exaltar as belas características desses pacientes e de mostrar o drama emocional que eles vivem durante a crise.

Diante disso, teve a coragem de levantar a mão e questioná-lo. Os poucos amigos que a conheciam admiraram sua ousadia. Nunca a tinham visto manifestar-se em classe.

– Será que esses pacientes não são hipersensíveis e, por possuírem uma consciência acima da média das limitações da vida e do fim da existência, não ficam propensos aos ataques de pânico? Quando esses pacientes desconfiam dos médicos que afirmam que sua saúde está ótima, isto é um sinal de fragilidade ou um grito desesperado de alguém que tem sede de viver e quer espantar o fantasma da morte?

Após esse questionamento, Anna ficou aliviada. Queria ao menos ser respeitada em seus argumentos. Seu pensamento deixou os presentes reflexivos, mas o professor não suportou ser contrariado. Em vez de debater seus argumentos, preferiu sair pela tangente. Foi irônico.

– Você está aqui para estudar psicologia e não filosofia.

A plateia divertiu-se. Marco Polo sabia defender-se quando criticado e ironizado. A chacota dos outros aguçava seu raciocínio. Anna ainda não tinha tal defesa, não havia reeditado o filme do seu inconsciente, ainda era uma pessoa hipersensível e hiperpreocupada com sua imagem social. Sempre fizera um esforço enorme para não errar diante de uma pessoa, que dirá diante de um público. Agora, na primeira vez em que se manifestava diante de uma plateia, tinha sido humilhada.

Todos esperavam que ela reagisse ao deboche do professor. Mas sua voz ficou embargada, não conseguiu contra-argumentar. Chocada, paralisou-se. As risadas dos presentes reverberaram em sua mente. Levantou-se e saiu da classe. O clima ficou ruim. Saiu como uma derrotada.

No outro dia, como era de esperar, não foi à escola. Não saiu de casa e nem da cama. Punia-se muito. Não conseguia parar de pensar no vexame público. Relembrava continuamente as cenas, teve raiva do professor e mais raiva ainda de si mesma por não ter conseguido reagir. Entregou-se a uma nova crise.

Marco Polo foi procurá-la na faculdade, mas não a encontrou. Ela ficou ausente por vários dias. Tentava telefonar, mas Anna estava incomunicável, não queria falar com ninguém. Os empregados, por conhecerem suas crises, tinham ordens do seu pai para não importuná-la. Marco Polo estava intrigado: "O que está acontecendo? Por que se recusa a falar comigo? Será que devo desaparecer de sua vida?"

Nesse ínterim, escreveu uma carta para Falcão. Contou sobre seu relacionamento com Anna e as suas dificuldades.

Falcão enviou uma carta com pouquíssimas e significativas palavras:

*Querido amigo Marco Polo,*

*Se você está amando uma mulher, lute por ela. Mas saiba que as mulheres são maravilhosamente incompreensíveis. O dia em que você compreender uma alma feminina, desconfie do seu sexo...*

Ao ler a missiva, ele meneou a cabeça com alegria.

No dia seguinte, Marco Polo reuniu coragem para visitar Anna. Ao chegar na casa dela, ficou assombrado com o palacete de três mil metros quadrados de construção colonial. Ela era tão simples, meiga, despojada. Não imaginava que fosse tão rica. Havia dez suítes, salão de festas, cinema e inúmeras outras dependências. O palacete ocupava um quarteirão inteiro.

Os portões eram altos, de ferro fundido, com grades torneadas e lanças espetadas, as janelas, todas em arco, tinham vidros verdes jateados. O jardim era imenso. Havia muitas flores para esconder uma jovem tão triste.

Duas arrumadeiras, duas cozinheiras, dois jardineiros e uma faxineira cuidavam da casa, e dois motoristas serviam Anna e seu pai. Havia seguranças dentro e fora da casa. A maioria das amigas de Anna não sabia, mas a segurança da moça era garantida por um profissional disfarçado nas dependências da faculdade.

Após contatar um segurança, o mordomo, Carlos, foi acionado. Alto, calvo e trajando sempre um paletó branco, Carlos comandava a equipe. Seu olhar era sisudo, distante e desconfiado. O mordomo parecia um iceberg, duro, frio, impenetrável.

– Gostaria de falar com a Anna.

Da escadaria do palacete, Carlos gritou:

– O senhor tem hora marcada?

– Não, mas sou amigo dela.

– Anna só recebe pessoas com hora marcada.

– Por favor, fale com ela. Provavelmente ela me receberá.

Relutante, o mordomo saiu. Anunciou a visita ao senhor Lúcio Fernández.

O pai, que não respeitava as mulheres e considerava todo homem um aproveitador de sua filha, mandou dizer que ela tinha saído. Marco Polo desconfiou que o mordomo estava mentindo, que sequer a avisara.

– Senhor, diga-lhe que minha conversa será rápida, falarei por apenas alguns minutos.

– Retire-se, senhor!

Percebendo a insistência do jovem pela janela, Lúcio abriu a porta central, aproximou-se de Carlos e de lá exclamou:

– Deixe minha filha em paz!

– Desculpe-me, senhor, mas talvez sua filha precise de mim.

– Que arrogância! Quem é o senhor para fazer tal afirmação?

– Sou um amigo.

– Anna tem colegas e não amigos.

– Mas eu insisto, sou amigo dela.

– Qual é seu nome?

– Marco Polo.

– Qual sua profissão?

Marco Polo hesitou em dizer, mas foi honesto:

– Sou psiquiatra.

– Psiquiatra!? Era só o que me faltava. Um psiquiatra tentando seduzir minha filha. Ninguém o chamou aqui.

– Estou aqui como amigo e não como psiquiatra – disse Marco Polo irritado.

– O senhor está sendo antiético. Retire-se!

– A sua filha está num casulo. Precisa tornar-se sociável, libertar-se, ser feliz.

O prepotente empresário não gostou.

– Um mísero doutorzinho querendo me dar lição de moral. Saia da minha casa, senão vou chamar a polícia! – disse taxativamente o empresário, e entrou sem se despedir.

– E não apareça mais aqui! – completou o coronel Carlos. Dois seguranças se aproximaram ameaçando Marco Polo.

Parecia que todo mundo ali, à exceção de Anna, vivia num exército.

O jovem foi embora chateado. Começou a pensar que Anna até que era saudável, vivendo num quartel daqueles. Era quase impossível não ser doente naquele ambiente. Começou também a ponderar se valia a pena investir nesse romance.

Ele já tivera outras namoradas. A última era extremamente controladora, ciumenta. Não conseguia respirar sem que ela notasse. Anna, ao contrário, vivia alienada, trocava-o por seus conflitos. Marco Polo viveu o velho dilema da existência: sua razão pedia para ele se afastar, sua emoção pedia para se aproximar. Antes de desistir, precisava vê-la pela última vez.

No outro dia voltou à casa de Anna, certificando-se antes por telefone de que o pai dela estava ausente. Além disso, precisava vencer o coronel Carlos. Lembrou-se do passado. Usou um disfarce, não tão ridículo como nos tempos de Falcão, mas não menos bizarro. Cabelos espetados, cavanhaque preto, óculos escuros. Parecia um roqueiro amalucado. Carlos apareceu após a insistência do segurança.

Antes que ele abrisse a boca, Marco Polo falou com uma voz aguda e alta:

– Carlos, como está?

– Como o senhor sabe meu nome?

– Como sei? Lúcio me disse. Creio que você me conhece – gritou.

– Não, senhor! – falou inseguro o mordomo diante da potência da voz do estranho.

– Nunca viu esta bela imagem nos jornais?

– Não.

– Que absurdo! Os mordomos não leem mais jornais. Chame urgente o Lúcio.

– O Dr. Lúcio não está, senhor.

– O quê? Não está? Já não se fazem pais como antigamente. Vamos, preciso fazer a consulta urgente.

– Que consulta, senhor?

– Consulta da sua filha! Lúcio suplicou que eu viesse aqui. Sou um especialista em transtornos intestinais.

– Desculpe-me, mas ele não me avisou.

– E precisa avisar! O grande Lúcio não manda mais nesta casa! Se não abrir essa porta agora, vou embora. E se a filha dele piorar, o senhor será o responsável.

Carlos ficou inseguro e Marco Polo emendou:

– Aliás, o senhor está muito pálido. Olhe só essas manchas no seu rosto. Deixe-me ver de perto.

Apesar de autoritário, Carlos era um hipocondríaco, vivia com mania de doenças. Ficou vermelho. Passou a mão no rosto, a cabeça calva começou a suar.

– O caso parece grave. O senhor deve estar fazendo um sério tratamento, não?

– Não, senhor, não estou em tratamento. Mas o que o senhor acha que eu tenho? – perguntou o mordomo timidamente.

Marco Polo tirou o estetoscópio, colocou-o sobre a barriga de Carlos e, para brincar um pouco, colocou também sobre sua cabeça, dizendo:

– Hum! Hum! Não se preocupe, porque essa doença não mata. Tome este pequeno remédio agora. Após consultar Anna, conversaremos.

Deu um laxante para o mordomo. Marco Polo foi para o quarto de Anna e o ditador, para o "trono" do vaso sanitário.

O quarto era enorme, mas gélido e escuro. Tinha cerca de sessenta metros quadrados. Anna estava deitada, mas acordada. Marco Polo tirou o disfarce, aproximou-se vagarosamente da cama, sentou-se ao seu lado. Ao ouvir a voz do rapaz, ela se assustou, mas não se levantou nem o cumprimentou. Ele tentou animá-la.

– Anna, o que está acontecendo com você?

Ela permaneceu muda.

– Sou seu amigo. Fale comigo! – Ela colocou o travesseiro sobre a cabeça.

– Tudo bem, Anna, você tem o direito de não falar comigo. Se esta é a sua escolha, vou desaparecer da sua vida.

Levantou-se e começou a se retirar. Quando ele estava no meio do quarto, ela bradou.

– Eu não disse que sou complicada?

Em vez de poupá-la, ele comentou:

– Anna, o problema não é ser complicada, o problema é complicar a vida.

– Esqueça-me! É melhor para você.

Indignado, ele disparou uma frase cortante:

– O problema não é a doença do doente, mas o doente da doença.

Ela tirou o travesseiro do rosto e perguntou:

– O que você quer dizer com isso?

– O problema é seu eu, sua capacidade de decidir, e não sua doença. Você teve motivos para ser deprimida. Mas insiste em ser doente.

– Eu não desejo ser doente!

– Não deseja conscientemente, mas inconscientemente você deseja ficar na plateia, não tem coragem de subir ao palco e dirigir a peça da sua vida. Anna, você é forte e magnífica, saia do coitadismo!

– Eu não sou coitada!

Marco Polo mesclava elogios com críticas positivas, pois tinha plena consciência de que não era fácil vencer os transtornos psíquicos. Sabia que os conselhos vazios não adiantavam, era necessário ser um artesão da psique.

– Então, por que vive esperando que as pessoas a aprovem ou tenham compaixão de você? Fiquei sabendo que brilhou no seminário, mas não suportou ser confrontada.

Anna permaneceu muda, e ele continuou:

– Você é inteligente, mas autopunitiva, não admite falhar, ser zombada ou criticada. Schopenhauer disse que não deveríamos basear nossa felicidade pela cabeça dos outros. Você se esqueceu de que não deve esperar os aplausos dos outros para ser livre!

Anna ficou chocada com essas palavras. Não podia fugir delas.

– Eu sou uma estúpida!

– Também sou às vezes. Mas lute por sua saúde psíquica! Recorde! Você tem fome de viver! Não se entregue.

– Há algo que me amordaça, que sufoca minha alma. Eu sei que preciso lutar, mas não consigo.

Diante disso, Marco Polo citou um famoso escritor:

– "Não basta saber, é também preciso aplicar; não basta querer, é preciso também agir."

– Goethe! – ela reconheceu com alegria.

– Sim, Goethe. Não basta lê-lo, é preciso aplicar suas ideias.

Anna ficou desconcertada. Toda vez que tinha uma crise, seu pai, em vez de encorajá-la a enfrentar seus problemas, a incentivava a fugir deles. Pedia para ela não ir à escola quando estava aborrecida, aconselhava-a a trocar de amizades quando ela se decepcionava, a mudar de ambiente quando se perturbava. Tentava superprotegê-la. Queria compensar a ausência da mãe, mas sua proteção era doentia, alimentava a fragilidade da moça, destruía sua autoestima.

As palavras de Marco Polo a fizeram perceber que sempre tinha feito a pior escolha: esconder-se. Percebendo sua interiorização, ele acrescentou:

– Dê as costas aos seus problemas, e eles se tornarão predadores e você, a caça. Inverta essa relação. Lembre-se da poesia: "Não tenha medo da vida, tenha medo de não viver. Não tenha medo de cair, tenha medo de não caminhar..." Você é uma pessoa corajosa, já começou até a brigar em classe – falou brincando, e fechou seus argumentos com essas palavras: – Ninguém é digno da segurança se não usar as suas fragilidades para alcançá-la.

Anna levantou-se subitamente. Num sobressalto, disse:

– Espere-me lá fora.

Surpreso, ele saiu.

Ela penteou-se, pintou-se, passou base em suas olheiras, vestiu um belíssimo vestido azul-claro com decote em V. Depois de demoradíssima meia hora, saiu. Marco Polo não acreditou no que via. Ficou surpreso. Ela estava linda, charmosa, sensual. Curioso, perguntou:

– Você vai a alguma festa?

– A vida é uma festa! – ela afirmou alegremente.

A partir desse momento, Anna deu um grande salto em direção à sua liberdade. Nunca mais foi a mesma. Passou ainda por momentos difíceis, chorou não poucas vezes, deprimiu-se em alguns momentos, mas não se submetia mais ao seu cárcere interior. Aprendeu a fazer das suas quedas e das suas falhas uma oportunidade para crescer. Resolveu sair de peito aberto para a vida.

Marco Polo tomou-a pelo braço e saíram. Quando estavam para abrir a porta da sala, Carlos gritou:

– Doutor! Doutor!

Para espanto de Anna, ele rapidamente colocou o cavanhaque postiço e os óculos escuros e desajeitou o cabelo.

– Pois não, Sr. Carlos!

– Não paro de ter diarreia, doutor! – disse, pálido.

– Excelente notícia! O senhor está botando para fora todos os seus vermes.

– Que vermes são esses?

– *Orgulhus lumbricoides.* Sua cabeça, ou melhor, sua barriga está cheio de *Orgulhus lumbricoides.*

Anna morria de rir.

– É grave, doutor? – perguntou o mordomo esfregando a barriga, querendo novamente ir ao banheiro.

– Não! Tome bastante líquido. Sente-se com bastante humildade no vaso, concentre-se e verá que em breve os seus vermes o deixarão.

E foram embora. Carlos ficou felicíssimo.

Quando se afastavam da casa, Marco Polo disse:

– Um dia terei de me retratar com Carlos e pedir-lhe desculpas.

– Não se preocupe. Os empregados não o aguentam. Quem dera o *orgulhus* do Carlos fosse eliminado.

A noite estava começando e prometia ser uma das mais encantadoras. Sempre reprimindo seus comportamentos, Anna nunca tinha corrido nas ruas e brincado de se esconder em público.

Marco Polo fez questão de quebrar sua rotina. Queria libertar sua espontaneidade, libertar a criança que se escondia dentro dela e que nunca pudera respirar. Os dois corriam um do outro e brincavam como adolescentes no meio da multidão. Ela se envolveu no clima e deixou de se importar com os olhares dos passantes. Era a sua história, só sua, tinha de vivê-la intensamente.

Ele estava sem uma máquina fotográfica, mas, imitando uma com as mãos, pedia que ela fizesse poses. Clicava sem parar a câmera imaginária. As pessoas trombavam umas contra as outras ao contemplá-los, embriagados de alegria. Ela corria para os braços de Marco Polo e ele girava o corpo dela. Anna começou a entender que a verdadeira liberdade começa de dentro para fora...

# Capítulo 24

A afinidade entre Marco Polo e Lúcio Fernández foi apenas suportável. O milionário evitava qualquer aproximação. Torcia para que o namoro não evoluísse. Algumas vezes tomou atitudes para que Anna rompesse a relação. Gritou, pressionou, fez chantagens, mas não adiantou. O namoro prosseguiu. Todavia, Lúcio Fernández não se deu por vencido.

O relacionamento entre Marco Polo e Anna, construído pouco a pouco, tornou-se sólido demais para ser abalado por manipulações. Foi tecido com alegria, descontração, diálogos prolongados e comportamentos que fugiam do trivial.

Passados alguns meses, Anna havia reeditado uma parte significativa dos conflitos arquivados em seu inconsciente. Paulatinamente deixou de viver a dor dos outros e esperar excessivamente a contrapartida do retorno. Tornou-se bem-humorada, estável, protegida, decidida, capaz de lutar por seus sonhos. O convívio social já não era uma fonte de medo e frustrações. Assim, teve segurança para interromper o uso de antidepressivos.

Anna se formou em psicologia e começou a estagiar num imenso hospital do coração, cujo diretor era amigo de seu pai. Ela e outras psicólogas realizavam atendimento aos pacientes submetidos a cirurgias cardíacas, principalmente aos candidatos a transplantes.

Marco Polo frequentemente a surpreendia com um gesto, um elogio ou uma atitude inesperada. Às vezes, chegava subitamente com um buquê de flores e o entregava no corredor do hospital. Beijava-a, dizia umas palavras e saía. Fazia de um minuto uma eterna afetividade. Para eles, pequenas ações tinham grande impacto.

Certa ocasião, no começo do estágio, algumas colegas de Anna viram Marco Polo fazer uma pequena declaração de amor, tendo numa das mãos um botão de rosa vermelha.

Ficaram surpresas com a atitude dele. Para elas, esse romantismo havia sido eliminado nos tempos modernos. Uma das colegas, envolvida por um sentimento de inveja, comentou rispidamente:

– Seu namorado é um pouco estranho. Não me parece muito normal.

– Não é possível ser normal quando se ama – Anna rebateu.

Uma enfermeira mal resolvida nas relações afetivas e que sempre se envolvia com namorados autoritários e dominadores perguntou:

– Dar flores no início do dia não é coisa de neurótico?

– Não sei. Mas sei que ele trata de muitos...

Elas não entenderam.

– Vocês não conhecem o namorado de Anna? – disse uma psicóloga que o conhecia.

– Não!

– Ele é o famoso Marco Polo. Uma das pessoas mais inteligentes que já conheci.

Caladas, adentraram pelo imenso edifício. Elas não entendiam que a inteligência e o sucesso profissional podiam e deviam ser combinados com a sensibilidade e leveza do ser.

Anna se tornou querida desde as primeiras semanas no hospital do coração. Aprendeu com Marco Polo a cumprimentar alegremente os funcionários, em especial os mais simples, a brincar com os pacientes e a entrar sem receio no epicentro da insegurança deles. Aprendeu a ser vendedora de sonhos e de esperança num ambiente em que a expectativa de morte contagiava as pessoas.

O casal saía com frequência, e cada encontro era especial, mas um deles foi inesquecível. Certa noite, Marco Polo manifestou a intenção de lhe dar um presente marcante. Saiu do perímetro urbano e levou-a para o campo. Parou o carro e convidou-a a sair.

Pegou em suas mãos e foram andando pela estrada. Enquanto caminhavam, chamou a atenção de Anna para a harmonia da natureza.

– Todos os dias as flores exalam perfume, a brisa toca as folhas, as nuvens passeiam obscuras, mas não prestamos atenção. Ouça a serenata de grilos! É um magnífico show incessante.

Vendo a sua maneira simples de encarar a vida, ela perguntou:

– O que é a felicidade para você?

Surpreendendo-a, ele a assustou, dizendo:

– A felicidade não existe, Anna...

Apreensiva, ela subitamente inquiriu:

– Você me amedronta! Qual é a esperança para os que vivem na miséria emocional? O que posso esperar da vida, se tive tanta riqueza exteriormente e tão pouco dentro de mim?

Marco Polo completou:

– A felicidade não existe pronta, não é uma herança genética, não é privilégio de uma casta ou camada social. A felicidade é uma eterna construção.

– Como construí-la? – respirando aliviada, ela indagou.

Como um contador de histórias que passeia pela psicologia, ele fitou seus olhos e discorreu:

– Reis procuraram aprisionar a felicidade com seu poder, mas ela não se deixou prender. Milionários tentaram comprá-la, mas ela não se deixou vender. Famosos tentaram seduzi-la, mas ela resistiu ao estrelato. Sorrindo, ela sussurrou aos ouvidos de cada ser humano: "Ei! Procure-me nas decepções e dificuldades e, principalmente, encontre-me nas coisas anônimas da existência." Mas a maioria não ouviu a sua voz, e os que a ouviram deram pouco crédito.

– Que lindo! Fale mais sobre o que é ser feliz, meu imprevisível poeta.

– Ser feliz é ser capaz de dizer "eu errei", é ter sensibilidade para falar "eu preciso de você", é ter ousadia para dizer "eu te amo".

Lembrando-se de seu pai, ela expressou condoída:

– Muitos pais morrem sem jamais ter coragem de dizer essas palavras aos filhos. Esquecem das coisas anônimas.

– É verdade. Tropeçamos nas pequenas pedras e não nas grandes montanhas.

Olhando para ele num clima de terno amor, ela falou de alguns temores reais e não frutos de sua doença. Como amava a poesia, também usou a inspiração.

– Obrigada por você existir. Mas tenho medo de que o nosso amor se evapore como o orvalho ao calor do sol.

– Em alguns momentos, eu a decepcionarei, em outros você me frustrará, mas, se tivermos coragem para reconhecer nossos erros, habilidade para sonhar juntos e capacidade para chorar e recomeçar tudo de novo tantas vezes quantas forem necessárias, então nosso amor será imortal.

– Eu o amo como nunca amei alguém! – ela disse, tentando aproximar-se para beijá-lo. Marco Polo subitamente deu um passo para trás e elevou o tom de voz:

– Espere um pouco, mocinha! Você entrou sutilmente na minha vida, foi ocupando espaços e, sem me pedir licença, invadiu meu coração. Portanto... – fez uma pausa prolongada.

– Fale! Estou ansiosa.

– Aceita casar-se comigo, princesa? – disse sorridente, abaixando a cabeça num gesto de reverência.

Beijaram-se. Dois mundos, duas histórias se cruzaram. Amoroso, ele cobriu seus olhos, sua testa e seu queixo de pequenos beijos.

Em seguida, quis dar algo forte, único, inesquecível, que marcasse aquele momento e fosse capaz de simbolizar tudo o que ele sentia por ela e revelasse o tipo de homem que ela encontraria. Um homem incomum tinha de dar um presente incomum.

A lua estava minguante e o céu límpido. Abrindo os braços, ele perguntou:

– Anna, olhe para o alto. Observe o teatro incompreensível do universo. O que você vê?

Curiosa, ela respondeu:

– Vejo lindas estrelas.

– Escolha uma estrela.

Ela sorriu. Havia milhares de estrelas invadindo suas pupilas. Anna escolheu uma estrela brilhante do lado esquerdo do firmamento.

– Escolho aquela – disse, apontando.

– De hoje em diante aquela estrela será sua. Mesmo quando seu céu estiver coberto pelas tempestades, aquela estrela estará brilhando dentro de você, mostrando os caminhos que deve seguir e revelando o meu amor.

Anna flutuou. Já ganhara presentes caríssimos, colares de esmeraldas, anéis de diamantes, carros último tipo, ações na bolsa de valores, apartamentos, mas jamais se esqueceu de que ganhara uma estrela. Percebeu claramente que as coisas mais importantes da vida não podem ser compradas. Era riquíssima, mas sempre vivera na miséria.

Ela guardou no recôndito do seu ser o significado da estrela que Marco Polo lhe deu. Quem tem uma estrela em seu interior não precisa da luz do sol para se conduzir.

Marco Polo tinha a profundidade de um pensador e a sensibilidade de uma criança. Não sabia, mas também precisaria de uma estrela interior. Suas ideias teriam alcance mundial. Lutaria pelos direitos humanos, tumultuaria ambientes e sociedades, atravessaria vales e planaltos e o céu desabaria sobre ele. Para sobreviver, precisaria enxergar com os olhos do coração.

# Capítulo 25

Anna anunciou ao pai sua intenção de se casar com Marco Polo. Lúcio tentou impedir de todas as formas. Fez de tudo para que ela se apaixonasse por alguém de sua classe social e poder financeiro, mas não teve êxito. "Imagine, um psiquiatra em minha família, vigiando meus passos. Não suportarei", pensava. "Preciso de alguém que multiplique meus bens e não que aponte meus problemas", refletia.

Tentou mais uma vez seduzi-la:

– Filha, não é por causa do dinheiro, mas há filhos de banqueiros e de industriais fascinados por você. São pessoas do seu ambiente e do seu meio. Você se sentirá menos deslocada. Dê uma chance para eles.

– Já namorei alguns deles e aumentei meu vazio.

– Que vazio? O que esse rapaz tem de especial?

– Marco Polo me ama intensamente. Além disso, ele ama o ser humano, é preocupado com a humanidade.

– Não seja ingênua, minha filha! As pessoas só são preocupadas com o próprio bolso.

– É uma pena que você pense assim, papai. Quem vive para si mesmo só enxerga segundas intenções nos outros.

Ele resmungou, mas, antes que rebatesse, ela perguntou:

– Você já se apaixonou por alguém?

Lúcio claudicou. Nunca tivera uma explosão afetiva, nem pela mãe de Anna. Nos últimos anos, só desfilava com mulheres bem mais jovens, algumas famosas, mas não amava ninguém. A única coisa que movimentava sua emoção era aumentar sua grande fortuna. Titubeando, respondeu:

– Bom, não sei. Acho que sim.

– Quem ama não tropeça no "achismo". O amor é a única certeza da existência, papai. Se nunca amou alguém, nem minha mãe, jamais entenderá o que sinto.

Lúcio saiu desconcertado. Anna realmente estava diferente. Ele perdera o domínio sobre ela. Inconformado, dias depois fez mais uma tentativa. Disse que estava comprando uma casa na Inglaterra, conseguiria para ela um trabalho num excelente hospital e uma vaga para fazer doutorado em Cambridge.

– Você não precisa terminar seu namoro com Marco Polo – disse com esperteza. – Será bom para o próprio futuro de vocês que continue seus estudos e se prepare melhor profissionalmente.

Ela não aceitou.

– Pai, a vida inteira esperei que você se preocupasse realmente comigo, que conversasse sobre nossas vidas.

– Eu trabalho para você, minha filha. Tenho feito tudo ao meu alcance para fazê-la feliz. Dou-lhe as melhores roupas de grife. Você viaja duas vezes por ano, de primeira classe, para fora do país. O limite do seu cartão de crédito internacional é de 100 mil dólares. E qual é a jovem da sua idade que tem um Mercedes conversível na garagem e um motorista à sua disposição?

– Você me deu muitas coisas, papai, mas esqueceu a mais importante.

– Qual? – ele perguntou indignado.

– Esqueceu de me dar a si mesmo. Não conheço seus sonhos, seus temores, suas lágrimas. Somos dois estranhos vivendo na mesma casa – falou, começando a chorar.

Abalado, ele tentou evitar o clima emocional.

– Filha, você é a rainha desta casa.

– De que adianta ser uma rainha presa num palácio, vigiada por seguranças e com um pai que só vive para o trabalho?

Lúcio emudeceu, não sabia contrapor-se a essas verdades. Anna, então, tocou num assunto que nunca havia tratado com o pai.

– Pai, nós nunca falamos sobre a mamãe. Quem não dialoga sobre seu passado não o sepulta com maturidade, perpetua as suas feridas. A morte da mamãe é um túmulo aberto em nossos corações. Você nunca teve coragem de conversar comigo sobre a doença dela e as causas que a levaram a tirar sua vida.

Lúcio ficou paralisado, sem reação. Não conseguia organizar as ideias. Este assunto era um tabu. Na casa dos Fernández até os empregados estavam proibidos de comentá-lo. O quarto que fora do casal vivia trancado, somente a faxineira e a arrumadeira entravam lá uma vez por semana. Lúcio pensou várias vezes em mudar de casa, mas seu palacete era belíssimo, uma mansão única, embora triste. Acabou apenas mudando de quarto.

Como o pai não se manifestava, Anna, lembrando-se da pergunta fatal que Marco Polo lhe fizera sobre sua mãe, também fez uma pergunta fatal para seu impenetrável pai. Ansiava ajudá-lo.

– Você tem sentimento de culpa pela morte da mamãe, papai?

– Culpa? Eu? Que absurdo! Não me acuse!

– Não estou acusando, papai, estou perguntando. Estou pedindo para você olhar para seu interior sem medo.

As reações súbitas e eloquentes de Lúcio indicaram que a pergunta tinha mexido com os porões da sua mente. Procurando desesperadamente evitar o contato com o espelho da sua alma, ele olhou para o relógio e disse resolutamente:

– Tenho um compromisso importante. Preciso ir.

Percebendo que ele entrara no desconhecido terreno da própria sensibilidade, ela insistiu:

– Espere! Papai, os grandes homens também choram...

Os olhos dele lacrimejaram. Um acontecimento raro para quem não se permitia a doce e aliviadora experiência do choro. Sofria muito, tinha insônia e períodos de angústia, mas negava a dor. Suas lágrimas sempre ficaram submersas sob seus rudes comportamentos.

Ao perceber que elas tinham saído da clandestinidade e subido ao palco dos seus olhos, rapidamente tentou escondê-las. Não admitia que um espectador contemplasse sua fragilidade, pois somente a glória podia ser admirada. A pedra de gelo da sua emoção estava derretendo, mas, antes que o sentimento irrigasse sua inteligência com afetividade, ele se esquivou.

– Depois conversaremos sobre os grandes homens... – e saiu apressadamente, sem mostrar a face e sem dar chance para a filha continuar o diálogo.

Lúcio Fernández evitava todas as conversas e situações que o remetessem à interiorização, não se permitia crescer. Jamais reconhecera um equívoco, jamais pedira desculpas nem ajuda emocional. Era um homem doente que contribuía para formar pessoas doentes.

Tinha algumas características respeitáveis desde que o assunto fosse números e dinheiro. Era empreendedor, arrojado e perspicaz. Sabia investir em novos projetos e farejar por onde caminhava a economia mundial, mas não tinha qualquer noção de por onde caminhava sua qualidade de vida.

Lúcio tinha oito empresas, nas quais era sócio majoritário.

Elas empregavam 11 mil funcionários. Entre suas empresas havia um banco, uma indústria de computadores, uma fábrica de suco de laranja e mais recentemente uma indústria farmacêutica. Além disso, tinha participação minoritária em dezenas de outras empresas. Gostava de investir na Bolsa de Valores, comprar ações das empresas de tecnologia de ponta que se tornariam vedetes no mercado globalizado. Na maioria das vezes, acertava.

Estava listado na revista *Fortune* como o 83º homem mais rico do planeta. Em seu país era o 42º da lista. Sua fortuna girava em torno de quatro bilhões de dólares. Todo ano, o maior prazer de Lúcio era melhorar sua classificação nas duas listas. O poder e o prestígio gerados por essas listas tornaram-se sua droga. Pensava nelas obsessivamente durante todo o ano.

Marco Polo não sabia o quanto seu futuro sogro era rico. Nem Anna tinha essa noção, pois era desligada, desapegada. Os dois nunca falaram sobre o dinheiro de Lúcio.

Por subir nos bancos das praças e fazer poesias, ter uma explosão emocional com as pequenas coisas, cuidar dos feridos da alma, romper paradigmas e confrontar preconceitos, Marco Polo pressentia que o dinheiro de Lúcio poderia ser um grande problema para ele e Anna.

Queria ser riquíssimo em seu âmago. Rejeitava ser massificado pelo sistema social.

Ansiava fazer da sua história uma experiência única, exultante, em que cada dia fosse um novo dia. Almejava incluir Anna nesse projeto existencial, mas preocupava-se com as dificuldades que ela atravessaria ao seu lado. E tinha razão. Por isso, questionou-a:

– Anna, o sofrimento humano me perturba. Um dia vou sair do meu consultório e me dedicar aos grandes temas sociais. Desde meu primeiro ano de faculdade de medicina este desejo me domina. Viver comigo poderá ser muito inseguro. Temo por você. Com seu pai, você não correrá riscos.

– Mas não terei aventura!

– Com ele, você terá proteção.

– Mas não terei paz interior!

– Com ele, você terá o melhor padrão de vida.

– Mas não terei conforto!

O rapaz ficou pensativo. E, antes que proferisse outra frase, ela acrescentou:

– Marco Polo, às vezes acho que o conheço muito pouco, mas o pouco que conheço me dá a certeza de que você é a minha escolha. Pressinto que ao seu lado meu amanhã será imprevisível. Mas o amanhã não existe – disse sorrindo.

Beijaram-se. Ao afastar os lábios dos dele, ela inclinou um pouco a cabeça e brincou:

– Mas, por favor, quebre menos a rotina e arrume menos problemas.

– Não consigo – ele afirmou com alegria. E não conseguia mesmo.

Passada uma semana, Anna e Marco Polo procuraram o poderoso Lúcio para marcar a data do casamento. Os transtornos foram inevitáveis.

– Vocês são precipitados! Deveriam esperar mais tempo – retrucou o pai.

Marco Polo insistiu:

– Não há o que esperar, nós nos amamos.

Então, sem delicadeza, Lúcio comentou:

– Amor! Amor é um interesse disfarçado.

– Papai, não fale assim! Eu amo Marco Polo!

Não havendo como impedir o casamento, Lúcio tentou bloquear radicalmente o golpe do pretendente. Não queria que Marco Polo tivesse acesso às suas posses.

– Só aceito que você se case com Anna se for com separação total de bens!

Anna, indignada, retrucou:

– Sou eu quem decide isso, papai!

Marco Polo, intrépido, interferiu, dizendo:

– Pois eu só me caso com sua filha se levar toda a sua fortuna!

Anna se espantou. Lúcio levantou-se irado com a petulância dele. Esbravejando, bradou:

– Está vendo, minha filha? Eu lhe disse que este rapaz era ambicioso! Mostrou a verdadeira cara! Caia fora enquanto é tempo!

Em seguida, olhou para Marco Polo e acrescentou:

– Jamais você tocará em minha fortuna. Há um batalhão de advogados de olho em você.

Anna estava chocada com o rumo da conversa. Marco Polo levantou-se e confirmou:

– Sim! Sou ambicioso. Só me caso se levar toda a sua fortuna, pois para mim sua única fortuna é Anna. O resto não tem valor. Não quero um tostão do senhor.

Anna ficou deslumbrada, nunca fora tão valorizada. Seu intratável pai caiu do pináculo do seu orgulho.

O casamento foi marcado para três meses depois. Fariam um casamento civil em público e, posteriormente, o religioso, em particular. O religioso seria ecumênico e contaria apenas com algumas pessoas, em especial o amigo de Deus – Falcão.

Os pais de Marco Polo, Rodolfo e Elisabete, moravam em outro estado e estavam felizes com o casamento do filho. Rodolfo vivia com dificuldades financeiras. Era um comerciante que gostava de ajudar as pessoas, mas não conseguia cobrar dos que lhe deviam. Sociável, afetivo, bem-humorado, gostava de ter longas conversas com os amigos.

Elisabete era descendente de uma família rica. Seus avós foram latifundiários, grandes proprietários de terra. Os pais dela viveram de forma nababesca. Tinham os melhores carros, as maiores casas, as mais belas roupas. Elisabete vivera uma vida regalada na juventude. Mas seus pais, como seus tios, dissiparam a herança. Foi-se o dinheiro, ficaram as joias e permaneceu a pose. Era uma mulher recatada, de gestos comedidos e de poucos amigos. Apesar da sua ambição, era uma mulher de fibra, batalhadora.

Os pais de Marco Polo não tinham recursos para contribuir com a festa. Lúcio Fernández tomou a frente. Disse que fazia questão de dar a maior festa para Anna. O jovem casal recusou o luxo. Lúcio, então, afirmou que faria um evento simples, capaz de combinar com o estilo de vida dos noivos. Mentiu. Sigilosamente contratou o melhor bufê da cidade. Alugou para a festa o salão nobre do mais imponente hotel cinco estrelas, do qual era sócio, e mandou preparar uma decoração requintada.

A festa não tinha a cara da noiva, mas do seu pai. Sob o controle de Carlos, o mordomo, e de uma dúzia de funcionários das empresas de Lúcio, fizeram secretamente não apenas os preparativos do casamento, como também uma enorme lista de convidados. A maioria não tinha relacionamento com Anna.

Lúcio convidou grandes empresários, celebridades, deputados, senadores, o governador do estado, ministros, o presidente do país. O bilionário era um homem muito influente.

Gastou mais de 500 mil dólares no evento, uma quantia irrisória para alguém tão rico. O que era para ser uma simples festa tornou-se o maior acontecimento do ano. Colunistas sociais de jornais e revistas foram convidados para cobrir o evento. Ocupados com o intenso trabalho, Marco Polo e Anna não perceberam o movimento em torno do seu casamento. Carlos e sua equipe foram eficientes.

A magnitude da festa não objetivava apenas satisfazer o ego de Lúcio ou expressar sua megalomania usando o poder financeiro para encantar as pessoas. Desejava realmente premiar sua filha. A seu modo, ele a amava. Além disso, procurava diminuir a enorme dívida que tinha em sua consciência. Nos raros momentos de lucidez, atormentava-se com a ideia de ter abandonado as duas mulheres de sua vida: a esposa e a filha.

Queria compensar Anna pelos erros que cometera e por seu passado deprimente. Como não aprendera a falar a linguagem da emoção, falou a única linguagem que conhecia – a do dinheiro. Imaginava que uma festa memorável poderia redimi-lo.

# Capítulo 26

Enfim, o grande dia! Marco Polo chegou ao salão uma hora antes de Anna e ficou espantado com a presença de tantos estranhos. Assustou-se, pensando que entrara no ambiente errado. Havia cinco seguranças trajados a caráter identificando as pessoas e checando a lista.

Carlos tinha dito aos seguranças que havia uma lista oficial, a de Lúcio, e outra, com o nome de algumas outras pessoas: os convidados de Marco Polo e Anna, dos quais deveria exigir-se apenas a identificação e o convite. Os seguranças acharam estranho haver duas listas, mas ordens são ordens. Marco Polo se identificou. Pelo nome o reconheceram.

– Parabéns pela grandiosa festa! – disseram os seguranças.

O rapaz apenas movimentou levemente a cabeça em agradecimento e entrou. Os lustres cintilantes, os tapetes persas espalhados pelo chão, as dezenas de buquês de flores distribuídos em múltiplos locais saltavam aos olhos. Havia mais de 250 mesas, todas ricamente decoradas, com taças de cristal francês. Vinhos das melhores safras seriam servidos. As festas de Lúcio eram famosas, ele não poupava esforços para agradar os convidados. Mas esta era singular.

O psiquiatra pensador, poeta, desprendido, destemido, que tinha coração de andarilho, ficou embaraçado. Marco Polo não acreditava no que via. O que mais o espantava era a presença dos estranhos. Havia mais de setecentos convidados e ele conhecia menos de 10% deles. Tentava cumprimentar com a cabeça os presentes, mas eles não respondiam. Não o conheciam, não sabiam que era o noivo. Não estavam ali por causa dele.

Havia mais de sessenta garçons servindo freneticamente os comensais. Uma equipe com trinta seguranças vestidos de terno azul-marinho transitava pelo salão.

Ao encontrar Lúcio, preferiu ser mais amigo do silêncio do que das palavras. Sabia que qualquer crítica redundaria em discussão, o que estragaria o momento sublime. Apenas pensou: "Realmente este homem não gosta de mim!" Sabia que Anna desconhecia os preparativos do pai.

Lúcio foi receber pessoalmente alguns convidados especiais. Levou Marco Polo consigo. Ele se deixou levar.

– Senhor governador, primeira-dama. A festa lhes pertence – disse radiante. – Ah, este é o meu futuro genro – apresentou sem muita espontaneidade.

Assim, ambos cumprimentaram cerca de vinte personalidades, entre as quais alguns riquíssimos industriais e banqueiros que também constavam da famosa lista das grandes fortunas. Havia respeito entre os empresários e um aparente desprezo por essa classificação, mas, no subsolo dos seus comportamentos, vários eram seduzidos por ela. A inveja e a disputa corroíam a alma de muitos.

Ocorreu a Marco Polo que a somatória das fortunas dos convidados ao casamento dava uma quantia de 150 bilhões de dólares, superior à soma do Produto Interno Bruto dos trinta países mais pobres do mundo, incluindo os da África Subsaariana, cuja população ultrapassava 350 milhões de habitantes. Porém ninguém estava preocupado com os miseráveis. O que importava era a festa.

Marco Polo, que aprendera a pensar com um mendigo e vivera entre os miseráveis, agora se encontrava entre os multimilionários. A festa, que deveria ser um motivo de alegria, prenunciava ser uma fonte de preocupação. No entanto, ele sempre discursara afirmando que não há ricos ou pobres, famosos ou anônimos, todos são seres humanos com necessidades internas semelhantes.

Ao lembrar disso, recompôs-se. Um pensamento saltou em sua mente e aquietou sua emoção intranquila: "Não é o ambiente que faz meu humor, mas meu humor que faz o ambiente. Serei feliz." Preferiu relaxar. Anna merecia.

O secretário de segurança do estado, o Dr. Cléber, também estava presente. Como era amigo pessoal de Lúcio, fez-lhe um favor: mandou que um batalhão de policiais estivesse pela redondeza e colocou cinquenta membros de elite da polícia antissequestro disfarçados entre os convidados. O objetivo era proteger os grandes empresários e políticos importantes de possíveis ataques.

Marco Polo procurou seus amigos, mas teve dificuldade em localizá-los, pois estavam perdidos na multidão de estranhos. Sua mãe vibrava, eufórica com o luxo da festa. Era tudo o que sonhara para o filho. Recordou os áureos tempos da vida abastada.

Um piano e um conjunto de violinos tocados por profissionais do maior gabarito animavam o ambiente. O juiz mostrava-se ansioso para começar o cerimonial. Estava deslumbrado com a magnitude da festa, nunca abrira a boca para pessoas tão ilustres. Anna estava terminando de se arrumar.

De repente houve um tumulto na porta do salão. Alguns seguranças barraram umas 15 pessoas malvestidas, com comportamentos bizarros, fazendo trejeitos com a cabeça e movimentos involuntários com os membros superiores. No grupo barrado, alguns não portavam identidade nem convite; disseram que os tinham esquecido. Mas mesmo os que os portavam foram barrados. Os seguranças imaginaram: "Não é possível um milionário se misturar com esse tipo de gente."

As pessoas barradas começaram a gritar pedindo passagem e produzindo um tumulto na entrada do salão, atrapalhando os nobres convidados que chegavam. Alguns deles indagaram dos seguranças:

– O que essa gente está fazendo na festa de Lúcio?

– Não sabemos, doutor, mas já os estamos expulsando.

O grupo pressionava para dentro, mas os seguranças, cada vez mais agressivos, os empurravam para fora. O chefe da segurança contratado por Lúcio chegou. Informado da situação, observou os amotinadores e confabulou baixinho com os outros seguranças.

– Essas pessoas certamente são penetras. Perderemos o emprego se as deixarmos entrar. Não podemos perturbar as autoridades e a elite financeira. Mandem todos embora, mas, por favor, sem escândalo.

O grupo resistiu, o tumulto aumentou. Lúcio foi informado da confusão e ficou visivelmente transtornado. Acionou o secretário de segurança, que por sua vez acionou sua equipe interna, imaginando que criminosos estivessem presentes.

Chegando ao local, o chefe de segurança disse ao Dr. Cléber:

– Essas pessoas parecem ter saído de um hospício. Dizem que são amigos do dono da festa. Como isso é possível?

Observando-os, o secretário disse baixinho:

– Cuidado! Podem ser terroristas ou sequestradores disfarçados!

Em seguida, com um olhar, pediu para os policiais antissequestro agirem. Os policiais corpulentos pegaram nos frágeis braços de Jaime, de Isaac, de Ali Ramadan, de Vidigal, de Romero, de Cláudia, de Sara, de Maria, do idoso e gentil Sr. Bonny, começaram a revistá-los e em seguida a expulsá-los.

Eles tinham ido à festa porque Marco Polo os fizera sentirem-se seres humanos, estrelas únicas no palco da vida, ainda que fosse um palco sem plateia. Não podiam deixar de agradecer a um amigo tão sábio e tão caro. Agora eram novamente tratados como lixo social.

Isaac os trouxera. Isaac era um homem mais rico do que vários convidados da festa. Vestia-se de maneira tão simples que parecia não ter uma empresa com novecentos funcionários. Isaac alargara os horizontes da visão sobre a existência. Não tinha necessidade de ostentação.

A doença o abatera, mas não eliminara sua ousadia, sua garra e criatividade. Tornara-se um empresário que só via sentido em pisar no solo do capitalismo e conquistar mais espaços financeiros se isso fosse contribuir para o bem-estar dos seus funcionários e da sociedade. Sempre gostara de empregar legalmente imigrantes chineses, árabes, indianos, latinos. Conhecia pela própria experiência a dor da solidão de viver em terra estranha. Depois ter superado sua doença mental, começou a empregar também egressos de hospitais psiquiátricos. Realizou uma solidária inclusão social. Seus empregados o amavam.

Como Cláudia não tinha dinheiro para comprar uma roupa nova, escolhera um vestido longo vermelho, sobreposto por um blazer preto. As duas peças tinham mais de vinte anos de existência e eram o melhor que ela possuía. Além de não combinar, contrastavam com o luxo das roupas das demais mulheres da festa.

Para Cláudia, o importante era sentir-se confortável internamente e demonstrar para Marco Polo que, através dele, ela aprendera a resgatar seu sentido de vida e a ser útil para a sociedade. Também não tivera recursos para comprar um presente, mas fez da sua presença um presente inesquecível.

O grupo chamava a atenção de todos. Normalmente os pacientes com depressão, síndrome do pânico e outras doenças emocionais passam despercebidos aos olhos sociais, mas os amigos de Marco Polo eram portadores de transtornos mentais graves e crônicos. Alguns esfregavam frequentemente as mãos no rosto e no peito. Outros, como Jaime, traziam sequelas dos longos anos de medicação. Faziam movimentos musculares repetidos, parecendo sofrer do mal de Parkinson. Para pessoas preconceituosas, não constituíam uma paisagem agradável.

Algumas convidadas os olhavam de cima a baixo, estarrecidas. Eles não pareciam pertencer ao mundo dos mortais.

Sara disse delicadamente para uma delas:

– Eu não mordo, madame! Também sou gente.

No meio da agitação, a esposa de um importante senador fez um ar de desprezo e espanto diante de Cláudia. Esta observou-a, com a sensação de que a conhecia.

– Você não teve aula de dança comigo na sua infância?

Perturbada, a outra exclamou:

– Professora Cláudia?!

– Sim. Sou eu.

– Que bom vê-la! – e saiu apressada.

Os policiais estavam perdendo a paciência. Como empurrar não adiantava, começaram a arrastá-los.

Alguns diziam:

– Saiam, senão serão presos!

Outros adicionavam:

– Não perturbem, seus penetras! Esta festa é para gente grande.

Frágeis pela doença psiquiátrica e pelo uso prolongado de medicação, alguns começaram a tropeçar e a chorar.

Subitamente, Jaime gritou:

– Marco Polo! Marco Polo! – Todos os seus amigos o acompanharam em coro.

O barulho ecoou no interior do salão. Marco Polo, que até o momento não sabia da confusão, ficou assustado. Reconheceu aquelas vozes. Rapidamente dirigiu-se para a porta de entrada. Ele convidara seus amigos e torcia para que viessem, mas sabia que alguns deles procuravam isolamento, não gostavam de frequentar ambientes sociais estranhos, pois percebiam os olhares discriminatórios. Esquecendo-se dos riscos, foram à festa para mostrar seu gesto de amor.

De repente, ao ser empurrado com violência, Ali Ramadan caiu. Sua expressão facial de dor e suas lágrimas levaram Isaac a se desfazer do segurança que o agarrava para socorrer o amigo. Não se tratava de um palestino e de um judeu, mas de dois seres humanos se ajudando. Isaac levantou cuidadosamente seu amigo e interpelou o policial:

– Quem você pensa que é, seu bruto?

Os seguranças e os policiais de elite não gostaram da sua atitude e o empurraram violentamente, bem como aos outros.

O caos se instalou e ninguém se entendia.

Nesse ínterim, Marco Polo chegou e exigiu:

– Parem! Parem!

Diante do noivo, os seguranças e os policiais se aquietaram.

Para o espanto de todos aqueles homens e de todos os curiosos que se aproximaram, o noivo exclamou:

– Cláudia, querida, que bom vê-la! Jaime, você aqui, que prazer! Isaac, Ali, meus queridos amigos!

Ele os abraçava e beijava na face e na testa.

O Sr. Bonny disse timidamente:

– Marco Polo, não nos quiseram deixar entrar na festa!

– Como não, Sr. Bonny? Vocês são os convidados mais esperados desta festa, pelo menos para mim e para Anna.

O secretário de segurança ficou perplexo. Havia muitos anos, quando era apenas delegado, tivera a mesma sensação diante de um jovem vestido de mendigo que aparecera na sua delegacia.

De repente, os olhares de Marco Polo e do secretário se cruzaram. Marco Polo estava abraçado a Cláudia, mas soltou sua voz:

– Grande cérebro! Você aqui!

Desta vez o secretário ficou estarrecido:

– É aquele mendigo, mas agora vestido de noivo! Não é possível!

– Continua sendo delegado?

– Hoje sou secretário de segurança e amigo do seu sogro – falou todo orgulhoso. E adicionou: – Fui longe em minha carreira. E você me deu força. Nunca esqueci de que você me disse que meu cérebro era avantajado.

Marco Polo engoliu em seco. Pensou novamente no poder do elogio, que é capaz de estimular a autoconfiança das pessoas. Ao mesmo tempo, refletiu sobre o poder da rejeição que, mesmo em tom de brincadeira, sem intenção de machucar, pode provocar um estrago na personalidade dos outros. "Ainda bem que o delegado não descobriu que, brincando, diminuí o número de seus neurônios", pensou.

Marco Polo estava preocupado com a discriminação que seus amigos sofreram na entrada do salão. Tal rejeição poderia reduzir a pó a autoestima deles. Precisava reparar essa injustiça. O secretário coçava a cabeça ao vê-los.

– Parabéns, secretário! Realmente o senhor foi longe em sua carreira.

– Parabéns para nós! A vida é irônica. Hoje você é o centro da festa e eu sou o centro da segurança dela.

Em seguida, Marco Polo desfez o mal-entendido. Para não deixar dúvidas, proclamou em voz bem alta para todos ouvirem, tanto os estranhos como os próprios amigos:

– Essas pessoas são meus convidados especiais! Estão entre os meus melhores amigos!

Alguns convidados ficaram chocados. Comentaram entre si que tinham entrado na festa errada. Do outro lado, os amigos de Marco Polo ajeitavam orgulhosamente suas roupas, olhando os seguranças com ar de grandeza. Ali Ramadan abordou Marco Polo perguntando:

– Existem extraterrestres?

Temendo que as alucinações de Ali tivessem voltado, ele repetiu a velha frase:

– Não sei. Mas sei que criamos monstros dentro de nós.

– Olhe quantos ETs fora de nós – disse apontando com o queixo para os seguranças.

Marco Polo sorriu.

– São estranhos mesmo, mas, no fundo, são boas pessoas, Ali.

Cláudia bateu no rosto de um segurança e, com a ingenuidade de uma criança, disse-lhe:

– Bonitão! A festa é nossa!

Anna conhecia uma boa parte desses amigos de Marco Polo. Apreciava a singeleza, a inocência e a criatividade deles. Certamente iria alegrar-se muito ao vê-los ali.

Antes de entrarem no grande salão, duas famosas atrizes de cinema, amigas de Lúcio, chegaram ao local perseguidas por alguns repórteres. Uma delas tropeçou em Sara e caiu. Sara também se desequilibrou e foi ajudada por Cláudia. Irritada com as duas, a atriz encarou-as e espantou-se com os gestos bizarros que faziam com os braços e cabeça. Chamou o segurança e perguntou com alarde:

– Que povo estranho é este na festa de Lúcio?

Marco Polo, vendo suas amigas novamente humilhadas, disse à atriz:

– De todo o lixo produzido pela sociedade, o culto à celebridade é o mais estúpido.

Abalada com a coragem do desconhecido, a atriz esbravejou:

– Quem é você para dizer isso? Você não sabe que sou uma famosa artista!

– Elas também são atrizes do teatro da existência. Já ganharam até um Oscar pelo drama que viveram! – falou apontando para Sara e Cláudia.

– Puxa! Mas eu não as conheço! – comentou admirada.

– Deveria conhecer. Elas são fascinantes.

Cláudia e Sara toparam a brincadeira. Disseram para as atrizes:

– Queridas, depois lhes damos um autógrafo.

E, tomando-as pelo braço, Marco Polo levou-as para o salão junto com todos os seus amigos. Ao entrar pela passarela central, por onde Anna passaria, os convidados ficaram paralisados e fizeram um silêncio fúnebre. Os músicos pararam de tocar. Os gestos incomuns e os movimentos involuntários daquelas pessoas agrediram os olhos dos ilustres convidados. Não estavam acostumados a conviver com pessoas diferentes.

Cláudia, abraçada por Marco Polo, olhava e fazia caretas para os convidados. Romero estava envergonhado, cabisbaixo, mas Vidigal, muito solto, cumprimentava todos os presentes. Jaime estava um pouco constrangido, mas logo se libertou ao beijar várias flores que encontrou pelo caminho.

Ali Ramadan entrou pomposo. Com um lenço na mão direita, rodando-o em torno da cabeça, dançava música árabe enquanto entrava no salão. Era um palestino feliz. Isaac andava sorridente. Não devia nada a ninguém e não exigia nada de ninguém para ter bem-estar. Enfrentar aquela pressão não era nada comparado às pressões que já havia suportado.

Marco Polo observou, um pouco afastado, um senhor que não apenas discriminava seus amigos, mas estava assombrado ao vê-lo. Parecia querer engoli-lo com os olhos. Balbuciou entre os lábios:

– Cretino!

Ao perceber o que o homem dissera, Marco Polo ficou perplexo. Não podia acreditar que um convidado o tivesse ofendido em seu próprio casamento. Pensou que era coisa da sua cabeça, afinal de contas a noite estava estressante.

À medida que o grupo avançava, os convidados se entreolhavam querendo entender o que ocorria. Alguns, em tom de chacota, diziam:

– Lúcio preparou um show circense para nós.

Na realidade, Lúcio, ao ver a cena, ficou borbulhando de raiva. Queria estar em qualquer lugar do mundo, menos nessa festa. "Que vergonha! O que vão pensar de mim!", dizia para si mesmo com um nó na garganta.

Antes de os amigos de Marco Polo se acomodarem, Lúcio foi chamado, porque a noiva havia chegado. Como pai, deveria introduzi-la no salão. Saiu em estado de choque, sem olhar para os convidados.

Alguns psiquiatras também ficaram perplexos. Nunca tinham visto pacientes portadores de psicose na festa de um psiquiatra.

Antes de se sentar, Jaime passou prolongadamente os olhos pela multidão. Viu homens e mulheres preocupados, tensos, com posturas eretas, rígidas, dosando comportamentos e sem manifestar alegria na fenomenal festa. Admirado com a própria observação, pegou no braço do noivo e expressou:

– Marco Polo. Que povo es... estra... estranho!

Analisando o comentário do amigo, ele concordou:

– Realmente são estranhos, Jaime!

# Capítulo 27

Anna chegou à festa. Tal como Marco Polo, ao ver o esquema de segurança, sentiu-se tensa. Quando entrou no salão oval, ficou pasma. Tentando ser discreta, indagou baixinho:

– Papai, o que representa tudo isso?

– Você merece, minha filha. Nós merecemos.

Focalizou de longe seu amado. Ele fez um gesto com as mãos tentando aliviá-la, como se dissesse: "Vamos fazer o quê? Relaxe!"

O conjunto de cordas começou a tocar a marcha nupcial. Parecia produzir um som celestial que percorria as artérias do corpo e penetrava no tecido da alma dos convidados.

O vestido branco de seda, com poucas rendas, caía sobre o corpo de Anna, delineando-o de maneira sensual. O vestido era simples, mas ela estava deslumbrante. Por ser tão bela interiormente, era Anna quem dava brilho às suas roupas, e não suas roupas a ela.

Os cabelos cacheados com mechas douradas repousavam sobre seus ombros como ondas sobre a praia. Não tinha grinalda, apenas carregava um pequeno buquê de lírios brancos na mão direita. Era a flor de que mais gostava, a que nascia nos pântanos, tal como ela.

Ao vê-la, os amigos do Hospital Atlântico começaram a aplaudir e assobiar, expressando júbilo. Ninguém os acompanhou, apenas Marco Polo.

O salão media oitenta metros. Enquanto Anna e o pai andavam lentamente, as pessoas, emocionadas, os cumprimentavam com gestos e olhares. Lúcio sentiu-se um rei. Esqueceu por alguns momentos o tumulto inicial. Agradecia com a cabeça os cumprimentos. Enquanto caminhava, resgatava imagens do passado de Anna.

A sua pequena filha crescera e tornara-se uma pessoa encantadora.

Ao se aproximarem de Marco Polo, o protocolo foi quebrado mais uma vez. Jaime e Cláudia, que conheciam Anna, não contendo a alegria, levantaram-se e foram ao seu encontro.

Lúcio amarrou a cara. Só não os ofendeu porque o momento exigia discrição. Vários convidados também condenaram a atitude deles. Diziam entre si:

– Que povo brega e sem cultura.

Anna, humilde, os abraçou sem o menor constrangimento e os beijou, borrando levemente a sua maquiagem. Uma das jovens mais ricas do mundo se enriquecera com bens de que muitos dos presentes eram carentes: a naturalidade e a simplicidade. Seus gestos foram um brinde para os olhos de Marco Polo.

Felicíssima, Anna ainda acrescentou:

– Cláudia, você está magnífica! Jaime, você está belíssimo!

Ali Ramadan gritou em voz alta:

– Que flor! Que flor! Que Alá a proteja!

Isaac, do mesmo modo, bradou:

– Que o Deus de Israel seja o seu cajado e a sua força!

Lúcio, envergonhado, apenas movimentava as pupilas para ver as reações dos convidados. Suando frio, entregou a filha ao noivo. Procurou ficar um pouco afastado deles. Não queria ser fotografado ao lado daquela gente bizarra, não queria ser alvo de chacota nas colunas sociais.

Enquanto o juiz iniciava a cerimônia, uma pessoa aproximou-se furtivamente de Lúcio e deu-lhe uma péssima notícia, que quase o fez desmaiar. Era o homem que balbuciara "cretino" para Marco Polo.

– Sabe quem foi o psiquiatra que denunciou os efeitos do Venthax? – disse, como um predador diante da vítima.

– O crápula que me fez perder cem milhões de dólares na bolsa de valores no mês passado? – inquiriu Lúcio.

– Exatamente.

– Não me diga que o estúpido do meu genro teve a coragem de convidá-lo? Quem é o vilão?

– É o seu próprio genro – disse o psiquiatra. E, com sarcasmo, adicionou: – Quem tem genro como o seu não precisa de inimigo.

– O que você me está dizendo, Dr. Wilson?! – bradou, profundamente abalado.

Lúcio, seis meses antes do debate de Marco Polo com o Dr. Paulo no congresso de psiquiatria, havia comprado 60% das ações da indústria farmacêutica que sintetizara o Venthax. Lúcio já era o dono da empresa quando o Dr. Paulo foi subornado. A empresa prometia ser uma mina de ouro se houvesse uma aceitação maciça da nova droga pela classe médica.

Marco Polo começara a usá-la logo após o congresso e percebeu importantes efeitos colaterais em seus pacientes. Como foi desafiado pelo Dr. Paulo Mello, resolveu fazer uma pesquisa mais séria sobre esses efeitos. O resultado foi colocado num dos primeiros artigos que tinha publicado.

O artigo saíra havia um mês numa revista científica e rapidamente ganhara destaque na imprensa mundial, em especial nos jornais e TVs. Lúcio havia amaldiçoado o artigo, mas jamais passara por sua cabeça que Marco Polo fosse o autor. Lúcio repetia obsessivamente: "Todo remédio tem efeito colateral. Estão me perseguindo!" As ações do laboratório caíram 15% e continuavam em queda. Foi um desastre econômico.

Diante dos fatos relatados pelo Dr. Wilson, Lúcio mudou de cor, começou a ficar taquicárdico, ofegante, suar frio, parecendo estar diante da pior situação de perigo. O perigo era Marco Polo. A falta de simpatia por ele se converteu em ódio mortal.

Imediatamente mandou um segurança chamar o secretário de segurança. Ofegante, disse-lhe:

– Precisamos interromper este casamento agora!

– Você está louco, Lúcio?

– Não, mas vou ficar.

– O que está acontecendo?

– Acabei de descobrir que meu futuro genro é o meu pior inimigo.

– Lúcio, você está brincando, ele é uma boa pessoa – disse o secretário, transtornado.

– Boa pessoa! Esse homem me fez perder cem milhões de dólares em um mês!

O secretário desmontou. Não estava acreditando. Jamais presenciara um evento tão perturbador. A festa, que já estava confusa, ganhou um clima de guerra. Enquanto isso o juiz dava continuidade ao ritual.

– O que seu genro fez? Ele o roubou?

– Quase isso. Ele acabou com a imagem de uma das minhas grandes empresas, o laboratório Montex. Vou perder uma posição no ranking! – disse inconformado.

– Ranking?

– Deixa pra lá.

O Dr. Wilson esclareceu para o secretário:

– O jovem psiquiatra denunciou na imprensa os efeitos colaterais de um dos nossos mais importantes medicamentos.

– Ele sabia que a indústria farmacêutica era de seu sogro? – perguntou o secretário.

Sem convicção, o Dr. Wilson afirmou:

– Claro que sim!

Ao saber disso, a falta de ar de Lúcio aumentou e ele começou a ter vertigem. Os convidados mais próximos ficaram comovidos ao ver a cena. Pensaram que ele estava emocionado em casar sua única filha. "Deve estar sentindo solidão pela partida da Anna e a alegria de vê-la mulher", imaginaram. Pensaram que ele estivesse recordando a pequena filha correndo e brincando e, agora, assumindo os desafios da vida.

Um deputado federal sensível aproximou-se, tentando consolá-lo:

– Eu o compreendo, Lúcio. Já casei uma filha. Fique tranquilo, agora você ganhou um filho.

Ao ouvir isso, Lúcio sentiu um tremor súbito. Queria engolir o deputado, gritar com ele. Os dois amigos o seguraram. O deputado não percebeu o que estava ocorrendo. Movido de compaixão, voltou ao seu lugar.

Em seguida, Lúcio voltou à carga:

– Um filho! Estou perdido! Termine esse casamento antes de começar! Anna entenderá quando eu desmascerá-lo!

– Calma, Lúcio! – disse o secretário.

– Calma! Você teve calma quando precisou de 50 mil dólares? Este sujeito pode me arruinar!

Lúcio Fernández, como vários de seus amigos, não estava preparado para ser um bilionário. Ele gravitava na órbita do dinheiro, e não o dinheiro em sua órbita. Antes de enriquecer, era mais solto, sereno, sociável, despreocupado. Depois que se tornou um arquimilionário, passou a ser controlador, autoritário, ansioso, desconfiado. Precisava de muito para sentir pouco, e esmagou, assim, seu prazer de viver. Os empregados de seu palácio eram mais felizes do que ele. O dinheiro o empobrecera.

Além disso, Lúcio tinha uma personalidade paranoica. Não chegava a ser uma psicose paranoica, pois não rompia com a realidade, mas ele vivia atormentado com ideias de estar sendo perseguido ou lesado. Vivia com medo de sequestros. Tinha três carros blindados e andava com uma escolta de quatro seguranças. Não bastasse isso, não confiava nem em seus amigos. Achava que todo mundo se aproximava dele por interesse. Mas, de todos os seus fantasmas psíquicos, o de que sua filha caísse nas garras de um aproveitador era o maior deles. Agora, aos seus olhos, seu maior pesadelo se materializava.

O secretário ficou acuado porque Lúcio revelara que ele tinha precisado do seu dinheiro na frente do Dr. Wilson. Queria atender o dramático apelo que lhe fora feito, mas, como a situação era delicadíssima, ainda teve fôlego para retrucar:

– Como interromper este casamento? Já pensou no escândalo? Olhe para o governador. Há mais de vinte deputados federais, dez senadores e três ministros presentes. São raros os empresários deste país que reúnem pessoas tão poderosas num mesmo lugar.

Então Lúcio caiu em si. Embora muitos políticos dependessem do dinheiro dele para se eleger, o escândalo poderia gerar consequências imprevisíveis.

Então, de relance, olhou para os amigos de Marco Polo e viu uma paisagem que o incomodou.

– Olhem para esses miseráveis. Eles não precisam representar. São o que são. Maldito escândalo! Precisamos de um álibi!

# Capítulo 28

O cerimonial do casamento iniciou-se. O juiz elevou o timbre da sua voz e pronunciou as famosas palavras:

– Se há alguém no recinto que tem alguma coisa contra este casamento, fale agora ou cale-se para sempre.

Lúcio gelou. Queria gritar, mas não podia. Após um momento de silêncio, uma pessoa bradou na entrada do salão.

– O noivo abandonou a sua criança!

Os presentes fizeram um silêncio mortal. Alguns começaram a passar mal. O juiz emudeceu.

O acusador, ainda distante, insistiu:

– Por que você abandonou a sua criança?

Elisabete sentiu falta de ar e pensou: "Jesus Cristo! Nunca aconteceu isso em nossa família." Os políticos e empresários ficaram espantados. O secretário de estado falou em tom baixo:

– A festa do ano promete ser o escândalo do século.

As mulheres exclamavam:

– Que vergonha! Como alguém pode abandonar um filho?

Todos começaram a condenar Marco Polo. Lúcio, num sobressalto, levantou-se, pegou no braço do secretário e disse:

– Esse é o nosso álibi! Esse cara nunca me enganou! Chame os seguranças. Retire Anna imediatamente do local!

– Calma, Lúcio! Espere!

– Esperar o quê?

– Isto pode gerar uma agitação incontrolável. A integridade física das autoridades poderá ser colocada em risco! – disse trêmulo.

O homem estranho começou a se aproximar e a bradar:

– Você deixou a criança chorando, sem respirar!

Alguns convidados comentavam:

– Assassino! Esse sujeito não vale nada!

Anna sentia um nó na garganta. Marco Polo tentava ansiosamente elevar os olhos para ver quem o denunciava. Seus amigos do Hospital Atlântico aquietaram até mesmo seus movimentos repetitivos. Quase não respiravam. A plateia, atônita, queria alcançar o acusador com os olhos. O salão tornou-se pequeno para tanta indignação. O burburinho era intenso.

O secretário resolveu agir. Acionou vinte carros de polícia. Pediu que ficassem de prontidão ao redor do hotel. Também colocou os cinquenta policiais disfarçados a postos. Combinou que ao levantar a mão direita e abaixá-la subitamente estaria dando o sinal para entrarem em ação. Iria retirar Anna, proteger Lúcio, as autoridades e os empresários mais importantes. Quando levantou a mão para dar o comando final, outra voz bradou vibrante no salão.

Era a voz de Marco Polo:

– Eu assumo minha culpa. Abandonei minha criança. O ativismo profissional e as preocupações com a existência roubaram meu tempo. Mas prometo-lhe que não a abandonarei mais.

As senhoras idosas começaram a dizer umas para as outras:

– Que pai desnaturado! Como pôde trocar o trabalho pela sua criança? Isso é desculpa!

– Alimente-a com a sabedoria, nutra-a com a simplicidade, irrigue-a com a liberdade! Não deixe sua criança morrer. Eduque-a. – O estranho falou com voz mais alta.

Lúcio expressou:

– Além de meu inimigo, é um péssimo pai. O escândalo já está causado. Vamos, acabe com isso! – disse ao secretário, empurrando-o para que tomasse uma atitude.

O suor escorria como gotas de chuva pela face do secretário. Sabia que a confusão poderia ser tal que algumas pessoas correriam o risco de ser pisoteadas. Quando ia dar o comando pela segunda vez, viu Marco Polo pegando Anna pela mão e indo ao encontro do denunciante. Respirou fundo e pediu para que os cem olhos fixados nele esperassem.

– Sim! Eu a educarei. – E, olhando para a sua noiva, exclamou: – Pedirei para Anna me ajudar a cuidar dela.

Alguns, perplexos com a sua ousadia, diziam:

– Irresponsável! Fez o filho e agora quer que outra mulher o assuma.

Lúcio foi mais longe.

– Canalha! Quer introduzir um bastardo na minha família. Tem de ser agora, secretário!

O secretário ergueu pela terceira vez suas mãos. Não podia desagradar quem tanto o favorecera. Quando ia abaixá-la e dar início à agitação, outra voz ocupou o ambiente. Para a perplexidade dos presentes, em especial de Lúcio, uma jovem que sempre fora frágil, tímida, insegura e que não se expressava em público entrou em cena. Anna exclamou:

– Cuidarei da criança de Marco Polo como se fosse meu filho. – E olhando para os presentes, acrescentou: – E quem não deixar sua criança interior viver perderá sua espontaneidade, destruirá sua simplicidade, sufocará sua criatividade. Será infeliz diante de Deus e diante dos homens. Transformar-se-á num miserável, ainda que viva em palácios. Será estéril em sua inteligência, ainda que seja um intelectual.

Os deputados, os senadores, ministros, banqueiros, industriais e suas esposas quase tiveram um ataque de pânico coletivo. Ofegantes, passaram as mãos no rosto, coçaram as cabeças, entreolharam-se e ficaram profundamente abalados.

O denunciante se aproximou. Marco Polo proclamou:

– Falcão, meu amigo! Só faltava você nesta festa!

Ele e Anna o abraçaram afetuosamente. E o beijaram.

A plateia saiu do assombro e aos poucos foi se deslumbrando.

O irreverente Falcão não poderia aparecer de outro modo. Ele nunca se preocupara com a maquiagem social. Neste sublime momento da vida de seu querido amigo, não se importou com formalidades nem se preocupou com o que os outros poderiam pensar das suas reações. Queria dar publicamente o melhor presente que um ser humano pode dar: o seu coração.

Seu jovem amigo estava se tornando famoso e saturado de atividade.

Isso alegrava Falcão e, ao mesmo tempo, o preocupava. Sabia que, se Marco Polo, bem como qualquer pessoa que atinge o sucesso, não tomasse cuidado, poderia destruir no âmago do seu ser a criança curiosa, aventureira, ousada que ama, que cria, que sonha e que se encanta com a vida. Sabia que o único lugar em que não era admissível envelhecer era no território da emoção.

Muitos convidados já haviam destruído sua criança interior e viviam num asilo emocional. A existência havia perdido o sabor. Viviam porque estavam respirando. Não se questionavam, não se interiorizavam e não percebiam que a vida e a morte eram fenômenos indecifráveis no teatro da existência. Tornaram-se plateia neste insondável teatro. Movimentavam-se muito, mas não saíam do lugar. Eram deuses ricos, famosos, mas falidos.

Anna já havia estado com Falcão algumas vezes. Concordava e aprendia com as ideias dele e de Marco Polo. Eles a contagiaram com sua borbulhante alegria, sua coragem para explorar o novo e pensar diferente. Um ajudava o outro. Queria ser como eles, raciocinar como adulto e sentir como criança.

Falcão estava presente porque também queria agradecer a Marco Polo por ter rompido seus paradigmas e ajudado a resgatar seu filho. Marco Polo foi discípulo e mestre, filho e pai, indicando que os pequenos podem aprender com os grandes e os grandes podem permitir-se aprender com os pequenos. Não há hierarquia no terreno da sabedoria.

Após ver sua filha e Marco Polo beijarem o estranho homem, Lúcio não se aguentou. Sentou-se e só conseguia dizer:

– Isso é uma miragem! O que está acontecendo?

– Não tenho a menor ideia! – disse o secretário limpando o suor do rosto com um lenço.

Alguns convidados, agora mais tranquilos, abriram o leque do pensamento e exclamaram:

– Que peça teatral fabulosa. Nunca vimos isso. Lúcio é um gênio!

Outros, em estado de choque, procuravam alívio nas altas doses de uísque e vodca. Outros ainda, envoltos numa cortina de medo, temiam que saísse tiro no local.

Apesar das reações distintas, a maioria do público, sob intenso impacto, se aglomerou ao redor dos três personagens, fazendo uma espécie de roda. Alguns subiram nas cadeiras e mesas para ver o espetáculo.

O juiz do cerimonial piscava os olhos sem parar, num tique nervoso. Confuso, perguntou ao pianista:

– O casamento de milionários é sempre assim?

Após abraçar Marco Polo e Anna, Falcão recordou os velhos tempos das praças. Como se estivesse em cima de um banco, num ambiente completamente livre, proclamou para ambos:

– Todo amor é belo em seu nascedouro, mas poucos resistem ao calor do sol. Que o amor de vocês suporte os testes da existência!

Rodopiando Anna pela mão esquerda, Marco Polo bradou:

– Velejarei pelos mares da ansiedade, escalarei as montanhas dos medos e percorrerei os vales das decepções para não deixar o amor morrer! Farei tudo ao meu alcance para transformar esta bela mulher em princesa da minha história!

As senhoras que queriam crucificar Marco Polo mudaram de opinião.

– Que rapaz romântico! Que príncipe! É de um desses que minha filha precisa.

Em seguida, Falcão se afastou um pouco de Marco Polo e começou a cantar com sua voz estridente a música que se tornara seu estandarte de vida, *What a Wonderful World.* Com as mãos, encenava a melodia e apontava para as flores. Marco Polo o acompanhou. O piano e os violinos entraram em ação. Foi fenomenal.

Enquanto cantavam, colocaram Anna no meio deles. No início da música, pediram licença em seus pensamentos a Louis Armstrong e mudaram completamente a letra, inventando algumas frases dirigidas à noiva. Para os dois pensadores, Anna simbolizava todas as pessoas que passaram pelo caos na infância, por irreparáveis perdas, mas, apesar disso, acreditaram que valeria a pena viver a vida. Sua superação os encorajava.

– A vida não a poupou, você suportou tormentas, mas sobreviveu – cantou Marco Polo.

– Obrigado por você existir. Com você, a vida fica mais doce – cantou Falcão.

– E eu penso comigo... Como você é maravilhosa – cantaram os dois juntos.

– Você tropeçou, feriu-se, mas não desistiu dos seus sonhos.

– Você brilha para nós, você brilha para o mundo.

– E eu penso comigo... Como você é maravilhosa.

A música penetrou no tecido mais íntimo da psique de Anna, tornou-se uma atividade sublime do saber, alçou voo da sua emoção, provocou-lhe um êxtase e a fez chorar. A princesa que vivera numa masmorra se libertou. Enquanto chorava, um filme passava na sua mente, constituído de belas imagens, da imagem de sua mãe abraçando-a, tocando piano para ela, o primeiro encontro com Marco Polo, a conquista, a estrela que ele lhe deu.

Raramente uma criança atravessou os desertos percorridos por Anna e raramente alguém encontrou um oásis tão agradável. Vários convidados também desataram a chorar.

Após o canto em homenagem a Anna, Cláudia entrou em cena. Gritou para os músicos:

– Valsa! – E tirou Falcão para dançar.

Sorrindo, fez um gesto com as mãos abertas querendo dizer "Vamos nessa!". Os noivos também começaram a dançar, livres e alegres.

Os demais amigos de Marco Polo também entraram na dança e começaram a revolucionar a festa. Posteriormente, Cláudia tirou outra pessoa para dançar. Falcão, entendendo o seu recado, também convidou outra senhora, a esposa de um banqueiro que jamais havia dançado com o marido. Jaime chamou para dançar uma senhora de meia-idade que era solteira.

Marco Polo pôs-se a dançar com Dora. Anna tirou um amigo idoso de seu pai, de quem gostava muito. Os músicos ficaram eufóricos, mas o juiz do cerimonial quase teve um ataque cardíaco. Gritava:

– Ainda não terminei o casamento! – mas ninguém o ouvia.

Isaac não sabia dançar valsa. Ali Ramadan havia aprendido com Cláudia. Vendo o amigo deslocado, o próprio Ali tentou ensiná-lo. Sem receio de aprender, Isaac deu com o amigo os primeiros passos de dança. Foi a primeira vez na história que se teve notícia de que um palestino e um judeu dançaram juntos uma mesma valsa.

De repente, apareceu o Dr. George na pista. Marco Polo alegrou-se intensamente ao ver seu ex-professor de anatomia. Depois que o "vendaval" Marco Polo passara por sua vida, ele tinha revisto seus valores e sua rigidez.

Sua esposa o suportara com heroísmo, mas valeu a pena. O Dr. George aprendeu o caminho da afetividade. Tornou-se um homem dócil, gentil, sociável, que resgatou sua criança interior. Aprendeu a brincar com seus dois filhos. Na festa de aniversário deles vestia-se de palhaço para diverti-los.

Fez também uma reviravolta na sala de anatomia. Sua primeira aula deixou de ser sobre técnicas de dissecação de vasos sanguíneos e músculos e passou a abordar a crise existencial e os sonhos dos futuros médicos. O mestre aprendeu a amar o debate de ideias e não a submissão. Mudou tanto que pedia para os alunos investigarem a história dos cadáveres que iriam estudar. Se não a encontrassem, deveriam imaginar uma história com sonhos, alegrias, perdas, desafios, para depois escrevê-la e afixá-la em cada mesa de anatomia em sinal de respeito às pessoas que ali estavam.

O Dr. George montou uma associação chamada Um Ser Humano, Uma Fascinante História. Esta associação objetivava ensinar alunos de outras faculdades a descobrirem o valor da vida e saberem que para tornar-se um grande médico é necessário ser um explorador, um Marco Polo que descobre grandes histórias por trás dos anônimos.

Em seguida, apareceu discretamente na pista o Dr. Flávio, o especialista em emergência. Ele agora era chefe do setor em seu hospital. Após Marco Polo cruzar a sua vida, entendeu que diante da dor e da morte não há gigantes nem heróis. Tornou-se preocupadíssimo com os conflitos que se escondem atrás das cefaleias, das dores musculares, das dores no peito, das taquicardias, das crises hipertensivas.

O Dr. Flávio, movido pela sensibilidade, montou a associação Ser Humano Integral. Esta associação, constituída de médicos, psicólogos e psiquiatras, visava conscientizar, através de folhetos e palestras, os profissionais de saúde das salas de emergência de todos os hospitais do país para dialogarem com seus pacientes.

Desejava treiná-los a ouvir com o coração e entenderem que tratavam de doentes e não de doenças, de seres humanos e não de órgãos. O sucesso deste treinamento diminuiu as internações, solucionou doenças e preveniu inúmeros suicídios.

Sua esposa, grávida de seis meses, fez questão de ir ao casamento de Marco Polo. Queria agradecê-lo pelas mudanças em seu marido, embora Marco Polo soubesse que quem mudara de fato as suas rotas tinha sido o próprio Dr. Flávio. O progresso emocional do marido fez com que ela se sentisse a futura mamãe mais feliz do mundo.

Eis que apareceu o Dr. Alexandre. Quando Marco Polo o viu dançando com sua esposa, diminuiu o ritmo e o cumprimentou afetivamente. O nobre professor entendera que, se um dos maiores gênios da humanidade, Einstein, foi vítima e também agente do preconceito, ninguém estaria livre deste mal.

Fez então algumas pesquisas e detectou que muita gente ainda pensava que quem ia a um psiquiatra era louco. Com a ajuda de Marco Polo, montou uma associação denominada Preconceito Nunca Mais para diminuir o estigma social dos pacientes psiquiátricos e para elevar a autoestima deles. Começou a mostrar que no fundo todo ser humano possui alguma doença psíquica, e a doença do preconceito é a pior delas.

Apareceu por trás do casal de noivos, de um jeito suave, quase imperceptível, um homem bem-resolvido, sereno, equilibrado, sábio, um artista da psiquiatria. Era o Dr. Antony. Ele e a esposa, com quem estava casado havia mais de quarenta anos, dançavam como um casal de adolescentes. Os noivos pensaram: "Queremos envelhecer como eles", pois a maneira com que se olhavam revelava que eles tinham transformado a fase de menor força muscular na fase de maior força da emoção e da cumplicidade do amor.

Depois que Marco Polo debatera naquele famoso congresso sobre a ditadura da hipótese da serotonina, sobre o confronto entre a psiquiatria e a psicologia e expusera sua complexa tese de que a psique humana coabita, coexiste e cointerfere com o cérebro, o Dr. Antony e vários professores ilustres de psiquiatria perderam noites de sono.

Chamaram o jovem psiquiatra para montar uma sociedade científica destinada a estudar a última fronteira da ciência: a natureza da psique ou alma do *Homo sapiens.* Marco Polo, o Dr. Antony e seus amigos faziam reuniões do mais alto nível acadêmico. Participar delas era como uma carícia na inteligência. Além disso, começaram a debater a possibilidade de a psiquiatria se tornar uma especialidade da psicologia e não apenas da medicina.

De repente, saiu do lado esquerdo da multidão uma pessoa apressada. Pedia licença com insistência. Caminhava eufórico em direção à pista de dança. Era o Dr. Mário. Ao vê-lo, Marco Polo parou de dançar. Abraçou prolongadamente ele e sua esposa.

O Dr. Mário, numa atitude inusitada, beijou-lhe o rosto. Em seguida, o diretor do Hospital Atlântico tomou sua esposa nos braços e no centro da pista começou a mostrar seus dotes. Quando conheceu Marco Polo ele estava no terceiro casamento e em via de separação, mas, depois que o "furacão" Marco Polo passou pela sua história, as muralhas ruíram. Saiu do seu trono, deixou de ser um psiquiatra em casa, humanizou-se, tornou-se um cavalheiro.

Seus três filhos, gerados nos dois primeiros casamentos, estavam fazendo psicoterapia. O Dr. Mário era especialista em criticá-los, apontar seus erros e ser um manual de regras, mas, após beber da fonte da espontaneidade e se tornar um dançarino na vida, começou a abraçá-los, beijá-los, cativá-los, ouvi-los.

Aprendeu a pedir desculpas, reconhecer suas falhas e ter coragem de dizer que os amava. Seus filhos ficaram simplesmente perplexos com ele. Descobriram afinal que tinham um pai-psiquiatra e não um psiquiatra-pai. Rapidamente evoluíram no tratamento. Deixaram, assim, de ser futuros hóspedes de um hospital psiquiátrico.

O Dr. Mário deu um salto tão grande na compreensão da existência que começou a ministrar inúmeras conferências nacionais e internacionais, desestimulando a hospitalização na psiquiatria. Entendeu que a internação psiquiátrica causava rombos no inconsciente. Nos casos em que ela seria inevitável, os hospitais deveriam envolver os pacientes com dança, teatro, artes plásticas, levando-os a sentirem-se úteis. Contou com a ajuda de Dora e de outros psiquiatras. Cláudia era uma das mais ativas, e Isaac tornou-se o maior patrocinador desse projeto.

Isaac e Ali Ramadan também se tornaram sonhadores. Tinham longas conversas com Marco Polo para saber o que poderiam fazer para ajudar o povo palestino e o judeu a superarem seus conflitos. Gemiam emocionalmente a cada ataque terrorista dos palestinos e a cada retaliação de Israel. Choravam não mais por suas doenças, mas pelos seus povos. "O hospital em que estávamos internados era um ambiente menos sofrível e perturbador do que alguns terrenos do Oriente Médio", pensavam.

Sob a orientação de Marco Polo, entenderam que, infelizmente, a violência na Palestina matava fisicamente alguns e, emocionalmente, milhões. Não havia vencedores nesse conflito, todos eram vítimas. Acreditavam que, se palestinos e judeus se convencessem de que não eram duas raças ou duas culturas em conflito, mas seres humanos da mesma espécie, com necessidades psíquicas semelhantes, grande parte das resistências e desconfianças mútuas seria debelada. Os três amigos batalhariam pela conscientização e propagação dessa ideia.

À exceção de Isaac, a somatória dos recursos financeiros dos reacionários amigos de Marco Polo que montaram programas para ajudar a sociedade era irrisória. O saldo era quase negativo. Alguns tinham carros financiados, outros, casas penhoradas, e ainda outros, dívidas nos bancos. Mas, apesar disso, fariam uma revolução social incomparavelmente maior do que a dos arquimilionários na festa de Lúcio, cujo "PIB emocional" era um dos mais baixos deste belo planeta azul.

Dois meses antes do seu casamento, Marco Polo falara para Anna e Falcão sobre algo que queimava em seu coração. O princípio da corresponsabilidade inevitável continuava controlando-o. Queria montar uma instituição chamada Ser Humano Sem Fronteiras para tratar dos conflitos sociais, dos confrontos raciais, da crise da educação, das misérias físicas e psíquicas.

Além disso, queria fazer um movimento mundial para pressionar as indústrias farmacêuticas de medicamentos psicotrópicos a investir parte de seus lucros na prevenção de doenças psíquicas. Sofreria graves consequências por essa ousadia.

Marco Polo achava que a solução para os graves conflitos humanos passava pela juventude e não pelos adultos. Todavia, entristecia-se em saber o que o capitalismo selvagem estava fazendo com o ser humano, em especial com as crianças de todas as sociedades modernas.

Afligia-se ao tomar conhecimento de que na Inglaterra 78% das crianças a partir de dez anos tinham como passatempo predileto ir às compras. Era o que demonstrava o Conselho Nacional do Consumo do país. Elas cresciam com uma ansiedade e insatisfação crônicas, porque não aprendiam a libertar sua criatividade e extrair prazer dos pequenos estímulos do ambiente. Na grande maioria dos países, a situação dos jovens era semelhante.

Falcão e Marco Polo perturbavam-se com a fome física e emocional do terceiro milênio. A cada cinco segundos morria uma criança de fome no mundo, e a cada segundo assassinava-se a infância de uma criança pelo consumismo. Poucos se importavam contra esses dois gravíssimos crimes contra a humanidade.

Os dois amigos rebeldes lutariam com todas as suas forças, até sua última gota de sangue, para que milhões de jovens de todas as raças, de todas as religiões, de todas as culturas, deixassem de ser servos de um sistema social que entorpece a mente, rouba-lhes a identidade e os transforma em meros clientes. Queriam que eles se engajassem no projeto Ser Humano Sem Fronteiras, se apaixonassem pela humanidade, criassem projetos mundiais para transformá-la.

Para eles, os jovens deveriam atuar no palco da vida como atores principais e não morrer na plateia, subjugados por uma vida individualista, ilusória, autodestrutiva, dependente, encarcerada pela rotina e amordaçada pelos padrões doentios de beleza.

Marco Polo tinha falhas, precipitações, momentos de ansiedade, mas conviver com ele era um convite para andar em solos nunca antes percorridos. Faria da sua história uma grande odisseia, tão excitante como a de Marco Polo no século XIII. Iria envolver-se em grandiosas confusões, abalaria alguns pilares da sociedade, sofreria perseguições implacáveis. Mas não mudaria seu jeito de ser, nem mesmo deixaria de abraçar árvores e falar com as flores.

O relacionamento com Anna arrebatou ainda mais sua coragem. Jamais se viu um casal tão louco por aventuras. O tumulto na festa do seu casamento era um reflexo da vida que teriam. A desordem era tão grande que havia risco de o casamento não se realizar.

Marco Polo alegrou-se em ver seus amigos reunidos sem receio da vida. Aprendera com todos eles. Para delírio de Lúcio Fernández, não apenas os amigos de Marco Polo quebraram o protocolo. Alguns casais, incluindo empresários, deputados, senadores e até um ministro, deixaram de ser espectadores e entraram na pista de dança.

A maioria das autoridades, dos empresários e das celebridades, no entanto, ficou irritadíssima com Lúcio, pois tinham ido fazer contatos políticos e sociais, mas encontraram um bando de lunáticos. Amarraram a cara, curtiram o velho mau humor.

Havia outros psiquiatras presentes. Alguns acharam que estava havendo um delírio coletivo. Outros se soltaram, não fizeram exigências para relaxar, deram oportunidade ao prazer.

Lúcio começou a ter crises histéricas. Esfregava as mãos repetidamente no rosto, rangia os dentes, seus lábios tremiam. Tornou-se um sério candidato ao Hospital Atlântico. Olhou para o secretário, seu guardião, e repetiu:

– Rapte minha filha, leve-a embora deste local ou vai haver um segundo suicídio na família!

– Você está maluco, Lúcio!

– Quinhentos mil dólares pelo serviço! – disse sem titubear.

– Quanto?

O secretário vacilou. Nisso um casal o atropelou, enquanto dançava. O assunto ficou momentaneamente truncado.

Nunca mais houve um episódio chocante como aquele. O juiz do cerimonial, de meia-idade, já fizera o casamento de muitas pessoas, mas por insegurança nunca se casara. Durante o conturbado casamento ainda não concretizado, pensou, perplexo: "É melhor não se arriscar."

Foi um evento irreverente, de uma jovem que se encantou com um vendedor de sonhos que contagiou pessoas mutiladas que reconstituíram suas vidas e que, apesar de todas as suas limitações, aprenderam a dançar a valsa da vida com a mente livre, sem medo de ser o que são e sem medo do amanhã.

Não foi um final feliz, foi uma vírgula feliz, pois esta história, assim como a vida, não tem um ponto final, é um eterno recomeço. A felicidade teria de continuar a ser reconstruída, pois ainda chorariam, atravessariam perdas, desafios, ansiedades e incompreensões.

A certa altura, Marco Polo, Falcão, Anna, o Dr. Mário, o Dr. Antony e outros amigos fizeram uma roda no meio do salão e começaram a girar com emoção. Giraram, giraram e giraram.

Enquanto giravam, observavam atentamente o rosto dos espectadores e percebiam que, para a maioria das pessoas, a sociedade moderna se tornava cada vez mais um grande hospital psiquiátrico ou uma sociedade de mendigos que não abandonaram seus lares, mas abandonaram a si mesmos. De pessoas que, às vezes, têm mesa farta, mas mendigam o pão do prazer, da tranquilidade e da sabedoria.

Para outros, no entanto, o mundo se tornava uma escola, ou um circo, ou um terreno de aventuras, ou uma pista de dança, ou uma mescla de tudo isso. Marco Polo e seus amigos não sabiam onde as pessoas, incluindo eles, se localizariam no futuro da humanidade.

Só sabiam que essa localização dependeria da coragem de cada um em caminhar nas trajetórias do seu próprio ser, abrir as janelas da sua inteligência, repensar sua história e fazer livremente suas escolhas.

Quando deixaram de girar, gritaram em coro para eles mesmos e para a plateia: "Bem-vindos ao futuro!..."

Fim

## CONHEÇA OUTROS TÍTULOS DE AUGUSTO CURY

### O HOMEM MAIS INTELIGENTE DA HISTÓRIA

Psicólogo e pesquisador, Dr. Marco Polo desenvolveu uma teoria inédita sobre o funcionamento da mente e a gestão da emoção. Após sofrer uma terrível perda pessoal, ele vai a Jerusalém participar de um ciclo de conferências na ONU e é confrontado com uma pergunta surpreendente: Jesus sabia gerenciar a própria mente?

Ateu convicto, Marco Polo responde que ciência e religião não se misturam. No entanto, instigado pelo tema, decide analisar a inteligência de Cristo à luz das ciências humanas. Ele esperava encontrar um homem simplório, com poucos recursos emocionais. Mas ao mergulhar na inquietante biografia de Jesus presente no Livro de Lucas, suas crenças vão sendo pouco a pouco colocadas em xeque.

Para empreender essa incrível jornada, Marco Polo vai contar com uma mesa-redonda composta por dois brilhantes teólogos, um renomado neurocirurgião e sua assistente, a psiquiatra Sofia. Juntos, eles irão decifrar os sentidos ocultos em um dos textos mais famosos do Novo Testamento.

Os debates são transmitidos via internet e cativam espectadores em todo o mundo – mas nem todos estão preparados para ver Jesus sob uma ótica tão revolucionária. Agora os intelectuais terão que lidar com seus próprios fantasmas emocionais e encarar perigos que jamais imaginaram enfrentar.

## O HOMEM MAIS FELIZ DA HISTÓRIA

*O homem mais feliz da história* é um romance protagonizado pelo psiquiatra Marco Polo, um pensador ateu e mundialmente reconhecido que ousa estudar a complexa mente de Jesus sob o ângulo da ciência.

Em uma jornada surpreendente, ele procura desvendar os misteriosos códigos da felicidade ocultos no mais famoso discurso do Mestre dos Mestres: o Sermão da Montanha. Ao mesmo tempo que fica fascinado com suas descobertas, Marco Polo sofre uma perseguição implacável de forças ocultas que farão de tudo para silenciar sua voz.

*O homem mais feliz da história* é a continuação da saga que começou com *O homem mais inteligente da história*, mas os livros podem ser lidos separadamente, sem nenhum prejuízo para o leitor.

## O MAIOR LÍDER DA HISTÓRIA

"Pense nesta tese perturbadora: a educação mundial está formando mentes lógicas, mas idiotas emocionais destituídos de gestão da emoção, autocontrole, empatia e resiliência.

No entanto, houve na história um educador ousadíssimo que escolheu a dedo alunos com esse mesmo perfil. O mais forte, Pedro, era ansioso, descontrolado e intolerante. O mais amável, João, era emocionalmente bipolar e ambicioso. O mais pragmático,Tomé, era paranoico, desconfiava de tudo. O mais lógico, Mateus, tinha fama de corrupto. O mais culto e comedido, Judas, era dissimulado.

Você chamaria um time desses para executar seu projeto vida? Seria um fracasso! Todavia, o maior líder da história, o Mestre dos mestres, não apenas os chamou, mas usou sofisticadas ferramentas socioemocionais para torná-los exemplos de mentes saudáveis e brilhantes.

Neste romance psiquiátrico, Marco Polo é desafiado por um grupo de reitores e intelectuais a educar estudantes universitários alienados, agressivos e intratáveis a partir das mesmas ferramentas que Jesus usou. O resultado? Prepare-se para se surpreender!"

DR. AUGUSTO CURY

## CONHEÇA OS TÍTULOS DE AUGUSTO CURY

### Ficção

Coleção *O homem mais inteligente da história*
O homem mais inteligente da história
O homem mais feliz da história
O maior líder da história
O médico da emoção

O futuro da humanidade
A ditadura da beleza e a revolução das mulheres
Armadilhas da mente

### Não ficção

Coleção *Análise da inteligência de Cristo*
O Mestre dos Mestres
O Mestre da Sensibilidade
O Mestre da Vida
O Mestre do Amor
O Mestre Inesquecível

Nunca desista de seus sonhos
Você é insubstituível
O código da inteligência
Os segredos do Pai-Nosso
A sabedoria nossa de cada dia
Revolucione sua qualidade de vida
Pais brilhantes, professores fascinantes
Dez leis para ser feliz
Seja líder de si mesmo
Gerencie suas emoções